KB061041

그로운

GROWN

Copyright © 2020 Tiffany D. Jackson
All rights reserved.
Korean translation copyright © 2023 by Hankyoreh En Co., Ltd.
Korean translation rights arranged with Taryn Fagerness Agency
through EYA(Eric Yang Agency).

이 책의 한국어판 저작권은 EYA(Eric Yang Agency)를 통해
Taryn Fagerness Agency와 독점 계약한 ㈜한겨레엔이 소유합니다.
저작권법에 의하여 한국 내에서 보호를 받는 저작물이므로
무단 전재 및 복제를 금합니다.

그로운
GROWN

티파니 D. 잭슨 장편소설

김하현 옮김

한겨레출판

차례

PART 1

PART 2

PART 3

PART 4

"모든 물은 기억력이 대단해서,
언제나 원래 있던 자리로 되돌아가려 한다."
_토니 모리슨

피해자와 생존자와 용감한 이들에게,
그리고 너무 빨리 어른이 된 소녀들에게……
우리는 여러분을 믿습니다.

PART 1

일러두기

- 외국 인명과 지명, 독음 등은 외래어표기법을 원칙으로 하되 관용적인 표기와 동떨어진 경우 실용적인 표기를 따랐다.
- 본문 하단의 각주는 모두 옮긴이 주다.
- 노래 제목은 원제를 작게 병기했으며, 영화나 단행본 제목의 경우 국내에서 발표된 번역을 따랐다.
- 단행본의 제목은 《 》로, 연속간행물·방송프로그램·노래·영화·미술작품 등의 제목은 〈 〉로 표기했다.

※ 경고: 성적 학대와 강간, 폭행, 아동학대, 납치, 마약 중독이 언급됩니다.

비트 주스

지금

정신이 들자 눈앞에 비트 주스가 웅덩이처럼 고여 카펫을 흠뻑 적신 것이 보이고, 부드러운 섬유가 내 볼에 닿아 있다. 손가락 사이사이에도 진한 비트 주스가 끈적하게 말라붙어 있다.

젠장, 오줌이 마렵다.

뒤로 돌아눕자 등이 지독하게 뻣뻣하다. 간신히 자리에서 일어나니 무릎이 덜덜 떨리고 머리에 통증이 별똥별처럼 쏟아진다. 부어오르지 않은 한쪽 눈에 보이는 모든 것이 환하게 번진다. 바닥에서 천장까지 이어져 도시를 내려다보는 수십 개의 통유리창으로 햇빛이 눈부시게 쏟아져 들어온다. 턱이 마치 경첩이 떨어진 문 같다. 아랫입술에 묻은 피를 핥자 쇠 맛이 느껴졌고 이윽고 방 안을 둘러본다.

사방이 피투성이다.

아, 피가 아니지. 비트 주스다. 크랜베리 주스거나. 묽은 바비큐 소스일 수도. 어쨌든 피는 아니다. 피는 내가 이해할 수 있는 영역 밖에 있다.

그의 펜트하우스 여기저기에 비트 주스가 얼룩져 있다. 크림색 소파에, 새틴 커튼에, 상아색 식탁에. 천장에도 튄 자국이 있다…… 심지어 내가 입은 탱크톱과 청바지에도 비트 주스를 흘려놨다. 한때는 새하얀 캔버스이던 것이 이제는 정신사나운 그림이 되었다.

내 민머리 위로 한 줄기 바람이 스치고, 오한이 든 것처럼 귀 끝이 차가워진다. 내가 불안한 이유는 비트 주스도, 바닥에 엎드려 있던 내 자세도 아닌 적막 때문이다. 음악도, 텔레비전 소리도, 사람 목소리도 들리지 않는다…… 망할, 내 상태는 엉망이고, 이 수많은 얼룩을 보면 그는 몹시 화를 낼 것이다. 어김없을 그의 반응이 사방의 피보다 더 무섭다.

아, 맞다. 피가 아니지. 비트 주스지.

두 팔로 몸을 감싼 채, 죽은 개처럼 늘어진 멀리사 위를 넘는다. 신발이 어디 있지? 맨발로 여기에 들어온 건 아닌데.

잠깐…… 내가 왜 아직 이곳에 있지? 어젯밤에 떠나지 않았나?

피 묻은 손자국이 벽을 따라 침실까지 이어지고, 침실 문이 활짝 열려 있다.

코리가 힘없이 엎드린 자세로 침대에 반만 걸쳐 있다…… 온몸이 비트 주스 범벅이다. 격한 단어들이 식도에 차오르지만 내 몸은 그 자리에 꼼짝없이 얼어붙는다. 내가 움직이면…… 코리가 나를 잡으면…… 그는 나를 죽일 것이다.

누군가가 현관문을 쾅쾅쾅 두드린다. 굵고 낮은 목소리가 들려온다.

"경찰이다! 문 열어!"

오줌이 다리 사이를 타고 흘러 양말을 적신다.

스윔 굿

그때

　전생에 나는 인어였다.

　나는 깊은 바닷속에 살며 자유롭게 수영하고 갑각류를 먹고 다섯 옥타브의 발라드를 불렀다. 내가 내는 음이 바다에 잔물결을 일으켰고, 고래와 거북이, 해마 모두 매일 열리는 나의 콘서트를 찾아왔다.

　그러나 땅 위에서 나는 겨우 숨을 쉰다. 인간들은 고기 대신 생선을 먹는 내 식단을 이해하지 못하고, 인간 세상에서 노래는 열망이 아닌 관념일 뿐이다.

　거의 올림픽 경기장만 한 수영장에서 조금 떨어져 앉아 허벅지 근육을 푼다. 수영장 물은 가짜 물이다. 그 안에서 하는 수영은 부자연스럽게 느껴진다. 그래도 이게 내가 찾을 수 있는 가장 비슷한 대체재다.

　헤드폰에서 휘트니 휴스턴이 〈부서진 마음은 어디로 가나요Where Do Broken Hearts Go〉를 부른다.

　스트레칭할 때 듣는 플레이리스트에는 머라이어 캐리, 어리사 프랭클린, 다이애나 로스, 샤카 칸, 니나 시몬처럼 내가 가장 좋아하는 가수들의 명곡이 들어 있다. 방수 스피커에 연결해서 수영장 속에 넣을 수 있으면 좋을 텐데. 수중발레 선수들은 물속에서 항상 음악을 듣는다. 내년에 한번 시도해봐야겠다. 노래하는 수중 발레리나로서 놀라운 묘기를 선보여야지.

활 모양으로 우아하게 팔을 뻗는다. 몸을 늘여 노래를 흥얼거리고, 다시 몸을 늘여 노래를 흥얼거리고…….

"인챈티드, 됐으니까 그냥 불러!"

매켄지 밀러가 긴 금발을 수영모 안에 밀어 넣는다.

"뭐라고?"

"부르라고, 노래." 매켄지의 분홍빛 입술이 능글맞게 히죽댄다. "너 노래 부르고 싶잖아."

"그게 낫겠다." 해나 타바노가 매켄지 옆에서 운동복 바지를 벗으며 말한다. "네가 흥얼거리는 소리 이미 시끄럽거든."

수영팀 모두 동의하며 고개를 끄덕인다.

"그래, 좋아. 난 사람들이 원하는 걸 늘 기꺼이 해주거든." 내가 운동복을 벗으며 말한다. 그리고 수영장 가장자리로 걸어가 투명 마이크를 쥔다.

부서진 마음은 어디로 가나요?
집을 찾아갈 수 있나요?
그곳에서 기다리고 있는
사랑의 품속으로 다시

수영장 옆에서 노래 부르기가 좋은 건 음향 때문이다. 목소리가 멀리까지 퍼진다. 음들은 사방의 타일과 천장 돔에 반사되고, 조약돌처럼 물 위를 총총 뛰어가던 그 음들이 다시 부메랑같이 되돌아온다. 모든 가사가 핏속에 고동치며 울린다. 그러다 노래가 끝이 난다. 아드레날린 때문에 호흡이 가쁘다.

박수갈채가 나를 흔들어 깨운다. 팬들을 힐끗 내려다본다. 똑같은 남색 수영복을 입은 백인 여덟 명이다.

"우와. 이건 정말…… 너 진짜 노래 잘하는구나." 해나가 믿을 수 없다는 목소리로 말한다. "꼭 비욘세 같아!"

다른 팀원들도 고개를 끄덕거린다.

살짝 김이 빠진다. 나도 비욘세가 좋지만, 그들이 아는 유일한 흑인 가수여서 나를 비욘세에 빗댄 거니까.

"자." 뒤에서 큰 목소리가 들린다. 윌슨 코치님이 자기 사무실 문에 기대서서 빨간색 안경을 얄따란 콧대 위로 올린다.

"다들 콘서트 끝났으면 꾸물거리지 말고 물속에 들어가지? 어서! 열 바퀴, 시작!"

호루라기 소리와 함께 물에 뛰어들어 이불을 막 정리한 침대에 파고들듯 수면 아래로 미끄러진다.

내 왼쪽과 오른쪽 레인에서 매켄지와 해나가 평형을 연습한다. 물안경이 너무 조이지만, 일부러 그렇게 했다. 염소 성분이 물안경 틈으로 들어와서 대마초를 피운 사람처럼 눈이 벌게지는 게 싫다. 대마초를 피우면 어떻게 되는지 알지는 못

하지만 말이다. 그러나 학교를 통틀어 열 명뿐인 흑인 학생 중 하나로 사는 건…… 너무 쉽게 그런 바보 같은 억측의 대상이 될 수 있다는 의미다.

준비운동이 끝난 뒤 코치님이 반복 훈련 몇 가지를 설명한다.

마지막 바퀴에 수영장 끝의 벽을 박차고 다시 추진력을 얻는다. 물 밖에서 윌슨 코치님이 스톱워치를 딸깍 누른다. 표정을 읽을 수 없다.

"몇 초 빨라졌네. 나쁘지 않아. 더 잘할 수도 있었지만."

나는 코를 훌쩍이며 얼굴에서 물기를 훔친다. "칭찬이 후하시네요."

"칭찬은 실력 향상에 도움이 안 돼." 코치님이 빙긋 웃는다. "좋아! 이제 샤워하고 수업 들어간다. 누가 수업에 늦었다는 소리 안 들리게 하고. 존스, 잠깐 얘기 좀 할까?"

물을 뚝뚝 흘리며 코치님 사무실로 깡충깡충 뛰어 들어간다. "네, 코치님?"

코치님이 흘러내린 안경을 올린다. "너 살이 삐져나왔어."

내 몸을 훑어본다. "제가…… 그래요?"

"엉덩이랑 가슴은 다 가려야 해. 한 사이즈 큰 수영복으로 바꾸는 게 좋겠다."

로커룸은 소독약과 젖은 양말의 퀴퀴한 냄새가 뒤섞여 있고, 헤어드라이어 소리가 배경음악처럼 들린다. 더 이상 긴 머리를 관리하지 않아도 돼서 어찌나 다행인지. 샤워를 해도 10분 안에 학교 갈 준비를 마칠 수 있다.

파크우드고등학교는 내가 사는 카운티에서 엄격한 복장 규정이 없는 유일한 사립학교지만 학생용 책자에는 모자와 짧은 치마, '집중을 방해하는' 머리 모양을 금지한다고 명확히 적혀 있다.

물론 나는 행간의 의미를 읽을 줄 안다.

나는 가닥가닥 굵게 땋은 드레드록스 머리를 밀어버리는 방법으로 이 문제를 해결했다. 하지만 어째서인지 내 존재는 여전히 사람들의 집중을 방해한다.

거울 앞에서 민머리를 쓸어 넘긴다. 짧은 머리카락이 손끝에서 깔끄럽다. 우중충한 로커룸 불빛 아래에서는 내가 가진 가장 귀여운 셔츠도 밋밋해 보인다. 너무 과하게 차려입고 싶지는 않았다…… 그러면 관심이 쏠릴 것이고, 나는 그러지 않아도 오늘 이미 충분히 초조하다. 이따가 갭의 금색 링 귀걸이를 하고 밝은 핑크색 립스틱을 바르면…… 핫해 보일지도 모른다.

핫? 아냐, 난 망할 거야.

매켄지가 씨익 웃으며 자기 로커를 쾅 닫는다. "카일 베이컨."

나는 입술을 앙다물고 마음을 진정시킨 뒤 아무것도 모르는 얼굴을 한다. "그게 누군데?"

그로운

"카일 베이컨? 졸업반이야. 키가 크고…… 음, 검은 눈에……."

흑인이지. 이렇게 말해서 매켄지가 피하려고 애쓰는 표현을 채워주고 싶다.

"그 사람이 왜?" 나는 이 얘기가 어디로 흘러갈지 예상하며 한숨을 쉰다.

"그게…… 이번에 같이 춤출 사람이 없대. 네가 그 사람이랑 가."

"왜? 알지도 못하는 사람인데."

"이번에 서로 알아가면 되지. 소개팅처럼."

"소개팅에서 만난 사람을 학교 축제에 데려가진 않을 거야."

"아, 왜! 사진 찍으면 둘 다 멋지게 나올 거라구."

"네가 어떻게 알아?"

매켄지의 볼이 분홍빛으로 달아오른다. 주근깨가 꼭 불타는 것 같다.

"그냥…… 그게, 카일 베이컨 귀여워! 그리고 넌, 진짜 예쁘고."

나는 콧방귀를 뀐다. "여기서 〈퀸카로 살아남는 법〉 대사를 치다니 놀라운데."

"내가 하고 싶은 말은, 너도 파트너가 필요하다는 거야. 카일 베이컨이랑 갈 수 있어. 아예 모르는 사이도 아니라니까. 그 사람도 지난해에 네가 텔레비전 프로그램에 나온 거 봤어.

사실 안 본 사람 없긴 하지만, 카일 베이컨이 너 기억하던데."

"진짜?"

"그럼! 내가 올린 영상에 좋아요 눌렀어." 매켄지가 자기 핸드폰을 꺼내 인스타그램 게시물을 쭉쭉 올리다 소리를 키운다. 화면 속에서 내가 어리사의 〈절대 안 돼 Ain't No Way〉를 부르고 있다. 우리 학교 학생의 75퍼센트는 이 노래를 들어본 적도 없을 거라고 장담한다.

그때의 기억을 목 뒤로 삼킨다. 노래 시작 몇 분 전에 나를 강타했던 무대 공포증을 오늘만큼은 떠올려선 안 된다. 하지만 갭이 말한 대로…… 그때는 준비가 안 됐고 지금은 준비가 됐다.

내가 어깨를 으쓱한다. "글쎄. 뭐 그럴지도. 우리 둘이 잘 어울리긴 할 테니까."

"좋아! 우리 학교 끝나고 같이 공부할래? 생물 수업에서 낙제하면 엄마가 날 죽일 거야. 내 핸드폰을 압수하든가. 둘 중 뭐가 더 나쁜지 모르겠네."

책가방을 멘다. "음, 난 안 돼. 할 일이 있어."

코치님이 지각하지 말라고 경고했지만, 노래 연습을 아무에게도 들키지 않도록 은신처에 숨어 있다 나온다. 스니커즈가 젖은 타일 위에서 끽끽 소리를 낸다. 커튼을 걷고 핸드폰을 켠다. 유튜브에서 10분짜리 목 푸는 영상을 재생한다.

"라 라 라 라 라 라 라 라 라 —."

수영장의 음향도 훌륭하지만 사실은 샤워실이 최고다! 샤워실은 내가 아는 유일한 음향 부스다.

이따가 부를 노래를 반복해서 연습한다. 흠 하나 없이 완벽해야만 한다.

이런 기회가 또 언제 올지는 아무도 모르니까.

새장에 갇힌 새는 노래해야 한다

엄마는 예상대로 우리를 20분 늦게 데리러 온다. 아빠는 라토야 존스가 본인 장례식에도 늦을 거라고 말한다. 아빠가 평범하게 결혼식을 올리지 않고, 내가 세상에 태어나기 몇 달 전에 곧장 법원으로 가서 혼인신고를 한 것도 그 때문이다.

그래서 나는 학교 밖 계단에 앉아 엄마를 기다리며 내 노래책에 가사를 쓰는 데 익숙하다…….

> 네 마음속에선 이게 시작이야
> 우리 이렇게 멀리 떨어져 있으면 자라날 수 없어
> 다른 차원으로 가자
> 내가 네 초원에 떠오르는 태양이 될게……

두 번의 경적이 나를 그루브 속에서 끄집어낸다. 빵! 빵!

"챈티, 여기!" 엄마는 아직 병원 유니폼을 입고 있다. 갈색 드레드록스는 깔끔하게 하나로 말아 올렸다. "늦어서 미안. 동생은?"

"나 여기 있어." 셰이가 내 뒤에서 튀어나와 트럭에 올라타며 말한다. "잘 가, 베키. 잘 가, 애나. 잘 가, 린제이!"

"잘 가, 셰이 셰이." 셰이의 1학년 친구들이 손을 흔들며 노래한다.

셰이가 몸을 튕기며 뒷좌석 한가운데에 자리 잡은 뒤 자그마한 초콜릿색 얼굴을 엄마의 팔뚝 쪽으로 쑥 내민다. "엄마, 이번 주말에 린제이 그레이네 집에 가도 돼?"

"집안일 먼저, 백인 여자애들은 그다음에. 안전벨트 매!"

"엄마." 셰이가 끙 앓는 소리를 낸다. "창문 열려 있어. 다 들린다고."

엄마가 창문을 올리며 차를 출발하고, 셰이가 오늘 하루 있었던 일들을 조잘댄다. 작은 갈색 카멜레온처럼 어느 집단에서나 쉽게 어우러지는 셰이는 고등학교에 잘 적응하고 있다. 나 같은 전학생과 달리 중학교 친구들과 함께라서 더욱 쉬울 것이다. 동생 옆에서 나는 물 밖에 나온 복어나 다름없다.

"빨래 개는 거 잊지 말고. 그리고 냉동실에서 연어 꺼내 놔." 엄마가 셰이를 집에 내려주며 말한다.

"안 잊어버린다고! 쫌!"

"쌍둥이가 자기 피자에서 채소 못 골라내게 해." 내가 셰이에게 상기시킨다. "데스티니는 피자 네모 모양으로 안 잘라 주면 안 먹을 거야. 그리고 오늘 밤에 〈러브앤드힙합〉 한다!"

"나도 알아, 언니." 셰이가 웃는다. "베키랑 페이스타임으로 같이 볼 거야."

엄마가 집 앞에서 차를 후진한다. "자, 수영 경기장 주소 알지?"

"응." 내가 내비게이션에 초조하게 주소를 치며 말한다.

엄마가 얼굴을 찡그린다. "아, 경기장이 맨해튼이야?"

"음, 응."

"이런. 시내까지 나가야 할 줄은 몰랐네. 오늘 저녁 학부모 행사에도 늦겠는데!"

"수영장이 더 큰가 봐." 내 거짓말이 매끄러운 수면처럼 그럴듯하게 들리도록 노력한다.

"알았어. 아빠한테 우리 오늘 늦는다고 문자 보내."

가는 길에 엄마는 스피커폰으로 집 안의 오케스트라를 지휘한다.

"셰이, 오븐 온도 몇 도로 해놨어? 너무 뜨겁게 하면 피자 다 타. 시킨 대로 연어는 꺼내놨어?"

"했다구요, 엄마!" 셰이가 한숨을 쉰다. "쫌!"

셰이가 혼자서 쪼꼬미들을 돌보는 일은 드물다. 나에게 셰이는 여전히 어린 동생 중 한 명이다.

"아빠가 일 나가기 전에 어린이집에서 막내 데려올 거야. 쌍둥이는 어디에 있어?"

"거실에서 쿵푸팬더 놀이 하는 중."

"엄마, 안녕!" 쌍둥이가 뒤에서 소리친다.

"아가들, 안녕! 우리 강아지들 잘 있어? 오늘은 무슨 좋은 일이 있었어?"

엄마는 늘 멀티태스킹을 한다. 엄마의 머리는 브라우저에 동시에 띄워놓은 여러 개의 탭처럼 작동한다. 엄마가 전화를 끊기 전에 셰이에게 마지막으로 할 일들을 지시한다.

"그래서 오늘 하는 게 뭔데? 특별 행사 같은 거야?"

"음, 응. 코치님이 나한테 추천했어. 대학 입학 사정관들도 온다고."

"정말?" 엄마의 얼굴에 환한 미소가 번지고, 엄마가 액셀을 조금 더 세게 밟는다. 나는 오래된 R&B 라디오 방송국인 107.5 WBLS의 볼륨을 높인다. 휘트니 휴스턴의 〈당신을 위해 내 모든 사랑을 모아요Saving All My Love for You〉가 흘러나오고, 나도 따라서 흥얼거린다. 좋은 연습이다.

"코치님이 어떻게 날짜를 헷갈릴 수 있는지 모르겠네." 캠퍼스를 서둘러 빠져나오며 엄마가 씩씩댄다.

"실수였겠지." 내가 시간을 확인하며 대꾸하는데 갭에게서 온 문자가 뜬다.

어때! 잘 돼가?

아직 도착 못 했어.

야! 30분 뒤에 등록 마감이야. 서둘러!

"그래도 그렇지 일주일이나 헷갈려?" 엄마가 투덜댄다. "어떤 사람은 일을 해야 한다는 걸 모르나? 넌 왜 그렇게 빨리 걸어? 천천히 가!"

엄마가 뒤처지며 커다란 가방 속에서 자동차 키를 찾는 동안 나는 아무렇지 않은 듯 계획의 다음 단계로 넘어간다.

"있잖아, 엄마. 시간이 좀 있으니까, 아니 내 말은, 기왕 여기까지 왔으니까…… 다른 대회에도 들르면 안 될까?"

"무슨 수영 대회를 이렇게 늦게 해?"

"그게, 사실은 노래 경연이야. 친구가 알려줬어…… 오늘. 그냥 작은 거야."

엄마가 고개를 들고 눈살을 찌푸린다. "정말 지금 가자고?"

나는 진실을 실토할지 거짓말을 계속할지 망설이다가 더욱 깊이 잠수한다.

"제발! 진짜 금방이야. 여기서 15분밖에 안 걸려."

"네가 그걸 어떻게 알아?"

"그게, 여기 오는 길에 구글로 검색해봤어. 일찍 끝나면 들를 수 있을지도 모른다고 생각했어. 이럴 줄 알았던 건 아니고, 그냥…… 미리 대비한 거지. 엄마가 늘 그러라고 말했잖아, 안 그래? 대학 추천서에 넣기도 좋을 거야."

엄마가 한숨을 쉰다. "챈티, 이미 끝난 얘기잖아. 학교, 그다음에 교외 활동, 그다음에 숙제, 그다음에 집안일, 그다음에 노래라고. 그게 대학에 갈 수 있는 방법이야!"

엄마는 몇 년 전부터 나에게 먹히지도 않을 말을 계속하고 있다.

그로운

"나도 알아! 그리고 그렇게 했다고. 봐, 학교 갔지. 교외 활동 했지. 숙제는 점심시간에 했어. 셰이가 우리 대신 집에 있고. 그러니까……."

엄마가 고개를 절레절레 흔든다. "아, 알았어. 한 시간 줄게."

나는 미소 짓는다. 한 시간이면 충분하다.

객석 안에서 우레와 같은 박수 소리가 터져 나와 비컨 극장의 정신 없는 로비를 가득 메운다.

"작은 대회라고 했던 것 같은데!" 엄마가 뒤에서 입을 떡 벌리고 '뮤직 라이브: 오디션'이라고 적힌 거대한 현수막을 바라보다 소리친다.

"어, 그러게, 나도 그렇게 생각했어." 녹화 중임을 알리는 라이브 표시와 카메라 불빛을 쳐다보며 내가 중얼거린다.

"잠깐, 챈티…… 이거 〈뮤직 라이브〉야? BET 방송국에서 하는?"

나는 엄마의 말을 못 들은 척하며 마감이 얼마 안 남은 접수처로 향한다.

"안녕하세요. 인챈티드 존스예요." 내가 숨을 헐떡이며 말한다. "오디션 참가하려고요."

"운이 좋네요. 막 끝내려던 참이었거든요. 사전 등록 했어요?"

"네, 그게…… 온라인으로 했어요."

엄마가 뒤에서 앓는 소리를 내는 동안 접수처 직원이 손가락으로 차트를 훑는다.

"여기 있네요! 자, 이게 그쪽 번호예요. 반주 음원 준비했어요?"

"네, 여기요." 내가 아이폰을 흔들며 말한다.

"좋아요. 이제 그쪽 이름이 불리면 투표지를 심사위원에게 건네고 무대에 올라가면 돼요. 어서 가요. 행운을 빌어요!"

"고맙습니다." 엄마 쪽을 돌아보니 팔짱을 끼고 있다. 거짓말을 들켰다는 걸 알지만 엄마의 화난 눈빛을 못 본 척한다. 오늘 하루 끝에는 잘했다는 생각이 들 것이다. 분명 그럴 것이다.

극장 안은 사람들로 가득하다. 보라색과 흰색 무대 조명이 수많은 얼굴을 뒤덮고 있다. 음악이 가슴에 쾅쾅 울린다. 엄마 손을 잡고 주위를 둘러보다가 뒤쪽에서 빨간 벨벳으로 덮인 의자 두 개를 발견한다.

무대 위에서는 긴 머리를 붙인 여자가 데스티니 차일드의 〈케이터 투 유Cater 2 U〉를 부르고(사실 처참한 수준이다) 관객들은 야유를 보내고 있다. 여자가 용감한 미소를 잃지 않으려 고군분투하는 동안 카메라가 그 얼굴을 찍어 거대한 전광판에 내보낸다.

〈뮤직 라이브〉는 BET 방송국 버전의 〈아메리칸 아이돌〉이다. 3라운드로 구성되어 있고 우승 상금은 1만 달러다. 여기서 우승하면 그 돈으로 진짜 스튜디오를 빌려서 내 앨범을 녹음할 수 있을 것이다. 우승하지 못한다 해도 음반사와 매니저, 신인 기획자의 눈에 띌 기회를 얻게 된다. 전부 가능성이 희박

하지만, 아무것도 안 하는 것보단 낫다.

그러나 이 오디션이 대중에 공개된다는 건 몰랐다. 갭이 중요한 사실을 쏙 빼놓았다.

경연 참가자를 비롯한 모든 사람이 각양각색 파티용 의상을 걸치고 하이힐을 신고 있다. 나는 침을 꿀꺽 삼킨다.

"금방 올게." 엄마가 질문을 던지기 전에 얼른 객석에서 뛰쳐나온다.

화장실에서 갭이 준 마스카라와 아이라이너로 씨름하고, 갭의 금색 대나무 무늬 링 귀걸이를 걸고, 입술에 핑크빛을 더한 다음 떨리는 손으로 두피를 쓸어 넘긴다. 빠르게 셀카를 찍어 갭에게 보낸다.

이 핑크색 내가 바르니까 너무 끔찍해.

카메라 앞에 서기 딱 좋은 핑크색이다! 귀여워!

다시 자리로 돌아오니 엄마가 나를 쓱 훑어본다.

"저기, 내 이름 아직 안 불렀어?"

"응." 엄마가 차가운 목소리로 말한다. 나는 엄마 대신 할머니가 있었으면 하고 바라지 않으려 노력한다.

무대와 마주한 테이블에 리치 프라이스의 옆모습이 보인다. 그는 일류 음악 프로듀서였다가 텔레비전 연출가인가 뭔가가 된 사람이다. 웹사이트에서 약력을 읽었다. 리치 옆에는 음반사 RCA의 경영진인 멀리사 쇼트가 있다. 그 옆에는 가수 돈 마이클이 있다.

"좋습니다. 다음은 앰버 B. 나오세요, 앰버!"

관중이 환호하자 내 또래로 보이는 소녀가 무대 위로 올라온다. 소녀는 심사위원에게 손을 흔들며 중앙으로 당당히 걸어 나온다.

"안녕하세요." 리치가 말한다.

"안녕하세요!" 소녀가 새된 목소리로 답한다. 풍성한 금빛 곱슬머리가 하트 모양 얼굴 옆에서 찰랑거린다.

"오늘 무슨 노래 부를 거예요?"

"비욘세의 〈헤일로Halo〉요."

"좋아요. 그럼 들어봅시다!"

앰버가 음향 담당자를 향해 고개를 끄덕이자 스피커로 비트가 흘러나온다. 관객들이 박자에 맞춰 박수를 친다. 앰버가 마이크를 쥐고 두 눈을 감는다.

　　내가 세운 저 벽들을 기억하나요

　　그 벽들은 이제 무너지고 있어요……

앰버의 목소리는…… 웅장하다. 감미로움과 날카로움이 공존한다. 무대에 서기 위해 태어난 목소리다. 긴장으로 배 속이 요동쳐서 의자 깊숙이 몸을 파묻는다.

"엄마." 내가 가는 목소리로 말한다. "엄마, 우리 가자."

그러나 엄마는 내 말을 듣지 못한다. 무대 조명 아래서 달의 먼지처럼 반짝이는 앰버의 피부에 넋이 나갔기 때문이다. 난 절대로 앰버만큼 잘 부르지 못할 것이다. 앰버만큼 예쁠 수도 없을 것이다. 후드를 뒤집어쓰고 책가방을 움켜쥔다. 지금 나가면 엄마가 차로 나를 찾아올 것이다.

자리에서 일어서는데 입구 쪽에서 혼란이 발생한다. 검은 옷을 입은 우락부락한 경호원 무리가 무언가…… 아니 누군가를 둘러싸고 우르르 밀려든다. 후드가 달린 흰색 운동복을 입은 사람이 복도 한가운데에 멈춰 선다.

그 낯선 사람이 후드를 벗자 관객석에서 날카로운 비명이 터져 나온다. "오 마이 갓! 코리 필즈야!"

코리 필즈의 메가와트급 미소가 공간을 환히 밝힌다. 그가 살짝 춤추는 듯한 걸음걸이로 심사위원 테이블을 향해 걸어 내려간다. 그가 리치에게 주먹 인사를 건네고, 두 사람은 극장을 휩쓴 흥분을 전혀 의식하지 않은 채 몇 마디 대화를 나눈다. 무대 위에서는 앰버가 노래를 마치고 어안이 벙벙해서 멍하니 서 있다.

"우와, 챈티." 엄마가 박수를 치며 소리친다. "코리 필즈야!"

말문이 막힌다. 원래 별것 아닌 오디션이었는데. 처음에는 수많은 관객이, 이제는 무려 코리 필즈까지…… 모두가 내 바보짓을 보러 이곳에 와 있다.

"엄마, 우선 나가자……."

"다음은…… 인챈티드 존스!"

마음을 울리는 노래

스피커에서 내 이름이 흘러나온다. 무시하기엔 소리가 너무 크다.

"자, 챈티, 네 차례야! 우리 딸, 힘내!"

엄마가 내 볼에 뽀뽀하고 엉덩이를 토닥토닥 두드린다. 극장 전체가 내 쪽을 바라보고 있다. 마른침을 삼키고 무대로 향한다.

코리는 리치 뒤에 앉아 있다. 최소 열 명이 넘는 수행원이 그를 둘러쌌고, 관객은 코리의 사진을 찍으려고 몸싸움을 벌이고 있다. 사람들은 내가 무대 위에 올라온 것을 알아차리지조차 못한다. 나는 투명 인간이다. 내가 늘 그렇게 느끼듯이.

"안녕하세요." 리치가 말한다.

"안녕하세요." 내가 잠긴 목소리로 대답한다. 마이크에서 날카로운 삐 소리가 난다. "음. 저는…… 어, 제 이름은 인챈티드입니다."

"네, 저희도 이미 알고 있답니다. 오늘 무슨 노래 부르실 거죠?"

"아! 어, 글래디스 나이트의 〈내가 당신의 여자라면 If I Were Your Woman〉입니다."

코리의 시선이 나에게 꽂힌다. 그는 별 없는 밤하늘의 커다란 달 같다.

리치가 미간을 찌푸린다. "흠?" 심사위원이 잘 모르겠다는 얼굴로 서로를 쳐다보다가 어깨를 으쓱한다. "좋아요. 한번 들어봅시다!"

음향 담당자에게 고개를 끄덕인다.

화음이 울리고, 객석이 잠잠해진다. 노래를 시작하며 유튜브에서 배운 주의 사항을 하나씩 체크한다.

턱 치켜들기.

마이크 단단히 쥐기.

관객과 눈 맞추기.

그러나 내가 바라보는 사람은 코리뿐이다. 코리는 내게서 눈을 떼지 못하고 있다.

당신은 나의 일부예요

코리가 의자에서 몸을 앞으로 기울인다. 그리고 왜인지, 이름 없는 얼굴로 가득한 이 공간에서 내가 유일하게 아는 사람인 그를 바라보니 마음이 가라앉는다. 그래서 그를 향해, 오로지 그를 위해 노래 부른다. 어린 시절 내 거실 콘서트에서 할머니를 위해 노래한 것처럼.

> 그런데 당신은 알지도 못해요
>
> 당신에게 필요한 건 나예요
>
> 하지만 그걸 보여주기가 너무 두려워요……

노래가 끝나자 박수갈채가 쏟아진다. 코리가 입을 벌리고 감명받은 얼굴로 나를 물끄러미 올려다본다.

*

심사위원 1 멀리사: 목소리가 좋아요. 하지만 약간 불안정해요. 노래 레슨을 몇 번 더 받을 필요가 있어요.

심사위원 2 돈: 노래가 별로예요. 너무 구식이에요. 요즘 게 아니라.

심사위원 3 리치: 두 사람 다 제정신이 아니네. 저 날것 그대로의 재능을 못 봤어요? 하지만 제가 쪽 수에서 밀리네요. 내년엔 더 좋은 소식 있을 거예요. 다시 만날 거라 믿어요. 조만간.

05

브라이트 아이즈

백스테이지가 캄캄해서 차오르는 눈물을 가릴 수 있다. 1, 2분 정도 시간이 필요할 때 숨을 수 있는 완벽한 장소다. 아니면 10분. 아니면 15분.

잠시 시간이 필요하다. 다시 엄마를 보기 전에, 어색한 침묵 속에서 차를 타고 집까지 45분을 달리기 전에. 엄마를 속여서 오디션에 왔는데, 전부 헛수고였다. 이해가 안 된다. 완벽하게 불렀는데. 다른 참가자들보다 훨씬 잘했는데. 어쩌면 선곡이 문제가 아닐지도 모른다. 심사위원을 등 돌리게 한 건 나라는 사람 자체였을지도 모른다. 피부, 옷, 뒤틀린 미소, 짧은 머리카락······.

"좋은 노래였어."

그의 숨결이 목덜미에 닿아서 황급히 뒤를 돌아본다.

코리 필즈다.

입 속의 혀가 죽은 듯이 굳고 입술이 벌어진다. 언제 여기로 왔지? 아니 어떻게······ 잠깐, 나 코리 필즈랑 대화하고 있네. 아, 아냐. 나는 말이 없지. 그가 내게 말하고 있지. 뭐라도 말해, 이 바보야!

"어…… 감사합니다."

그의 미소가 캄캄한 공간을 밝게 비춘다. 가까이 서니 그에게서 사향 태닝 오일과 꿀 같은 진한 향기가 풍긴다. 그의 옷차림은 먼지 한 톨도 없이 깔끔하다. 심지어 신발도.

"흥미로운 선곡이었어." 그가 인상적이었다는 듯 고개를 끄덕이며 말한다.

"흥미롭다고요?" 내가 그의 말을 되풀이한다.

"그냥 좀 놀라웠어. 네 나이대에 그런…… 오래된 명곡을 선택했다는 게."

그의 말을 어떻게 받아들여야 할지 몰라서 어깨를 으쓱하고 솔직하게 말한다.

"할머니가 가장 좋아하는 노래 중 하나였어요."

그가 잠시 말을 멈춘다. 눈에 놀란 기색이 스치더니 씨익 웃는다. "나도야."

우리는 아무 말 없이 서서 서로를 쳐다본다. 다음 참가자가 이미 무대 위에서 비욘세의 노래를 부르고 있다. 비욘세의 곡을 불러야 한다는 걸 내가 몰랐나 보다.

뮤직비디오 속 코리는 훨씬 크다. 함께 춤추는 여자들 위로 키가 한참 솟아 있었다. 그런데 직접 만나보니 평범한 키다. 그렇다고 작다는 건 아니다. 내가 생각한 것처럼 농구선수 르브론 제임스만큼 크지는 않다는 거다. 그보다는 스테판 커리에 더 가깝다.

"목소리가 정말 좋아." 그가 말한다. "레슨 받아?"

"비슷해요." 유튜브 영상은 레슨이 아닌 것 같다. "하지만 항상 연습해요! 작곡도 하고요."

"흐음. 레슨을 받아야 해. 전문가한테."

내가 눈을 깜빡인다. "이런. 제가 그렇게 별로였어요?"

"아, 아니. 그런 게 아니야!" 그가 살짝 웃는다. "하지만 재능을 타고난 사람도 어느 정도는 지도를 받아야 해. 스포츠처럼. 훈련할수록 실력이 늘거든. 무슨 말인지 알아?"

나는 윌슨 코치님을 떠올리며 미소 짓는다. "네, 무슨 말씀인지 정확히 알 것 같아요."

코리가 내 얼굴을 유심히 바라본다.

"자, 여기서 잠깐 보여줄게."

그가 내 쪽으로 걸어와 한 손은 내 배에, 다른 한 손은 등 한가운데에 올려놓자 숨이 헉 막힌다. 나는 긴장해서 미친 듯이 주위를 살핀다.

이걸 보는 사람이 아무도 없나? 코리 필즈가…… 나를 만지고 있어!

하지만 이곳에는 경호원뿐이다. 경호원들은 마치 투명 인간처럼 등을 돌리고 우리에게서 멀찍이 떨어져 있다.

"긴장 풀어, 괜찮아. 나랑 있으면 안전해." 그가 윙크하며 쉰 목소리로 말한다. "봐, 횡격막으로 숨을 쉬어야 해. 나랑

해보자. 준비됐어?"

숨을 깊이 들이쉰다. 그가 내 등을 쓰다듬는 동안 배가 크게 부푼다.

"이제 숨을 내쉬면서 소리를 내봐."

그의 말대로 하자 음이 부드럽고 수월하게 흘러나온다.

"봤지? 더 낫지?"

"네." 내가 작게 웃는다. "더 나아요."

그의 눈을 올려다보니…… 시선을 돌릴 수 없다…… 그래서 그대로 바라본다. 그도 내게서 시선을 돌리지 않으니까. 굳게 다문 그의 입술이 벌어진다.

"이런. 네 눈 정말 예쁘다."

갈비뼈 안에서 심장이 세차게 뛰고, 내 손은 마치 늘 그곳에 있었던 것처럼 울퉁불퉁한 그의 손등을 어루만진다. 그러다 퍼뜩 정신이 든다…… 지금 나는 코리 필즈를 만지고 있다. 그 코리 필즈를……. 엄마가 금방이라도 나타날 수 있다. 그러면 옷장 속에서 호세 토레스와 키스하다 걸린 6학년 때의 상황이 그대로 재현될 것이다.

하지만 코리는 호세 같은 평범한 남자애가 아니다. 그는…… 훨씬 더 대단하다.

"저, 음, 이제 가야 할 것 같아요. 엄마가 제가 어디 있는지 궁금해할 거예요."

순간 그의 얼굴에 당혹감이 스친다. 그가 머뭇거리다 내게서 몸을 뗀다.

"너 몇 살이야?"

나는 숨을 크게 들이마신다. "열일곱 살이에요."

그의 얼굴에 오랫동안 아무 표정이 없다. 그러다 그가 미소 짓는다.

"다음 주 토요일에 내 공연 보러 와." 그가 말한다. "너하고 네 부모님 이름으로 VIP 티켓 걸어둘게."

마지막 참가자가 입이 찢어지게 웃으며 백스테이지로 뛰어 들어온다. 그 여자는 심사위원의 선택을 받았다. 물론 그렇겠지.

"음, 알았어요." 내가 말한다.

"매표소에 네 이름 있을 거야." 그가 급히 핸드폰을 꺼내며 말한 뒤 내게 윙크한다. "나중에 봐, 브라이트 아이즈."

그가 경호원 중 한 명의 어깨를 두드린다. 경호원이 나를 대충 훑어본 뒤 자리를 뜬다.

나비가 들어간 것처럼 가슴속이 간질간질하다. 환각을 본 걸지도 모른다. 코리 필즈가 나한테 관심을 보일 리는 절대로 없으니까.

06

스타 탄생

위키피디아에 따르면, 코리 필즈는 스물여덟 살이다.

코리는 신동이었다. 열세 살에 슈퍼스타가 된 그는 스티비 원더의 노래를 부르는 유튜브 영상으로 인기를 얻었다.

그는 할머니 손에 자랐고, 드럼과 피아노, 기타, 심지어 트럼펫까지 여러 악기를 연주할 수 있었다. 전부 동네에 있는 침례교회에서 시간을 보내며 독학했다.

〈무적〉〈너를 기억해〉〈워크 잇〉〈사랑은 동사다〉같은 싱글이 히트를 치면서, 사람들은 그의 등장을 마이클 잭슨의 재림으로 여겼다.

부모님도 그의 곡 〈일생의 사랑〉에 맞춰 춤추는 것을 좋아했다.

빌보드 차트 정상에 오른 곡이 열다섯 개. 300만 장 넘게 팔린 트리플 플래티넘 앨범들. 연이어 매진되는 콘서트와 투어.

그는 열다섯 살에 첫 번째 그래미상을 탔다.

4대 대중문화 시상식인 에미와 그래미, 오스카, 토니 중 아직 못 받은 것은 에미상뿐이다.

그의 최신 앨범 커버에 실린 상의를 탈의한 사진은 마치 그리스 신을 유화로 그려놓은 것 같다. 그의 피부는 토양의 빛깔이다. 검은 눈동자, 날렵한 턱선, 완벽한 콧날, 호박색 돌을 깎아 만든 듯한 가슴팍, 청바지의 허리 밴드 위에서 V자를 그리는 복근…….

코리 필즈는 스물여덟 살이다.

그는 어리다. 하지만 그렇게 어리지는 않다.

07

영원한 친구

가브리엘라가 생물 교과서 위에 올려놓은 케첩 통에 피쉬스틱을 담갔다 뺀다.

"우리의 사악한 계획이 먹혔네." 갭이 씩 웃으며 말한다.

"응. 라토야 존스가 날 거의 죽이려고 했지만."

여느 점심시간처럼 우리는 어두컴컴한 체육관의 움푹 들어간 벽감에서 느긋한 시간을 보내고 있다. 옆에 학교 트로피가 진열되어 있고, 우리 피부 위로 형광등 불빛이 쏟아진다. 나는 피쉬스틱을 타르타르소스에 찍고, 감자튀김이랑 먹으려고 슬쩍 갭의 케첩도 묻힌다.

"립스틱은? 귀걸이는?"

"완벽했어. 하지만 그런 건 하나도 안 중요해…… 왜냐면 코리 필즈를 만났거든." 너무 황홀해서 졸도해버리지 않으려고 애쓴다. "코리가 나를 애칭으로 불렀어. 내가 그 얘기 했던가?"

"응." 갭이 자기 공책을 펼치며 한숨을 쉰다. "이번이 네 번째야."

"알아. 근데 중요한 건 코리가 그 이름을 어떻게 불렀는가야."

갭이 눈동자를 굴리며 킬킬 웃는다. "그냥 친절하게 군 거야."

"절대 아냐. 아빠 친구들이 나를 귀염둥이라고 부르는 거랑은 달랐어. 그건…… 구체적이었어. 오직 나만을 위한 애칭이었다고."

"으윽, 야, 너 소스 두 번 찍어? 피클 넣은 네 마요네즈랑 내 토마토퓌레 섞지 마."

"그렇게 하면 더 맛있단 말이야! 자, 들어봐. '영혼의 눈, 영혼이 차오르네, 하루든 평생이든. 아름다움이 살아날 때. 나의 사랑이 되어줄래요?' 그다음 혹은 이런 멜로디야."

갭이 활짝 웃는다. "우와. 엄청난데! 오늘 작곡한 거야? 넌 정말 천재야!"

외부인이 볼 때 우리의 우정은 당연하다. 키도, 몸무게도, 백인이 아닌 것도 같다. 갭이 나보다 한 살 많고, 민머리가 아니라 두껍고 곧은 진갈색 머리칼을 정수리에 동그란 모양으로 대충 묶는다는 점만 빼면. 하지만 사람들이 나를 묘사할 만한 단어는 전부 갭을 묘사하는 단어의 반의어다. 내가 투박하고 서투르다면 갭은 모델 같고 자신만만하다. 내가 불안과 걱정이 심하다면 갭은 나이에 비해 차분하고 현명하다. 그 무엇도 갭의 평정심을 깨트리지 못한다.

그러나 우리는 백합으로 가득한 들판에 몇 없는 두 유색인 소녀다. 갭은 학교를 통틀어 내 존재를 과도하게 설명하지 않고 대화할 수 있는 유일한 사람이다. 그 점이 자매 같은 편안함을 준다. 우리 모두에게.

너무 편안해서, 나의 가장 내밀한 감정도 털어놓을 수 있다. "코리가 내 노래가 좋다고 했어."

갭이 웃는다. "물론 좋았겠지. 넌 잘하니까. 그리고 전 세계도 그걸 알아야 해. 이건 시작일 뿐이야. 넌 곧 전석이 매진된 콘서트에서 노래하게 될 거야!"

나는 어깨를 으쓱한다. "그럴 수도. 어쩌면 코리랑 같이 공연할 수도 있고."

갭이 내 머릿속 생각을 꿰뚫어보고 얼굴을 찡그린다. "너한텐 나이가 너무 많아."

"뭐. 그으으건 그렇긴 하지." 내가 말을 우물거린다. 두 볼이 빨개진다. "하지만 꿈꿀 수는 있잖아, 안 그래?"

갭의 얼굴이 일그러진다. "도대체 왜 그런 노땅 꿈을 꾸고 싶은 거야?"

"노땅? 코리 그렇게 안 늙었어! 아직 서른도 안 됐다고! 그래봤자 제이보다 일곱 살 많나?"

갭이 눈을 가늘게 뜨고 자기 스프라이트 캔을 곁눈질한다. "그거랑은 완전히 다르지. 너도 알잖아."

"알아, 알아! 화내지 말고 진정해." 내가 웃는다. "네가 아직도 이 문제에 기분이 상한다니 놀랍네."

제이. 갭의 남자친구. 갭의 대학생 남자친구.

갭이 당황한다. "그냥…… 징그러워. 사람들이 우릴 보고 하는 말들이.”

그렇다. 똑같은 문제는 아니다. 제이는 스물한 살이고, 갭과 만난 지 3년이 되었다.

체육관 안에 발소리가 들려서 하려던 말을 삼킨다. 신입생 두 명이 옆을 지나가다가 멈춰 서서 우리를 빤히 쳐다본다.

“뭐야?” 갭이 쏘아붙인다. “뭐 필요한 거 있어? 아니면 꺼져!”

둘이 눈짓을 교환한 뒤 다시 눈을 휘둥그레 뜨고 우리를 바라본다. 갭이 공책을 홱 덮는다.

“내 말 못 알아들었어? 꺼지라고!” 갭의 목소리가 채찍질처럼 매섭다. 두 사람이 자리에서 펄쩍 뛰더니 중얼거리며 줄달음친다.

“우와, 갭. 좀 진정해.”

“사람들이 무슨 외계인 보듯이 우릴 쳐다보는 게 싫어. 살면서 흑인이나 라틴계를 처음 본 것처럼!”

거의 2년이 지난 지금, 나는 그런 시선에 익숙해졌다. 그들의 파란색, 초록색, 적갈색 눈동자가 마치 실내 장식 같다. 갭에게는 그런 문제가 없다. 갭은 백인처럼 보여서 백합꽃 들판에 어우러질 수 있다. 하지만 절대로 그 사실을 인정하려 들지 않는다.

“넌 왜 꼭 여기에 있고 싶어?” 내가 묻는다.

형광등 아래에서 갭의 얼굴이 민트색으로 보인다. 90년대에 수상한 먼지 쌓인 하키 트로피에 갭의 턱선이 비친다.

갭이 어깨를 으쓱하고 다시 자기 교과서로 시선을 돌린다. "여기선 너랑 얘기하기가 더 편해. 바깥에는 오지랖 부리는 사람이 너무 많거든. 게다가 일이 끝나기를 기다릴 필요 없이 여기서 숙제도 끝낼 수 있고. 아! 너한테 어울리는 귀여운 후 드 샀어! 하나 사면 하나는 50퍼센트 할인이었거든. 커플룩이야!"

갭은 화이트플레인스 갤러리아 쇼핑몰에 있는 옷 브랜드 올드네이비에서 일한다. 일할 때가 아니면 갭은 항상 제이를 만나러 차를 끌고 포덤대학으로 간다. 갭이 자기 돈을 주고 산 차 밀이다. 갭은 숙세 같은 하찮은 일에 쓸 시간이 별로 없다. 실제로는 고등학교 졸업반이지만, 하는 행동은 쉰 살이다.

그러나 갭에게는 적어도 남자친구가 있다. 내게 있는 것은 수영과 음악, 코리에 대한 꿈뿐이다.

"너도 우리랑 같이 콘서트 갈 수 있으면 좋은데."

"새로 들어온 그 록스타 청바지는 알아서 접히지 않아요." 갭이 농담을 한다. "게다가 이번에는 네가 혼자 빛날 차례라고!" 갭이 내가 방금 알려준 가사를 부르며 숨이 닿는 만큼 음을 뽑아낸다. 갭이 나와 함께 무대에서 노래하지 않으려 하는 이유를, 아마 나는 영영 알지 못할 것이다.

다시 코리 생각을 한다. 그의 손이 내 배 위에 있었고, 손바닥으로 내 배꼽을 누르며 각인을 남겼다. 정말로 그와 함께하며 그가 늘 노래하는 사랑을 나누는 게 어떤 느낌일지 궁금하다.

그로운

"코리는…… 다정했어."

갭이 내 말을 못 들은 척하며 계속해서 생물학 교과서 세포 단원의 필기 내용을 베껴 적는다.

08

윌앤드윌로우 회의록

우리가 다양성이 부족한 하츠데일로 이사해 엘리트 사립 학교에 다니게 되면서, 엄마는 나와 쪼꼬미들이 지역의 다른 흑인들과 연결될 수 있는 가장 좋은 방법이 윌앤드윌로우에 가입하는 것이라고 생각했다. 웹사이트에 소개된 윌앤드윌로우의 목표는 다음과 같다. "아이들이 사회·문화적으로 훌륭한 환경에 함께 모여 리더십 개발과 자원봉사, 시민의 책무를 통해 몸과 마음을 단련할 수 있도록 아프리카계 미국인 어머니들에게 만남의 수단을 제공합니다."

내 사촌은 윌앤드윌로우가 속물인 흑인 엄마들이 똑같이 속물인 자기 애들을 과시하는 단체라고 말한다. 그 애의 말이 꼭 틀린 것은 아니다.

윌앤드윌로우는 전국에 지부가 있고, 지부는 나이별로 반이 나뉜다. 우리 웨스트체스터 10대 지부는 역시 10대로 구성된 행정부의 감독하에 한 달에 한 번 회의를 연다.

말리카 에번스: 회장

손 패트릭 주니어: 부회장

크레이턴 스티븐스: 재무관

아이샤 우즈: 서기관

인챈티드 존스: 그냥 오래된 정회원

셰이 존스: 인챈티드의 여동생, 10대 5반의 신입 회원

　우리 모두 15킬로미터 반경 내에 살지만 이 애들의 부모는 돈이 많다. 외과의사, 변호사, 건축가, 정치인. 심지어 어떤 사람은 덴절 위싱턴하고 아는 사이다. 그와 달리 부모님은 우리를 가까스로 이곳에 가입시켰고 그게 다 티가 난다.

　우리의 회의는 이런 식으로 진행된다.

크레이턴　에머리는?

인챈티드　일하러 간다고 했어.

말리카　그렇겠지. 자, 이제 회의 시작하자. 다들 알겠지만 다음 달에 동부 지역 10대 모임이 있어. 메리어트 호텔에 객실 예약이 확정됐고. 크레이턴, 숙박비는 다 걷었어?

크레이턴　존스 자매만 빼면.

셰이　언니?

인챈티드　엄마가 금요일에 내실 거야.

말리카　알았어. 그럼 그때까지는 참석 못 하는 걸로 할게.

인챈티드　아니면…… 참석하는 걸로 할 수도 있지. 방금 우리 엄

마가 금요일에 낼 거라고 말했잖아.

말리카   아직 6일이나 남았어.

손   너네…… 누구한테 돈 좀 빌릴 수 없어? 같이 춤추는 거 기대했단 말야.

인챈티드   우리한테 돈이 있는데 왜 빌려야 해?

말리카   돈 없잖아.

아이샤   남자애들만 잔뜩 갈 순 없어. 여자애들이 더 필요하다고!

크레이턴   야, 인챈티드, 걱정하지 마. 내 걸로 하고 금요일에 너희 엄마랑 정산할게.

셰이   고마워, 크레이턴.

말리카   어쨌든 하던 얘기 계속하면…… 뉴저지로 가는 렌터카가 시내 쇼핑센터에서 오전 7시 30분 정각에 떠날 거야. CP 타임* 안 돼. 우리 엄마 우즈 부인과 스티븐스 부인이 보호자 역할을 해주실 거야. 인챈티드, 우리 엄마는 네가 흑인 애국가를 부르는 게 좋겠다고 하셨어. 할 말 있어?

인챈티드   아니, 그냥 가자.

---

*   유색인 타임colored people's time. 한국인은 잘 늦는다는 뜻의 '코리안 타임'과 같은 맥락으로 유색인의 허술한 시간관념을 뜻하는 표현이며, 백인이 쓰면 유색인을 얕잡아보는 의미가 된다–옮긴이.

그로운

말리카	어딜 가?
숀	아니, 인챈티드는 좋다는 거야. 괜찮다고. 문제없다고. 그렇게 하겠다고. 너는 인챈티드가 우리처럼 교외에서 자라지 않았다는 걸 자꾸 까먹더라.
말리카	뭔 상관. 자, 여기 필요한 물건 목록이랑 일정표야. 마지막 날에는 비즈니스 정장 입어야 해.
셰이	언니…….
인챈티드	걱정 마. 내가 입던 정장 너한테 맞을 거야. 나는 엄마 거 입을 거고.
숀	얘들아! 첫날 밤에는 내 방에서 파티다! 내가 브루클린 지부랑 필라델피아 지부 남자애들한테 미리 말해놨거든. 걔네가—
아이샤	워런이 싫어할 것 같은데.
숀	워런이 누군데?
말리카	아이샤 남자친구.
숀	아, 그 고물 차로 너 바래다주는 촌뜨기?
아이샤	닥쳐, 숀! BMW로 사고 낸 다음에도 아빠가 새 BMW 사줄 만큼 모두가 운 좋은 건 아니거든.
숀	어쨌든 간에. 그래서, 다들 뭐 마실 거야? 댄버리 지부에 있는 친구한테 걔네 형 부대에서 맥주 좀 가져오라고 할 수 있어.
말리카	이봐…… 엄마처럼 이런 말 하기는 싫지만, 올해는 다

들 얌전히 굴어야 돼.

크레이턴   무슨 뜻이야?

말리카   여자애들 방에 몰래 들어가거나 파티 하면 안 된다고.
10대 모임에서 술 취해도 안 되고.

아이샤   우리 지부에 이미 주홍글씨 박혔어. 그냥 사람들한
테…… 다른 얘깃거리를 주지 말자.

숀   그래서 노잼으로 굴어야 한다고? 너무 구린데.

인챈티드   다른 안건 더 있어? 나 먼저 가야 돼.

숀   왜?

말리카   아직 일정표는 보지도 않았는데. 발표도 준비해야 한
다고!

인챈티드   오늘 밤에 코리 필즈 공연 보러 가.

숀   오, 쩐다! 그 공연 매진됐다고 들었는데. 티켓 어떻게
구했어?

셰이   언니가—

인챈티드   부모님이 운 좋게 구하셨어! 그게 다야.

말리카   알았어. 잘 보이지도 않는 뒷좌석이겠지만 즐거운 시
간 보내.

09

VIP의 의미

VIP는 매우 중요한 사람이라는 뜻이다. 위키피디아에서 찾아봤다.

매디슨스퀘어가든의 매표소에서 티켓을 찾자 직원이 우리에게 밝은 녹색의 VIP 배지를 줬다. 거기에는 '백스테이지 입장 가능'이라고 적혀 있었다.

엄마와 아빠, 나는 당당하게 배지를 달고 첫째 줄 좌석에 자리 잡았다. 이렇게 중요하고 관심받는 사람이 된 기분은 처음이다. 이 기분이 남은 평생 계속되면 좋겠다.

그가 무대 위에 올라와 첫 음을 부르는 순간 공연장 전체에 함성이 울린다.

코리 필즈는 상의를 벗은 위대한 신이다.

턱이 바닥까지 떨어지지 않도록, 그래서 내 핑크색 스웨터에 침을 흘리지 않도록 애쓴다.

아주 짧은 순간 그가 관중 속에서 나를 발견하고 윙크했다는 느낌이 든다. 하지만 아니다. 분명 상상일 것이다. 나는 가끔 그런 상상을 하니까.

하지만 이번엔 그 상상이 진짜이길 바란다.

공연이 끝나고 우리는 백스테이지 입구로 향한다. 은근슬쩍 안으로 들어가려는 인파에 거의 잡아먹힐 지경이다. 하지만 그들은 우리와 달리 배지가 없다. 우리는 VIP다. 직원이 우리에게 들어오라는 손짓을 한다.

"K의 손님입니까? 이쪽으로 오세요."

직원을 따라 미로 같은 복도를 지나니 '그린룸'이라고 쓰인 문이 하나 나온다. 알고 보니 그린룸의 내부는 초록색이 아니고, 검은색 커튼이 네 벽을 기리고 있다. 테이블에는 차가운 샴페인과 간단한 요리를 담은 접시가 준비되어 있고, 하얀색 가죽 소파가 가요계 스타들을 부드럽게 껴안고 있다.

"와." 아빠가 엄마에게 속삭인다. "이게 믿겨?"

"세상에나." 엄마가 아빠의 팔을 찰싹 때리며 말한다. "테리, 봐봐! 아니, 너무 티 나게 보지는 말고 슬쩍 봐봐. 저기 어셔야!"

유명인들이 쏟아져 들어온다. 전부 똑같은 VIP 배지를 달고 있다. 우리는 저 유명인들만큼이나 중요한 사람이다!

언젠가는 이곳이 내 그린룸이 될지 모른다. 그리 멀지 않은 언젠가.

"인챈티드, 필즈 씨가 오면 티켓 주셔서 감사하다는 말 잊지 마!"

그를 다시 본다고, 정말로 그를 만나게 된다고 생각하니 떨려서 몸이 들썩인다. 하지만 이곳 무대 뒤는 어둡다. 나를 못 보면 어떡하지? 진정하라고 되뇐다. 갭이라면 이렇게…… 호들갑 떨지 않을 거야. 갭은 별 노력 없이도 쿨했을 것이다. 그 힘을 빌려야 한다.

"딸, 셔츠 좀 내려." 엄마가 내 윗도리를 아래로 잡아당기며 조용히 말한다. "다 큰 남자들이 훤히 보게 하지 말고."

한바탕 소란이 인 뒤 코리가 그린룸으로 들어선다. 코리는 카메라와 보안 요원…… 그리고 여자들 무리에 둘러싸여 있다. 그들은 인스타그램에서 보이는 화려한 모델 타입이다. 팔로워가 백만 명이 넘고, 잘록한 허리선이 드러나는 딱 붙는 드레스를 입는 여자들. 속이 울렁거려서 나갈 생각으로 한 걸음 물러서는데, 방 저편에서 코리가 나를 발견한다. 그가 주저 없이 이쪽으로 달려오고, 사람들도 우르르 따라온다. 매디슨스퀘어가든이 일순간 조용해진다.

"안녕." 그가 섹시한 목소리로 말하며 한 손을 내민다. 기억한 대로 손이 부드럽다. 그가 손가락 끝으로 아주 미세하게 내 손바닥을 간질이고, 나는 그의 눈 속에 빠져든다.

게다가 그는 아직 상의를 안 걸친 상태다.

한 박자 뒤에 그가 아빠 쪽으로 몸을 돌린다.

"아버지시죠, 코리입니다." 그가 말한다. "선생님, 나쁜 뜻은 없습니다만 따님은 확실히 아리따운 어머님을 닮았네요."

"이런, 제 와이프 훔칠 생각은 마세요." 아빠가 웃으며 악수를 나눈다. "얘기 많이 들었습니다!"

"분명 전부 거짓말일 겁니다!"

엄마가 내 팔을 쿡 찔러서 내 임무를 떠올린다.

"어, 티켓 감사해요."

"언제든지."

"정말 멋진 공연이었어요." 엄마가 박수를 치며 신이 나서 말한다. "우리 애기가 그쪽을 얼마나 좋아하는지 몰라요."

'애기'라는 단어에 당황하며 움찔한다. 코리가 눈치채고 안타깝다는 미소를 짓는다.

"따님 목소리가 정말 멋져요." 코리가 윙크하며 말한다. "아, 찰리 윌슨을 만나보셨나요?"

엄마와 아빠의 눈이 반짝 빛난다.

"찰리 윌슨이요?" 아빠가 헉 하고 숨을 들이쉰다. "그 찰리 윌슨이요?"

"네, 맞아요. 바로 저기에 있어요. 토니? 찰리 삼촌한테 이 멋진 분들 좀 소개해드려."

코리를 만난 날 밤에 봤던 경호원이 말없이 고개를 끄덕인다. 엄마 뒤를 따라가는데 코리가 내 손을 붙잡는다.

"헤이." 코리가 나지막이 속삭인다. "브라이트 아이즈, 어디 가?"

심장이 다시 콩닥거린다. 그가 나를 애칭으로 불렀다.

그로운

"어, 공연 멋있었어요." 내가 떨리는 목소리로 말한다.

"그래서, 인정해주는 거야?"

"제 인정이 필요하실 것 같진 않은데요."

"아냐. 네가 날 어떻게 생각하는지가 중요해."

넋이 나간 채로 머릿속에 떠오르는 첫 번째 생각을 내뱉는다.

"정말…… 숨이 막혔어요."

그가 미소를 짓다가 웃음을 터뜨린다. "숨이 막혔다고?"

순간 간절히 쥐구멍을 찾고 싶어진다.

"아니, 아니. 저는…… 그게…… 아니, 그런 뜻이 아니었어요!"

"알아, 알아. 나도 기분 좋아."

잠시 이 방에 우리 둘뿐인 것 같은 기분이 든다. 어쩌면 지구상에 우리 둘뿐일지도.

"그래서, 또 무대에 설 계획 없어?" 코리가 묻는다.

"네, 쪼꼬미들한테 불러주는 것 빼면요."

"쪼꼬미?"

"아, 동생들을 그렇게 불러요. 여동생 세 명, 남동생 한 명이 있거든요. 제가 첫째고요."

"이야, 가족이 엄청 많네! 부모님 금슬이 좋으셨구나."

"으으! 그런 생각은 하기 싫어요!"

"미안." 코리가 웃음을 터뜨린다. "와, 난 늘 대가족을 원했어. 외동은 별로야."

"대가족은…… 음, 번잡해요. 게다가 우린 다른 사람이고요. 제 나이 때 이미 월드 투어 다니고 계셨잖아요." 실수로 나이 차이를 드러내고 움찔하지만 계속 말한다. "그러니까, 정말 굉장할 것 같아요. 가장 좋아하는 일을 하는 거 말이에요. 그러면 안 된다거나 동생 돌봐야 한다거나 청소하라고 말하는 사람도 없고요."

그가 씨익 웃는다. "글쎄, 난 조만간 마이크 뒤에서 널 다시 만날 것 같은 느낌이 드는데. 넌…… 너 자신에 대한 갈증이 있어. 그게 느껴져."

"이건…… 제가 원하는 전부예요." 가슴이 조금 가벼워지는 것 같다.

코리가 몸을 뒤로 젖히며 감탄하는 눈빛을 보낸다. "그래. 나도 느낄 수 있어."

방 저편에서는 부모님이 가장 좋아하는 아티스트 앞에 서서 칭찬을 쏟아내고 있다. 어째서인지 토니가 부모님을 가리고 있다. 아니면 부모님에게서 나를 가리고 있는지도.

"자." 코리가 한 발짝 다가서며 말한다. "핸드폰 줘봐."

그가 주위를 힐끗 살피고 내 핸드폰을 자기 골반 옆에 숨긴 뒤 번호를 입력해 문자를 하나 보낸다.

"됐다. 이제 연락할 수 있어." 그가 핸드폰을 내 재킷 주머니에 넣으며 엉덩이를 살짝 토닥인다. "있지…… 아무한테도 말하지 마, 알았지? 이건 우리만 아는 비밀이야, 브라이트 아이즈."

숨이 목구멍에 걸린다. 우리 사이에 비밀이 있다.

엄마가 얼굴이 빨갛게 달아오른 채 옆으로 돌아와 내 팔짱을 낀다.

"와, 직접 만나도 멋진 분이네요!"

"맞아요. 지금껏 내내 제 멘토가 되어주셨죠. 저도 따님에게 그런 사람이 되고 싶어요. 전에 말한 것처럼, 따님에게는 분명 뭔가 특별한 것이 있어요."

10

해변족

울창한 숲으로 이사 오기 전에 우리 가족은 해변족이었다. 우리는 모래사장에서 놀고 거친 파도에서 수영했으며, 햇볕을 받아 어깨가 까맣게 타곤 했다.

엄마와 아빠는 퀸스 파록어웨이에 있는 해변에서 자랐고, 본인들을 우리 가족의 첫 번째 물고기라고 불렀다. 아빠는 우리가 물고기에서 진화했다고, 그래서 이렇게 물에 이끌린다고 말한다. 그건 우리 유전자에 새겨진 기억이다. 아빠에게 이 생각은 타당했다. 신의 존재는 그렇지 않았지만.

여름이면 우리는 아이스박스에 먹을 것을 챙겨 나가 해가 질 때까지 내내 해변에서 놀았다.

우리는 바다 앞 방 세 개짜리 외할머니의 아파트에 살았다. 나는 아침마다 등교하기 전에 발코니로 나가서 코에 바닷바람을 가득 채웠다. 그러면 할머니도 내 옆으로 다가와 동경하는 눈빛으로 일렁이는 바다를 바라보았다.

"오늘은 분명히 바다가 붐빌 거야. 노래 한 곡 하는 게 어때?"

할머니는 나를 자신의 인어공주라고 불렀다. 내가 절대 물 밖으로 나오지 않으려 했기 때문이다. 나는 바다에 살며 해변에서 노래하고 싶었다. 파도가 얼음 조각처럼 얼어붙는 겨울에도 마찬가지였다. 할머니는 내 목소리가 다른 세상에서 왔다고, 그 세상이 어리사 프랭클린과 패티 라벨, 휘트니 휴스턴의 소울 가득한 멜로디로 우리 집을 가득 채운다고 말했다.

그러나 우리 집은 자그마한 수족관이었고, 물고기 떼인 우리는 언제 어디서나 서로 부딪쳤다. 물속은 긴장감이 감도는 진흙탕이 되었고, 엄마와 할머니는 굶주린 피라냐처럼 서로를 물어뜯었다.

탱크 안에서 물고기는 금방 죽는다고 아빠가 말했다. 우리에겐 공간이 필요했다. 잘 지내고, 성장하고, 대학에 가고, 깊이 잠수해 그들이 갈 수 없었던 곳까지 가기 위해서.

여기서 우리는 네 명의 동생과 나를 의미했다.

우리 능력만으로는 먹고살기 힘들었지만, 점점 심해지는 할머니의 기벽 속에 빠져 죽어가던 엄마와 아빠는 계획을 세웠다. 아빠는 케이블 회사에서 추가 근무를 뛰었고 엄마는 간호학교에 들어갔다. 두 분이 3년간 돈을 모아 마련한 이 집은 축축한 이끼 냄새가 나고 너무 습해서 피부에 냉기가 돌며, 굽이치는 키 큰 나무들이 햇볕을 모조리 가린다. 부드러운 파도도 휘몰아치는 바람도 없고, 들려오는 것은 벌레들과 화가 난 듯 쩍쩍대는 새들의 합창뿐이다. 우리는 백인 어부에게 둘러싸인 물고기 떼다.

아빠는 늘 피로하다. 아빠를 자주 볼 수 있는 건 아니지만. 아빠는 전기 노조에 가입했고, 2교대로 일하며 케이블 선을 수리한다. 전부 주택 융자를 갚고 사립학교 등록금을 내기 위해서다. 아빠는 해변에 가자는 말이나 우리가 과거에 물고기였다는 말을 더 이상 꺼내지 않는다. 엄마는 우리의 개인 운전기사가 되었다. 두 분 다 일을 나가면 내가 유일한 보호자가 된다. 이제 우리에겐 헤엄칠 공간이 생겼지만, 차가 없으면 바다가 아닌 교외의 수족관 속을 맴돌 뿐이다.

매일 아침 동생들에게 아침을 차려주기 전에 나는 조개껍데기를 귀에 대고 고향의 소리를 듣는다.

11

미용실 대화

나는 비좁은 화장실의 변기 시트 위에 걸터앉아 있다. 목에 가운을 두르고, 빗줄기처럼 쏟아지는 머리카락을 지켜본다. 왼쪽 귀에서 윙 하는 소리가 들린다. 나는 움찔한다.

"가만히 있어봐." 아빠가 내 머리를 붙잡고 말한다. "거의 다 끝났어."

내가 머리를 밀기로 결심했을 때 아빠는 새 바리캉을 샀다. 그 전에는 수염 깎는 면도기뿐이었는데, 딸에게 더 질 좋은 물건이 필요하다고 판단한 것이다. 게다가 이렇게 하면 매주 18달러를 내고 미용실에 가지 않아도 된다.

"아빠, 목 안 다치게 조심해." 내가 얼굴을 찡그리며 말한다.

"걱정 마. 힘 풀고. 이야, 딸. 네 엄마는 머리가 이렇게 안 자라. 분명 아빠 쪽에서 물려받았을 거야."

"아빤 뭐든 그렇게 말하더라." 내가 피식 웃는다. "노래도, 수영도, 키도, 몸무게도, 발도…… 전부 친가 쪽에서 물려받았다고."

아빠가 웃음을 터뜨린다. "아니, 그게 찐이니까 그러지."

"뭐라고? 이제 그런 말도 쓴다고? 교외에 너무 오래 살았나 보다. 우리 다시 퀸스로 가야겠다."

"머리카락이 이렇게 길어서…… 돈을 더 받아야겠는데요?"

"얼마나요?"

"50달러요. 지난주처럼요."

내가 비죽거린다. "제 이름으로 달아놓으세요."

"아빠!" 동생 하나가 소리를 꽥 지른다.

아빠와 내가 화장실 문 쪽을 바라본다. 문은 인접한 부엌 쪽으로 열려 있고, 데스티니가 입에 으깬 감자를 가득 물고 아기 의자에 앉아 있다.

아빠가 바리캉 전원을 끈다. "응, 우리 아가."

"피쉬스틱 더!"

"접시에 있는 것부터 마저 먹어. 괜히 욕심내지 말고."

펄이 식탁 의자에서 폴짝 뛰어내려 쌩 달려간다. 펄의 조그만 드레드록스가 칠렁인다.

"어허." 아빠가 펄을 부른다. "너 어디 가?"

펄이 어깨를 으쓱한다. "밥 다 먹었는데."

"접시가 식탁 위에 있으면 다 먹은 게 아니지. 여기는 청소 서비스가 없어요."

"게다가 오늘 네가 설거지할 차례야." 근처 어딘가에서 피닉스가 말을 보탠다.

"아니거든!"

그로운

"둘이 같이하면 어떠니." 아빠가 말한다.

펄과 피닉스는 오직 쌍둥이만 가능한 방식으로 서로에게 으르렁거리고는 함께 식탁을 치우기 시작한다.

"아빠, 나 주스 더 줘." 데스티니가 빈 컵을 흔들며 말한다.

오늘 엄마는 늦게까지 일하고, 아빠는 흔치 않게 금요일에 쉰다. 분명 아빠는 자기 이름이 이렇게 많이 불리는 데 익숙하지 않을 것이다. 아빠가 이마를 비빈다.

"아이고야." 아빠가 한숨을 쉬듯 중얼거린다. "셰이, 동생한테 주스 좀 따라줄래?"

셰이가 고개를 끄덕인다. 지금 셰이는 학교 친구와 페이스타임을 하며 어떤 남자애 이야기를 하느라 바쁘다.

"요즘 고등학생들은 다 저러니? 온종일 같이 있고도 또 페이스타임을 해?" 아빠가 허허 웃으며 다시 바리캉 전원을 켠다. "너는 한 번도 안 그런 것 같은데."

거울로 아빠를 바라본다. 아빠가 내게 시선을 집중하고 내 자세를 고친다.

"아빠." 내가 조심스러운 목소리로 말한다. "나 차 사면 안 될까?"

아빠가 고개를 휙 들고 나를 마주 바라본다.

"조사를 좀 해봤어." 아빠가 안 된다고 말하기 전에 말을 덧붙인다. "매달 228달러에 차를 임대할 수 있어. 내가 쪼꼬미들 도와줄 수 있을 거야. 셰이 태우고 직접 등교하고."

아빠가 한숨을 쉬며 바리캉 전원을 끈다. 사방의 화장실 벽이 점점 좁아진다.

"지금 우리 형편으론 안 돼. 학비에, 윌앤드윌로우 회비에, 내년 여름 캠프에…… 지금도 이미 쪼들리고 있어. 게다가 노조가 곧 파업에 들어갈지도 몰라. 그 말은…… 많은 변화가 있을 수 있다는 거야."

나도 엄마와 아빠의 대화를 들었다. 파업은 임금이 나오지 않는다는 뜻이며, 몇 달, 어쩌면 몇 년까지 이어질 수 있다. 그러면 셰이와 나는 파크우드고등학교를 중퇴해야 할 것이다. 최악의 경우 이 집을 내놔야 할 수도 있다.

"하지만 나도 일을 구하고 싶어."

아빠가 입술을 꽉 다문다. "일은 어차피 평생 해야 해. 지금은 네가 평범한 10대로 살았으면 좋겠어."

이 집에 갇혀서 내가 낳지 않은 아이들을 돌보는 삶은 전혀 평범하지 않다.

"알았어…… 그럼, 노래 레슨비 내줄 수 있어?"

아빠의 어깨가 축 처진다. "그럼 교외 활동이 하나 늘어나는 건데, 네가 집에서 동생들을 봐줘야지."

"하지만 아빠도 코리 필즈가 하는 얘기 들었잖아. 나는 잠재력이 있다고. 노래 레슨으로 내 목소리를 찾을 수 있어. 그게 내 기회일지도 몰라!"

"딸, 이미 다 얘기했잖아. 노래는…… 위험이 커. 모두가 잘

그로운

되는 게 아냐. 세상에는 수천 명의 가수가 있고 그중 운 좋은 사람들만 성공해."

화장실 바닥에 흩어진 내 머리카락을 내려다본다.

아빠가 입가를 훔치고 바리캉을 잠시 만지작거리다 빗으로 내 어깨에 떨어진 머리카락을 털어낸다.

"그래서, 디즈니 클럽의 다음 영화는 뭐야?" 아빠가 기대하는 목소리로 말한다. "너희 오늘 밤엔 뭐 볼 거야?"

나는 가운을 벗는다.

"〈인어공주〉." 내가 가운을 욕조에 던지며 조용히 말한다.

에리얼의 아빠도 에리얼이 아무것도 하지 못하게 했다.

완전히 새로운 세상

"좋았어. 다들 준비됐습니까?"

"네!" 방이 환호성으로 가득 찬다.

콘서트 이후로 2주가 지났고, 나는 인스타그램에서 코리 필즈의 일거수일투족을 주시하고 있다. 코리는 끊임없이 모습을 드러낸다. 나는 매일 저녁 침대에서 그의 짧은 영상과 인스타 스토리, 맨가슴을 드러내 사람들의 시선을 끄는 사진들 사이로 스크롤을 내리고, 침을 흘리고, 사립 탐정처럼 게시물 하나하나를 분석한다.

하지만 오늘 밤은 코리를 마음 한구석에 밀어놓고 이제는 전통이 된 우리의 주간 행사, 바로 디즈니 클럽에 집중해야 한다.

피쉬스틱과 브로콜리로 저녁 식사를 마친 뒤 나는 팝콘과 신선한 라임에이드를 만들고 셰이는 거실에 베개를 준비한다.

"쪼꼬미들, 오늘 밤은 여러분께 〈알라딘〉을 소개합니다!"

"바보 같아. 왜 알라딘을 못 알아보는 거야?" 셰이가 자기 자리로 뛰어들어 데스티니를 무릎 위에 올리며 말한다. "코수술을 한 것도 아닌데."

"누가 누굴 알아봐?" 피닉스가 흔들의자로 파고들며 묻는다.

"야! 다른 애들 시청 방해하지 마! 이건 중요한 통과의례야. 지니는 조연 부문에서 서배스천과 1, 2등을 다투는 중요한 캐릭터라구. 자, 또 질문 있어?"

펄이 번쩍 손을 든다. "내일 피쉬 타코 만들어줄 수 있어?"

"샐러드랑 같이 먹으면."

쌍둥이가 우웩 하는 시늉을 하고, 셰이가 눈동자를 굴린다. 다들 불만을 표하지만 난 신경 안 쓴다. 동생들을 돌보는 것이 내 일이다. 우리 할머니가 그랬듯이.

영화를 틀고 15분이 지났을 때쯤 내 핸드폰 진동이 울린다. 여느 때처럼 늦는다는 엄마나 아빠의 문자일 거라고 생각한다. 그런데 알고 보니 핍스라는 사람에게서 온 문자다.

뭐 해?

핍스? 핍스가 도대체 누구고 뭐 하는……

나는 헉 소리와 함께 핸드폰을 떨어뜨린다.

셰이가 내 쪽을 돌아본다. "무슨 일이야?"

진실이 목구멍까지 올라오지만 다시 꿀꺽 삼킨다.

"어…… 아무것도 아냐."

셰이가 한쪽 눈썹을 치켜들었다가 다시 영화에 집중한다.

코리 필즈가 내 핸드폰에 있다. 그가 내 핸드폰에 있다. 나한테 문자를 보내고 있다. 뭐라고 말하지? 쿨한 척해야 하나?

아냐, 불가능할 거야. 그렇다면…… 진실이 좋을지도.

쪼꼬미들이랑 〈알라딘〉 보고 있어요.

어떤 거? 리메이크 아니면 오리지널?

오리지널이요.

그렇겠지. 넌 클래식한 타입이니까. 😊

"누구랑 문자 해?" 셰이가 묻는다.

"어, 매켄지랑. 신경 *끄고* 영화나 봐."

본 적 있어요?

당연하지. 내가 가장 좋아하는 디즈니 영화 중 하나야.

그가 마치 마법의 주문을 말한 것 같다.

우리 가족도 디즈니 영화 좋아해요. 그래서 매주 금요일에 하나
씩 골라 보면서 어린 동생들에게 고전을 소개해주고 있어요.

멋진데! 지금까지 뭐 봤어?

〈백설공주〉

〈잠자는 숲속의 공주〉

〈신데렐라〉

〈이상한 나라의 앨리스〉

〈피터 팬〉

〈정글북〉

〈인어공주〉

〈알라딘〉

〈미녀와 야수〉

〈라이온 킹〉

〈공주와 개구리〉

〈포카혼타스〉는?

실제 역사를 식민주의적 관점에서 그린 영화는 절대 동생들한테
보여줄 수 없어요!

하하! 대단한데! 그럼 〈메리 포핀스〉는?

우선은 만화만 고르고 있어요.

그래? 그럼 〈마이티 덕스〉는? 고전인데!!

그것도 디즈니 영화예요?

와, 장난해? 디즈니랜드 안 가봤어?

네, 우리 가족이 다 같이 가기엔 입장료가 너무 비싸요. 늘 가고
싶긴 했지만요!

거기에 이 영화들 제작 과정을 보여주는 데가 있어. 〈로빈슨 가족〉
은 봤어?

아뇨, 어쩌면 언젠가 같이 볼 수도 있겠네요.

그가 대답을 입력하고 있는 것처럼 말풍선이 뜨다가 갑자
기 사라진다.

정적.

"아, 씨." 심장이 쿵 떨어지며 숨이 턱 막힌다.

쪼꼬미들이 소리를 지른다. "우-우-우! 나쁜 말!"

"미안."

셰이가 눈을 치켜뜬다. "괜찮아?"

"어…… 응. 아침에 수영 연습 있는 걸 잊었어."

셰이는 내 말을 믿는 것 같지 않지만 더 밀어붙이지는 않는다. 셰이가 내 무릎 위에 있는 리모컨을 집어서 몇 초간 영화를 되감기 한다. 지니가 노래한다.

　나 같은 친구는 절대 없을 거야

긴장을 풀고 다시 영화로 돌아가려 해보지만 집중이 안 된다. 내가 과했나? 너무 세 보였나? 너무 세 보인다고? 바보야! 저 사람은 코리 필즈야! 너한테 반했을 리가 없잖아! 머리에 똑똑히 새겨둬.

영화가 끝나고, 쪼꼬미들 옷을 갈아입혀 침대에 눕히고, 자장가를 불러주고, 샤워를 한다. 침대에 쓰러지자마자 핸드폰 진동이 울린다.

그럴 수도 🙈

담요 속에 파묻혀 기쁨에 찬 비명을 내지른다. 눈이 문자에 딱 붙어서 떨어지지 않는다.

그럴 수도! 뽀뽀하는 이모티콘이랑!

문자를 분석하고 겹겹의 다양한 의미를 해석하느라 늦게까지 잠들지 못한다. 온몸이 찌릿찌릿해서 어쩌면 두 번 다시 잠들 수 없을지도 모른다.

코리가 스튜디오에서 루더 밴드로스의 곡을 부르는 영상

을 인스타그램에 올린다. 나는 그 영상에 하트를 누른다.

몇 분 안 지나…… 그가 나를 팔로우한다.

13

생물 수업

"너 나랑 상태가 비슷하네." 함께 생물 수업에 들어갈 때 갭이 소매로 입을 가리고 하품을 하며 말한다. "주말에 바빴어?"

"그냥 잠을 많이 못 잤어." 나는 또다시 코리 필즈의 소셜미디어를 샅샅이 뒤지며 밤을 지새웠다. 그러다 그가 어린 시절에 교회 밴드에서 드럼을 치는 오래된 홈비디오의 토끼 굴에 빠졌다. 10대 초반에도 그는 섹시했다.

핸드폰이 진동한다. 코리다.

오늘 기분 어때?

그의 질문은 총알이 장전된 총이다. 모두가 볼 수 있는 환한 대낮에 총알이 발사되었다. 눈에 보이지 않는 담요를 머리에 뒤집어쓰고 몸을 숨기고 싶다. 어떻게 이런 단순한 질문이 이렇게…… 복잡하게 느껴질 수 있지? 지금 내 기분을 설명하긴 너무 어렵다. 그나마 어리사 프랭클린의 〈백일몽Day Dreaming〉 가사가 내 상태를 잘 나타내준다. 할머니가 이 노래를 좋아하셨다. 나는 백일몽에 빠져 너를 생각해…….

"좋아." 아마토 선생님이 말한다. "수업 시작하자. 숙제 꺼내도록."

무슨 일이 벌어질까? 만약 내 생각을 그대로 전달한다면…… 나를 살짝 열어 진정한 감정을 알린다면? 너무 깊이 생각하기 전에 재빨리 검색한 다음 이 곡의 유튜브 링크를 코리에게 보낸다.

링크가 째깍거리는 시한폭탄처럼 우리 대화방에 떠 있다. 옆구리로 토할 것 같은 울렁거림이 밀려든다. 내 직감이 속삭인다. 이건 아냐. 하지만 나는 사람들로 가득한 교실 안에 있고, 여기서 내게 이건 아니라고 말할 사람은 아무도 없다.

어쩌면 그가 그렇게 말할 수도. 하지만 그는 말이 없다.

"존스, 핸드폰 내려놓으세요." 아마토 선생님이 말한다.

그는 모든 걸 주고 싶은 남자야

내 마음을 믿고, 내 모든 사랑을 줄 그런 남자

죽음이 우리를 갈라놓을 때까지……

한쪽 귀를 조심스럽게 핸드폰에 대고 음악을 듣는 동안 가사가 머릿속에서 춤을 춘다. 답장은 없다. 생물 수업이 끝나면 점심시간이고, 갭 앞에서는 문자를 확인할 수 없다.

진 빠지는 45분이 지나고 종이 울린다. 단 1분이라도 혼자

만의 시간이 주어지길 바라며 얼른 책을 주워 담아 복도로 뛰쳐나간다.

"야, 천천히 가." 갭이 뒤에서 뛰어오며 말한다. "뭐가 그렇게 급해? 타코 먹는 화요일도 아닌데."

"아, 그게…… 화장실 가야 돼서."

갭이 나를 뒤따르며 제이의 대학생 룸메이트들이 자신을 무슨 먹을거리처럼 쳐다본다고 이야기한다. 변기에 앉아 핸드폰을 확인한다. 대답이 없다. 가슴이 철렁 내려앉는다.

전부 내 착각이었나? 너무 굶주리고 너무 밀어붙이는 사람 같았나? 멍청이, 멍청이, 멍청이!

갭과 쟁반을 들고 우리 자리로 향한다. 앉자마자 핸드폰이 울리고, 나는 확인하느라 접시를 거의 엎을 뻔한다.

문자메시지 하나.

그가 링크를 보냈다.

알 그린, 〈심플리 뷰티풀 Simply Beautiful〉

"누구랑 문자 해?"

핸드폰을 얼른 가슴 앞으로 끌어당긴다.

"아, 크레이턴."

"으읔, 왜 연락했대?"

"별거 아냐. 동부 지역 모임에 타고 갈 버스 얘기했어. 차 있는 너처럼 모두가 운이 좋진 않거든."

갭이 혀를 쏙 내민다. "맞아. 그 돈을 내려고 내 젊음을 갈아 넣고 있지. 정말 힘들어 죽겠어."

지금껏 갭에게는 거짓말을 한 적이 없다. 단 한 번도.

14

영혼이 부딪칠 때

나는 마치 여름 같다.

부서지는 파도, 뜨거운 모래, 끈적끈적한 아이스크림콘, 연기가 자욱한 숯, 불꽃놀이를 전부 피부로 감싼 것 같다.

코리와 나는 4일 연속으로 음악을 주고받는 숭이다.

도니 해서웨이, 〈너를 위한 노래A Song for You〉

빌리 홀리데이, 〈당신을 생각하며The Very Thought of You〉

에타 제임스, 〈일요일 같은 사랑A Sunday Kind of Love〉

미니 리퍼튼, 〈러빙 유Lovin' You〉

시간이 갈수록 노래는 더 꿈결 같고, 더 황홀하고, 더 화사해진다. 우리는 우리만의 암호로 대화를 나눈다. 서로 만지지 않고 추는 춤이다. 집중하기가 힘들다. 아침에 물속에 뛰어들어 수영 연습을 할 때조차 슬로모션으로 레인을 돌며 노래를 흥얼거리고, 음들이 방울방울 수면 위로 떠오른다.

학교가 끝나고 계단에 앉아 엄마를 기다린다. 셰이는 중간고사 공부를 하러 친구 집으로 갔다.

뭐 해? 수영 연습? 아니면 독서? 😊

웃음이 나온다. 내 사소한 정보를 전부 기억해주는 것이
좋다.

책 보고 있어요. 뭐 하세요?

사운드 체크. 한번 볼래?

그가 텅 빈 대형 경기장을 배경으로 셀카를 찍어 보낸다.
짧게 자란 수염이 언뜻 희끗하다.

저 좌석을 전부 채울 예정이에요?

훨씬 더 채워야지!

마치 공원에서 산책한다는 말처럼 쉽게 들린다.

무슨 책 읽어?

말 못 해요. *얼굴을 숨긴다*

뭐라고? 크크. 우린 뭐든 말하는 사이인 줄 알았는데?

우리가 그런 사이인가?

알았어요. 《이클립스》라는 책이에요. '트와일라잇' 시리즈요.

벨라랑 에드워드 나오는 거 맞지?

맞아요.

나도 읽었어.

정말로요?????

응. 물음표가 왜 그렇게 많아? 내가 독서할 줄 모르는 사람 같아?

그게 아니라요! 당연히 책 읽을 줄 아시겠죠. 그냥 너무 바쁠 것
같아서요.

이동 시간이 많아.

게다가⋯⋯ 이런 책을 좋아하신다니 깜짝 놀랐어요.

좋은 이야기잖아.

그런 것 같아요.

그런 것 같아?

모르겠어요⋯⋯ 벨라는 좀⋯⋯ 중심이 없는 것 같아요.

흠. 무슨 뜻이야?

그게⋯⋯ 엄청 나이 많은 소름 끼치는 뱀파이어가 자기 삶을 스토킹하게 놔두잖아요. 일부러 스스로 위험에 빠지고, 알아서 자신을 떠났어야 할 남자한테 자기 삶을 맡겨버리고요.

으하하! 그렇게 말한다면야. 근데 왜 읽어?

좋은 사랑 이야기를 싫어하는 사람이 어디 있겠어요?

나도 사랑 이야기 좋아해 ☺

코리 필즈와 나는 음악과 책 취향이 같다. 공중제비를 돌고 싶은 기분이다.

그럼《그레이의 50가지 그림자》는 읽어봤어?

배 속이 조여온다. 그가 내게 낯선 질문을 던질 때마다 항상 그렇다.

아뇨. 그래도 들어는 봤어요.

좋은 소설이야. 너도 꼭 읽어 봐.

그거⋯⋯ 엄청 이상한 섹스 나오는 거 아니에요?

하하!《트와일라잇》의 팬픽에 더 가까워. 네가 읽어보면 좋겠어. 다음에 우리가 만날 때 얘깃거리가 생길 거야.

그는 이미 나와 다시 만날 생각을 하고 있다. 심장이 가슴속에서 팽이처럼 핑핑 돈다.

알았어요.

메모해놔. 이번 주말이면 다 볼 수 있을 것 같아?

안 될 거예요. 주말에 윌앤드윌로우 행사가 있거든요.

너 윌앤드윌로우 회원이야? 헐! 전혀 몰랐어!

저 그런 사람 아니에요! 사실 웨스트체스터에 이사 온 다음에 가입한 거예요.

윌앤드윌로우 여자애들에 관해 엄청난 말을 들었는데.

뭐요?

아주 괴상한 짓을 좋아한다고. 부자 부모들이 알면 안 되는 괴상한 짓.

그건 사실이 아니에요.

적어도 나는 그렇게 생각한다. 아이샤나 말리카가 그런 짓을 하는 건 아예 상상이 안 된다. 특히 말리카는 재미에 알레르기가 있다. 그런 걸…… 재미라고 할 수 있다면.

그래서 무슨 행사인데?

저지시티에 있는 호텔에서 콘퍼런스가 열려요. 회의 같은 거 한 다음에 큰 댄스파티가 있어요.

춤추는 거 좋아해?

가끔은요.

별로 신난 것 같지 않은데?

후아. 그는 정말 문자만 보고도 알아차리는구나.

약간…… 불편한 것 같아요. 부잣집 애들 사이에 있으면요.

이해해. 대화가 필요하면 내가 언제나 여기 있는 거 알지?

15

윌앤드윌로우 지역 모임

댄스플로어에서 몸을 흔들고 있는 셰이의 얼굴 위로 디제이의 정신없는 조명이 빙글빙글 돈다. 셰이는 마치 먹잇감을 노리듯 자신을 둘러싼 남자아이들에게 배꼽으로 윙크를 날릴 수 있도록 빨간색 상의를 직접 수선했다. 옅은 화장도 마치 전문가의 손길이 닿은 것 같다. 셰이와 셰이의 친구들이 숭배하는 수많은 뷰티 유튜버 덕분이다.

셰이의 첫 번째 윌앤드윌로우 10대 행사다. 셰이는 별다른 수고 없이 카멜레온처럼 주변과 어우러지며 이 상황을 즐기고 있다. 나는 버려져 있는데 셰이는 저렇게 그림 속에 녹아들 수 있다니 어이가 없다. 나는 아무도 원치 않는 방 안의 가구다.

춤추기 싫은 것은 아니었지만, 누구도 내게 춤추자고 청하지 않았다. 이런 생각들이 물살을 거슬러 헤엄친다. 내 머리칼이 더 길다면, 내가 더 날씬하다면, 내 옷차림이 더 번듯하다면…… 그들은 날 무시하지 않았을 것이다.

갭이 여기에 있다면. 진심으로, 코리가 여기에 있다면 좋을 텐데.

핸드폰을 열 번째로 확인한다. 코리의 새 메시지는 없다. 인스타그램이나 트위터에도 아무 소식이 없다. 그와의 거리가 팔뚝 안쪽에 든 멍처럼 찌릿하게 아프다. 아무에게도 보이지 않지만 움직일 때마다 아픔이 느껴지는 멍이다.

"야, 인챈티드." 크레이턴이 옆에 바싹 붙어 앉으며 말한다. "뭐 해?"

"아무것도 안 해."

"왜 다른 애들이랑 저기서 안 놀아? 동생은 좋은 시간 보내고 있던데."

셰이를 힐끗 바라본다. 셰이는 이 공간 안에서 기쁨으로 가장 밝게 빛나고 있다.

"셰이는 그럴 만해." 내가 웅얼거린다.

"무슨 뜻이야?"

"디제이가 마음에 별로 안 든다는 말이야. 음악이 엉망이야."

크레이턴이 웃으며 내 팔을 끌고 댄스플로어로 향한다. "넌 너무 까다로워! 가자!"

가서 다들 하는 대로 해. 뻣뻣하게 힘이 들어간 내 근육들이 부드럽게 풀릴 수 있도록 스스로에게 말한다.

크레이턴이 뒤에서 내 허리를 껴안고 건들거리며 걷는다. 몸을 비틀어 빼내고 싶지만, 셰이에게 내 상황이 괜찮아 보이면 좋겠다. 셰이가 나를 존경하면 좋겠다. 나는 셰이의 큰언니, 쿨한 언니가 되어야 한다.

"있지, 쭉 말하려고 했는데, 요즘 너 예뻐 보여."

크레이턴의 땀 냄새와 축축한 손이 정신을 산란하게 한다. 크레이턴이 나를 캄캄한 벽 쪽으로 끌고 간다. 다른 애들이 그곳에서 춤추고 있다. 어쩌면 춤이라고 말하면 안 될지도 모른다. 그보다는 남자애들이 하체를 살짝 앞으로 내밀고, 여자애들이 마치 어둠 속에서 자리를 찾는 것처럼 뒤돌아선 자세로 그들에게 엉덩이를 비비고 있는 것에 더 가깝다.

크레이턴이 나도 저렇게 할 거라고 생각하진 않겠지?

그러나 그게 맞았다. 크레이턴은 그 자세를 생각하며 내 등을 자기 쪽으로 돌린다. 크레이턴의 손길이 마치 안 익힌 치킨커틀릿으로 내 팔을 비비는 느낌이다.

"싫어." 중얼거리며 빠져나가려 해보지만 크레이턴이 나를 세게 붙잡는다. 커틀릿 같은 그의 손이 내 드레스 안으로 들어가 맨허벅지를 만진다. 처음으로 크레이턴의 손을 탁 쳐낸다. 그리고 한 번 더 반복한다.

"그만해." 내가 말한다.

"뭐라고? 야, 왜 이래." 크레이턴이 나를 거칠게 잡아당긴다. 내 목이 확 꺾인다.

"너 미쳤어?" 나는 쏘아붙인 뒤 누가 보든 말든 신경 쓰지 않고 씩씩대며 파티장에서 뛰쳐나온다.

엘리베이터 앞에 서 있는데 굽이 딱딱한 크레이턴의 신발이 휘청거리며 따라오는 소리가 들린다.

"제발 좀, 원하는 게 뭐야?"

엘리베이터 문이 열리고 크레이턴이 나를 따라 안으로 들어온다.

"야, 어디 가?" 크레이턴이 묻는다.

어지러운 조명과 음악이 사라지자 크레이턴의 어눌한 발음 사이로 입에서 위스키 냄새가 느껴진다.

"날 좀 내버려둬." 크레이턴의 탐욕스러운 손을 쳐내며 조용히 경고한다.

"진정해, 챈트! 왜 이러는 거야?"

엘리베이터가 땡 하는 소리와 함께 내가 머무는 층에 멈춘다.

"잘 자, 크레이턴." 내가 엘리베이터에서 나오며 차갑게 말한다.

크레이턴이 나를 뒤쫓는다.

"나 따라오지 마!"

"따라가는 거 아냐. 그냥 우리 얘기 좀 하면 안 돼?"

"파티장으로 돌아가! 얘긴지 뭔지는 나중에 해."

다시 한 걸음 내디디자 크레이턴도 한 걸음 다가온다.

"야, 나 너랑 장난치는 거 아냐! 그냥 가!"

"그래도…… 그냥 얘기만 하면 안 돼?"

크레이턴이 너무 취해서 길을 잃기를 바라며 복도를 전력 질주해서 내 방에 들어온다. 하지만 크레이턴이 몸을 디밀고 들어와 등 뒤로 문을 쾅 닫는다.

"야, 장난치지 마!" 크레이턴이 버럭 소리친다. "내가 얘기 나누고 싶다고 했지!"

그 순간 내 심장이 패닉 버튼을 누른다. 지금 나는 술 취한 개자식과 단둘이 있다. 우리가 파티장을 나오는 걸 누가 봤을까? 우리가 여기 있다는 걸 아는 사람이 있기는 할까? 만약 셰이가 나를 찾아 올라온다면?

크레이턴이 침대를 쳐다보고 다시 내게 시선을 돌린다. 피가 차갑게 식는다.

"크레이턴…… 그러지 마." 몸이 덜덜 떨린다.

크레이턴이 내 목에 키스하며 감싸 안으려 한다.

"뭘 어쩌려는 게 아냐. 그냥 대화를 나누고 싶은 거지."

그때 내 안에서 뭔가가 펼쳐지고, 나는 꼿꼿이 서서 목소리를 굳게 가다듬는다. 이 개자식이 나를 공격하게 내버려두지는 않을 것이다. 내 여동생이 이 장면을 보게 하지는 않을 것이다.

"여기서 당장 나가지 않으면 비명을 지를 거야."

크레이턴이 고개를 번쩍 들고, 두 눈이 커다래진다.

"아냐. 안 돼. 비명은 지르지 마!"

"그럼 나가!"

크레이턴의 얼굴에 깨달음이 번진다. 그러다 주먹을 물어뜯으며 뒷걸음친다.

"젠장. 이런 젠장. 너…… 사람들한테 말할 거야?"

"나가!"

크레이턴이 사과하는 말을 몇 번 더 중얼거리고 나서 방에서 나간다. 문구멍으로 크레이턴이 멀어지는 것을 확인한 뒤 처음으로 깊은숨을 들이쉰다.

"망할." 그리고 숨을 내뱉는다.

아까 느꼈어야 할 공포가 감당하기 힘든 속도로 방 안에 밀려든다. 핸드폰이 있는 곳으로 헤엄친다. 늦은 시간이다. 갭은 아마 제이와 함께 있어서 답장하지 않을 것이다. 셰이는 아래층에 있는 데다 셰이의 첫 번째 파티를 망치고 싶진 않다. 게다가 셰이한테 말하면 엄마가 여기까지 그 먼 길을 달려와서 우리를 차에 태우고 호텔에 불을 지를 것이다.

그래서 그에게 전화를 건다.

"브라이트 아이즈." 코리가 반가운 목소리로 말한다. "안 그래도 네 생각 중이었어."

"그랬어요? 정말로요?"

"목소리가 왜 그래?"

"아무것도 아니에요."

"너…… 지금 울어?"

"아뇨, 그게 아니라…….."

"나한테 거짓말하지 마."

코를 훌쩍인 뒤 웃음을 터뜨린다. "바보 같아요. 유치하고."

"네가 나한테 하는 그 어떤 말도 바보 같지 않아. 너 지금 어디야?"

"저지시티요. 메리어트 호텔."

"나 더블유 호텔에 있어. 토니 보낼 테니 이리로 와. 아무한 테도 말하지 말고."

"왜요?"

"내 위치를 비밀로 해야 해서 그래. 잊지 마. 난 네 친구들 같은 평범한 놈이 아냐."

16

어떤 응급 상황입니까?

지금

상황실　　911입니다. 어떤 응급 상황이죠?

발신자 X　여보세요? 누가 옆방에서 비명을 지르고 있는 것 같아요.

상황실　　비명이 들리십니까?

발신자 X　복도에 있을 때 들었어요. 남자 비명이요. 그런데 평범한 비명이 아니라, 꼭…… 목숨이 달린 비명 같았어요.

상황실　　알겠습니다. 응급요원을 보낼 테니 주소를 알려주시겠습니까?

발신자 X　방문을 두드렸어요. 대답이 없어요.

상황실　　선생님, 문에서 떨어져 계십시오.

발신자 X　제가 머무는 층에 코리 필즈가 있어요. 가수요. 그 사람 목소리예요!

상황실　　선생님, 응급요원을 보낼 주소를 알려주세요.

17

구해줘

그때

그의 말을 듣지 말았어야 했다. 그렇게 열심히 호텔 뒷문으로 빠져나와서, 우리가 처음 만난 날 밤에 봤던 경호원과 함께 SUV에 올라타지 말았어야 했다. 적어도 파티용 드레스는 갈아입었어야 했다. 머리가 자동 조종 모드로 움직였고, 몸에는 아무 감각이 없었다.

1015호 방에 도착하기 전까지는.

코리가 문을 와락 연다. 우리가 통화했을 때부터 쭉 근처에서 기다리고 있던 것처럼. 나를 방안으로 데리고 들어가는 그의 얼굴이 부드럽게 풀린다.

"저런. 괜찮아?"

그가 나를 잡아끌어 안는다. 평범한 포옹이 아니라, 금속과 자석이 서로를 간절히 원해서 쾅 달라붙는 것 같은 그런 포옹이다.

"저지에서 뭐 하세요?" 이게 내가 떠올릴 수 있는 유일한 질문이다.

"너 지금 충격받은 상태야." 그가 나를 소파로 이끈다. "이리로 와. 앉아. 이거 마시고."

그가 맑은 액체가 담긴 유리잔을 조심스레 건넨다. 향이 물 같지는 않다. 나는 저항하지 않는다. 술을 마시면 안 된다는 건 알지만, 어차피 내가 지금 하는 많은 행동도 해서는 안 되는 것들이다.

한 모금 마시고, 또 한 모금 마신다.

"고맙습니다." 내가 주변을 힐끗 돌아보며 작은 목소리로 말한다.

코리가 묵는 스위트룸은 크기가 어마어마하다. 거대하고 화려한 크림색 거실 옆에 허드슨강 너머로 뉴욕의 스카이라인을 마주 보는 발코니가 붙어 있다.

코리는 회색 운동복 바지와 흰색 티셔츠 차림이다. 평범하고 편안해 보이지만 왜인지 섹시하다. 섹시. 그게 바로 내가 쓰고 싶은 단어다. 생각만으로도 기분이 멋쩍다.

"무슨 일 있었어?"

손을 덜덜 떨며 그에게 크레이턴 이야기를 한다. 몸 밖으로 빠져나가 그 순간을 다시 경험한다. 코리는 생각에 잠겼지만 차분한 얼굴로 내 말에 귀 기울인다. 어떤 남자애가 나를 건드리려 했다는 말을 우리 아빠가 들었다면 이만큼 차분하지 않았을 것이다. 하지만 바로 그게 차이일지 모른다. 코리는 나를 애 취급하지 않는다. 코리는 나를…… 그냥 평범하게 대한다.

"괜찮아. 지금은 안전해." 코리가 내 어깨를 문지르며 말한다. "남자애들은 그래. 예쁜 여자애랑 하고 싶어서 별짓을 다 하지."

"그럼…… 걔가 원했던 게……."

"당연하지! 그 조막만 한 머저리들은 맨날 그 생각밖에 안 해. 절대 시간을 들여서 너를 알려고 하지 않아. 네 하루가 어땠는지 묻거나, 네가 제일 좋아하는 디즈니 영화 이야기를 하지도 않고." 그가 씨익 웃는다. "네가 〈포카혼타스〉를 그렇게 싫어한다니 믿을 수가 없다."

나는 웃음을 터뜨린다. 가슴이 한결 가벼워진다.

"그리고 제가 유혹하거나 한 게 아니에요. 혹시 그렇게 생각하실까 봐."

"내가 왜 그렇게 생각하겠어?"

"가끔…… 사람들이 그렇게 생각하잖아요. 여자애도 그걸 원했다고요."

코리가 고개를 젓는다. "그건 네 스타일이 아니잖아, 브라이트 아이즈. 날 믿어. 언젠간 너도 네가 아니라 상대편이 문제였다는 걸 깨닫게 될 거야."

그 사실을 새기고 엄지손가락으로 유리잔 가장자리를 쓸며 마음을 가라앉히려 애쓴다.

"게다가, 여자들한테 약을 먹여서 하는 게 대체 뭐가 좋은지 모르겠다니까. 난 내 숙녀들이 말짱한 상태로 즐기는 게 좋은데. 모르겠네. 아마 내가 좀 다른가 봐."

나는 숨을 참는다. "아니면 그냥 좋은 사람이거나요."

그가 나를 힐끗 보더니 자기 유리잔에 든 얼음을 흔든다.

"그래. 그럴지도."

우리는 소파에 앉아 서로에게서 눈을 떼지 못한다. 그의 손이 내 무릎에 놓여 있다. 언제부터 그랬지? 옆에 있는 블루투스 스피커에서 소리가 나오기 시작한다. 도니 해서웨이와 로버타 플랙의 〈당신에게 가까워질수록The Closer I Get to You〉이다.

"어, 저 이 노래 좋아해요!"

"오, 그래? 네가 이 노랠 알아?"

그가 내게 가까이 다가와 스피커의 볼륨을 높이고, 나는 남몰래 그의 목 냄새를 맡는다. 향수인지 살냄새인지는 모르겠지만, 내 배 속의 나비들이 미쳐 날뛴다.

그가 몸을 뒤로 젖히고 노래를 따라 부르기 시작한다.

당신에게 가까워질수록
당신은 내가 더 많은 것을 보게 해요

알코올이 나를 용감하게 만든다. 지금 나는 대담하다. 목을 가다듬고 합류한다.

그로운

몇 번이나 스스로를

타이르려 했어요

우리는 절대 친구 이상이 될 수 없다고……

코리의 두 눈이 반짝이고, 그가 웃음을 터뜨린다. "이야, 너 정말로 옛날 곡들을 좋아하는구나. 부모님이 들려줬어?"

내 핸드폰 진동이 울린다. 셰이가 보낸 문자다.

어디야?

셰이에게 거짓말하고 싶진 않지만 셰이가 날 찾아 나서길 원하지도 않는다.

크레이턴이랑 있어.

"왜 핸드폰만 봐?" 코리가 속상한 사람처럼 틱틱댄다. "지금 네가 대화해야 할 사람은 바로 여기 있다고."

재빨리 핸드폰을 치운다.

"죄, 죄송해요. 정말로요." 내가 말을 더듬는다. "어…… 그러니까 옛날에 저희 할머니가 저랑 쪼꼬미들을 돌봐주셨어요. 그때 여러 옛날 노래를 들려주시고는 저한테 부르게 하셨어요. 휘트니처럼 모든 음을 시원하게 뽑아내야 했고요. 할머니가 제 첫 번째 선생님이라고 할 수 있겠네요. 첫 번째이자 유일한 선생님이요."

코리가 미소 짓는다. "우리 할머니도 똑같이 음반을 틀곤 하셨어. 그 노래들 덕분에 하루를 버티셨지. 음반하고 하나님

아버지 덕분에."

　우리는 노래를 이어간다. 내가 고음을 지르자 코리가 휘파람을 분다.

　"이야, 울림통이 대단한데! 진짜 스튜디오에 한번 데려가야겠어."

　"그 말은…… 그런데 스튜디오 빌리는 거 비싸잖아요."

　"무슨 소리! 자기 스튜디오가 있으면 안 그래."

18

레슨 계획

코리가 엄마를 어떻게 설득했는지는 모르지만, 그다음 주 토요일에 나는 어퍼웨스트사이드에 있는 코리 필즈의 펜트하우스 음악 스튜디오에 있다.

"보안 장치도 잘 되어 있습니다." 함께 시설을 둘러보며 코리가 엄마에게 말한다. "사방에 카메라를 설치해놓았고, 프런트에는 제 비서인 제시카가 있습니다."

코리가 내게 무료로 개인 레슨을 해주겠다고 했다. 거절할 수 없는 제안이었지만, 부모님은 반드시 자신들이 근처에 있어야 한다고 주장했다.

"그 사람이 슈퍼스타라는 건 알지만, 그래도 잘 모르는 사람이야." 아빠가 말했다. 지금까지 수많은 수영 대회에 혼자 참가했으며 아주 오랫동안 혼자서 쪼꼬미들을 돌봤다고 말해봤지만, 그 어떤 방법으로도 혼자 가겠다고 부모님을 설득할 수가 없었다.

"예의 지켜." 엄마가 다시 엘리베이터를 타고 내려가기 전에 내게 경고한다. "숙녀처럼 행동하고. 가정교육 잘 받은 것처럼. 그 사람이 하는 말 다 새겨듣고."

엄마는 차에서 기다리기로 한다. 눈에 보이지 않는 모래시계가 뒤집어졌다.

우리에게는 세 시간이 있다. 오로지 우리 둘이서 보내는 세 시간.

진짜 스튜디오에 입장하는 날을 늘 꿈꿔왔다. 오디오 믹서와 마이크를 직접 만져보고, 손가락으로 방음 부스를 쓸어볼 그날을. 하지만 그날 내가 코리 필즈와 함께일 줄은 상상도 못했다. 마지막 한 입까지 즐기고 싶은 달콤한 케이크 한 조각처럼, 나는 잠시 그 사실을 말없이 음미한다. 내 노래책이 펼쳐지고 싶어서 안달복달하며 가방에 무겁게 들어앉아 있다.

기타와 콩가, 드럼 세트 같은 다양한 악기의 옆 벽에 코리가 기대서 있다. 얼굴이 빨갛게 상기되었고, 시선이 내 모든 발걸음을 따라다닌다. 아이가 뭔가를 부술까 봐 감시하는 게 아니라, 이 순간을 소중히 간직하려는 것에 더 가깝다.

"세 번째 앨범이 트리플 플래티넘을 기록한 뒤에 이 스튜디오를 지었어." 코리가 벽에 걸린 상패를 넌지시 가리키며 말한다. "그 누구의 시간도 신경 안 쓰고 곡을 쓸 수 있는 공간이 있었으면 했어. 그저…… 나 자신이 될 수 있는 그런 공간 말이야."

그의 눈 속에 슬픔이 비친다. 행간에 말하지 못한 무언가가 남아 있다.

"너무 좋을 것 같아요, 이런 넓은 공간에서…… 숨 쉴 수 있다는 게요."

그가 고개를 끄덕이고 부드럽게 건반을 간질인다. 머리 위에 달린 스피커에서 소리가 흘러나온다.

"연주할 줄 알아?"

"할 줄 안다고 말할 정도는 아니에요." 내가 웃는다. "그래도 다들 연주하는 그 듀엣곡을 늘 쳐보고 싶었어요. 그거 아시죠, 던던 던던 던던……."

코리가 웃음을 터뜨린다. "〈하트 앤드 소울Heart and Soul〉? 이리 와봐. 내가 가르쳐줄게. 생각만큼 복잡하지 않아."

"본인한테는 그렇겠죠. 음악 천재시잖아요."

"하, '천재'란 말 정말 듣기 좋지 않아?"

그가 뒤에 서서 내 손가락을 건반 위에 올려놓고 나를 이끈다. 꼭 그가 내 손을 어루만지는 것 같지만, 그냥 내 상상일 뿐인지도 모른다.

"네가 이 음을 치면 내가 다른 음을 칠게."

몇 번 쳐보고 나서 연주를 시작한다. 하지만 그의 가슴팍이 내 등 뒤에 있고 그와 건반 사이에 샌드위치처럼 끼어 있다 보니 손가락이 말을 듣지 않는다.

"아, 죄송해요." 내가 바닥을 보고 웅얼거린다.

"괜찮아."

그가 지그시 나를 바라본다. 두 눈 속에서 불꽃이 이글거린다.

"어, 우리 녹음 같은 거 해야 하지 않아요?"

그가 어깨를 으쓱한다. "조금 이따가. 스튜디오에 그냥 걸어 들어가서 히트곡을 녹음할 수 있을 거라고 생각하면 안돼! 분위기에 서서히 익숙해져야지. 이곳에 녹아들어야 해."

그가 자기 기타를 들고 검은색 가죽 소파에 털썩 기대앉아 몇 개의 음을 연주한다. 그의 옆에 앉고 싶다. 그의 팔 아래로 기어들어 가슴에 얼굴을 묻고 싶다…… 하지만 긴장해서인지 몸이 계속 얼어붙어 있다. 엄마는 말했다. 예의 지켜. 숙녀처럼 행동하고.

"어떻게 녹아들 수 있어요?"

"좋아. 스튜디오의 규칙은 다음과 같아. 첫째, 이곳에서 일어나는 일을 아무도 몰라야 해. 이곳은 마법이 펼쳐지는 곳이고, 우리의 비밀을 누설해버려선 안 돼. 알겠어? 그러니 그 누구한테도, 네 어머니한테도 말하지 마."

어떻게 그럴 수 있는지 의문이 들지만 그런 생각조차 유치해 보이는 데다 그는 이미 나를 이렇게나 신뢰하고 있다. 나는 고개를 끄덕인다.

"둘째, 우린 여기서 그냥 음악만 만드는 게 아냐. 우리는 사랑을 나누는 거야, 알겠어? 그러니 온갖 틀에 박힌 것들은 문밖에 버려두고 자유로워져야 해."

그로운

"알겠어요."

"먼저 껴입은 그 옷들 좀 벗는 게 좋겠어."

내 후드집업을 힐끗 내려다본다. 설마 그런 의미일 리가…….

그가 웃음을 터뜨린다. "힘 빼. 편안해지라고. 나 보여? 난 여기서 신발도 안 신어."

그 사람 말 새겨들어. 예의 지켜. 엄마의 말을 다시 떠올리고 후드의 지퍼를 내려 소파에 던진다. 아침 내내 스트레스를 받으며 뭘 입을지 고민했지만, 내 몸에 꼭 맞는 단순한 흰색 브이넥 티셔츠가 가장 좋은 선택처럼 보였다. 단순할수록 더 좋다.

"네. 다른 규칙이 또 있나요?"

코리의 입이 벌어진다. 그의 두 눈이 커지며 나를 훑어본다.

"와, 너 정말…… 아름답다."

방이 빙빙 돌면서 두 볼이 새빨개진다. 그가 수줍은 듯 미소 짓는다.

"미안해. 그런 말 하면 안 되는데. 그냥…… 넌 정말 말도 안 되게 멋져! 네 눈 말야…… 널 볼 때마다 나를 잊어버려."

나는 양손으로 깍지를 낀다.

"어, 감사해요."

지금까지 내게 아름답다고 말한 사람은 아무도 없었다. 예쁘다는 말이야 들어봤다. 하지만 아름답다라…… 이 단어는 초월적이다.

그 뒤로 코리는 해야 할 일에만 집중한다. 우리는 목 풀기와 녹음 부스에서 노래하는 법, 마이크와 헤드셋 사용법, 음악 녹음하는 법을 점검한다. 1분 1분이 비현실적으로 느껴진다. 금방이라도 꿈에서 깨어나 다시 비좁은 집으로 돌아가게 될 것만 같다.

가벼운 노크 소리가 들린 뒤 문이 활짝 열린다. 긴 검은색 머리카락을 2 대 8 가르마로 빗어 넘긴 하얀 피부의 여성이 눈을 내리깔고 방 안으로 들어온다.

"인챈티드 양 어머니께서 45분 뒤에 도착하실 겁니다."

"고마워, 제스." 그가 알았다는 듯 고개를 끄덕인다.

제시카의 아몬드 모양 눈이 잠시 내 눈을 스친 뒤, 제시카가 들어올 때만큼이나 빠른 속도로 사라진다.

"좋아. 네가 고전을 좋아하니까 같이 오래된 노래를 불러보는 게 좋을 것 같아." 코리가 콘솔 뒤에서 말한다. "저지에서 했던 것처럼."

"그때 부른 노래도 괜찮아요?"

그가 활짝 웃는다. "물론이지, 브라이트 아이즈. 원하는 건 뭐든 불러도 돼."

내 입술을 깨물어보지만 더 이상은 참을 수 없다.

"브라이트 아이즈가 뭔지 제가 아는 거, 알죠?" 내가 격앙된 목소리로 불쑥 내뱉는다.

그가 고개를 옆으로 기울인다. "응?"

내가 노래한다. "돌아서요, 브라이트 아이즈……."

코리가 환하게 웃는다. 저 미소…… 어떻게 이렇게 오랫동안 저 미소 없이 살았지?

"이야, 이것 봐, 백인이 부른 고전도 아네!" 그가 잠시 생각에 잠긴다. "우리 할머니도 백인 음악을 좋아하셨어."

"저희 할머니도요." 내가 외친다. 우리의 공통점이 또 하나 늘었다.

코리가 의자에 등을 기댄다. "솔직히 내 맘대로 할 수 있으면 백인들이 부른 명곡만으로 커버 앨범을 내고 싶어. 하지만…… 그런 일은 절대 일어나지 않을 거야. 내가 그렇게 하게 내버려두지 않을걸."

"누가요?"

"우리 음반사가."

"아, 그렇군요. 죄송해요." 내가 웅얼거리며 말한다. "하지만 이곳은 개인 공간이잖아요. 원하는 건 뭐든 하실 수 있을 거라고 생각했어요."

코리에게는 내가 슈퍼스타에게 전혀 기대하지 않았던 애수가 있다. 저 긴 속눈썹 밑의 두 눈에 너무 많은 온기가 스며 있다.

"그래, 네 말이 맞아." 그가 말한다. "인챈티드, 어떻게 표현해야 할지 모르겠지만, 네겐 뭔가가 있어. 넌 그냥…… 달라.

정말 성숙해."

그가 건반 앞에 앉아 화음을 몇 개 치며 노래를 시작한다.

나도 쿡쿡 웃고 노래에 합류한다.

돌아서요, 브라이트 아이즈

나는 이따금 무너져 내려요

우리의 목소리가 함께 노래하며 공기 중에서 사랑을 나눈다.

당신의 사랑은 언제나 내게 드리운 그림자 같아요

19

날도둑

"태워줘서 정말 고마워." 가브리엘라의 차에 뛰어들며 내가 말한다.

"별말씀을." 갭이 우리 집 진입로를 후진해서 나온다. "오늘은 6시까지만 출근하면 돼. 그런데 이것 좀 봐!"

갭이 자기 핸드폰을 건네준다. 화면에 광고 하나가 떠 있다. '임대: 침실 하나짜리 아파트. 월세 1100달러.'

"너 이사해?"

"응! 뭐, 졸업 때까지는 아니지만. 그래도 위치 좀 봐봐. 나하고 제이한테 딱이야! 그리고 포덤이랑도 가까워. 제이가 그동안 교육학과 교수님들을 소개해줬거든. 여기 살면 좋을 것 같아."

갭의 장점 하나. 갭은 자기 삶을 잘 파악하고 있고, 그 삶에 전혀 두려움이 없다. 갭에게 내게도 좋은 소식이 있다고 말하고 싶어서 미칠 것만 같다. 하지만…… 코리가 그건 '우리만의 비밀'이라고 했다. 갭도 내게 뭐든 다 말하는 것은 아니고.

갭이 손가락으로 운전대를 두드리며 배드 버니의 노래에

맞춰 랩을 한다.

"넌 왜 가수가 되기 싫어?" 갑자기 궁금해져서 묻는다. "너 목소리 좋잖아."

갭이 어깨를 으쓱한다. "노래 부르는 게 좋긴 하지만 가수가 되고 싶진 않아. 그건 네 일이지." 그리고 혼자 피식 웃는다. "제이랑 나랑 정말 바보 같은 곡들을 쓰긴 해. 가끔 정말 웃기다니까! 우린 넷플릭스에서 코미디 프로그램을 만들어야 해."

제이와 가브리엘라가 처음 만난 이야기는 마치 동화 같다. 3년 전 사촌의 고등학교 졸업 파티에 간 갭은 고모네 뒷마당에 나갔다가 웃을 때 보조개가 생기는 담갈색 피부의 소년을 발견했다. 제이도 갭과 눈을 마주치고 갭이 계단을 또각또각 걸어 내려오는 모습을 바라보았다. 갭은 '포레버21'에서 산 핑크색 드레스를 입고 있었고 머리카락이 거의 엉덩이까지 내려왔다…… 그리고 별들이 제이를 통째로 삼켜버렸다. 첫눈에 반한 사랑이었다.

그때 갭은 열네 살이었고, 제이는 막 열일곱 살이 된 참이었다.

1년간 친구로 지냈지만 둘은 더 이상 현실을 부정할 수 없었다. 두 사람은 서로를 사랑했고, 땅콩버터와 잼처럼 잘 어울렸다. 둘은 레게톤 음악과 스니커즈를 좋아한다는 공통점이 있었고, 제이는 갭이 라틴계 뿌리를 받아들이도록, 갭은 제이가 대학에 지원하도록 격려했다.

그러나 제이가 열여덟 살이 되는 순간 모든 것이 달라진 듯했다. 사람들은 '영계' 같은 단어들을 내뱉었고, 제이에게 날도둑이나 소아성애자라고 말했다.

갭과 제이는 둘 다 고등학생일 때 처음 만나 우정을 쌓았지만 갭은 이런 발언에 기분이 더러워졌다. 그러나 제이는 사람들이 하는 말을 개의치 않았고, 인내심 있게 내내 여자친구를 애지중지하며 지지하는 꿈의 남자친구가 되어준다. 제이를 직접 만난 적은 없지만, 갭이 하는 말을 들으면 제이는…… 내가 늘 원하는 것을 전부 합쳐놓은 사람 같다. 같이 유치해지고, 함께 노래하고, 꿈을 공유하고, 우리만의 '비밀'을 가질 수 있는 사람. 온전히 나의 것인 단 한 사람.

그런 사람을 만날 수만 있다면 뭐든 다 내놓을 텐데.

"게다가 지루한 여자애들을 박살 내버릴 목소리는 너한테 있잖아." 갭이 웃음을 터뜨린다. "네가 부자에 유명인이 되는 동안, 난 여기서 제이랑 우리 애들한테 글자 읽는 법을 가르치고 있겠지."

내가 어깨를 으쓱한다. "난 부자에 유명인이 되고 싶은 게 아냐. 부자에…… 그냥 알려지고 싶어."

갭이 미소 짓는다. "너다운 말이다."

"이렇게 와줘서 고맙다, 존스." 내가 주차장에서 열심히 달려오자 코치님이 불만 가득한 목소리로 말한다.

"죄송합니다." 내가 숨을 헐떡이며 밴에 올라탄 뒤 차가 수영 경기장으로 출발한다.

"어디에 있다 왔어?" 매켄지가 묻는다.

"새 수영복을 놓고 와서 갭이 집까지 태워다줬어."

"누구? 잠깐— 와! 해나, 볼륨 높여줘!"

해나가 뒷좌석에서 씨익 웃고는 자기 플레이리스트에 있는 아리아나 그란데의 노랫소리를 키운다.

밴이 신난 환호성으로 가득 차고, 소녀들이 자리에서 몸을 들썩인다.

"오 마이 갓! 완전 쩔어." 매켄지가 활짝 웃으며 내 어깨를 친다.

"완전." 해나가 말한다. "꺄악, 인챈티드! 너 이 노래 꼭 불러야 해!"

"그래! 다음 장기 자랑 때."

이 애들은 비욘세와 아리아나 외에 다른 가수를 한 명이라도 알까?

어색하게 미소 짓는데 핸드폰 진동이 울린다. 코리다.

빨리 내일이 와서 네 아름다운 미소를 볼 수 있으면 좋겠다. 예쁜 몸매가 드러나는 옷 입고 와 🙂

그로운

20

너의 눈

"코트 벗지 마. 우리 견학 갈 거야." 코리가 가죽 재킷을 걸치며 말한다. "토니는 벌써 차에 있어."

"어디 가는 거예요?" 내가 코리를 따라가며 묻는다. 엄마가 날 방금 내려주었다. 엄마는 우리가 다른 데 간다는 사실을 전혀 모를 것이다…… 그것도 둘이서만.

코리가 능글맞게 웃는다. "곧 알게 될 거야."

우리는 비컨 극장에 들어선다. 객석 조명이 켜진 텅 빈 극장은 평소와 무척 다르다.

"우리가 처음 만난 곳이지." 코리가 보조개가 들어가게 활짝 웃으며 말한다.

"이제 뭐 해요?"

이곳에서 코리를 만나긴 했지만 나는 이 장소에 좋은 기억이 없다. 오디션이 남긴 상처가 아직 쓰라려 집으로 도망치고 싶은 마음이 간절하다.

"공연에 익숙해져야 해. 그럴 수 있는 곳은 오직 무대뿐이고. 우리한테 한 시간 있어. 이제 시작하자."

우리는 내가 가장 좋아하는 휘트니 휴스턴 앨범에서 한 곡을 고른다. 수백만 번도 더 불러본 곡이다. 노래하는 동안 코리는 턱에 한 손을 갖다 대고 내 주위를 돌며 깊은 생각에 빠진다. 한편 나는 달라진 배경이 마음에 쏙 든다. 스튜디오나 우리집 화장실보다 여기 무대에서 내 목소리가 훨씬 멀리까지 나아가는 것 같다. 관객이 없으니 신경도 거미줄처럼 얽히고설키지 않는다. 게다가 코리가 이곳에 있다. 코리 필즈가! 몇 초마다 내 볼을 꼬집어서 이게 꿈은 아닌지 확인하고 싶어진다.

노래에 열중하는데 코리가 음악을 멈춘다.

"왜요?" 내가 숨이 차서 묻는다.

"좀…… 딱딱해."

"네? 아니에요, 횡격막으로 호흡하고 있어요." 내가 배를 쿡쿡 찌르며 말한다. "맞죠? 전에 가르쳐주신 대로예요."

그가 고개를 젓는다. "이 노래. 네가 노래하는 방식이 다른 곡들하고는 달라."

나는 어깨를 으쓱한다. "그냥 노래일 뿐인데요."

"그 이상이야. 네 미소…… 이 곡은 네게 다른 의미가 있어."

나는 마른침을 삼키지만 아무렇지 않은 표정을 유지한다. "알았어요…… 그럼 이럴 땐 어떤 연습을 해야 해요?"

"간단해." 코리가 말한다. "심장으로 노래하면 돼, 브라이트 아이즈."

나는 발끈한다. "어떻게 하면 그럴 수 있는데요?"

그가 다음 수를 고민하는 것처럼 잠시 말을 멈췄다가 아무 주저 없이 내 손을 잡는다. 순식간에 그의 손가락이 내 손가락 사이를 파고들더니 그가 내 손을 내 가슴 앞에 갖다 댄다. 나는 그의 눈 속에서 타오르는 불길을 보고 침을 꿀꺽 삼킨다. 그가 이 극장보다, 어쩌면 이 도시 전체보다 더 거대하게 느껴진다.

"좋아. 네 심장은 근육일 뿐이야. 수축하고 팽창하며 다른 근육들처럼 열심히 일하지. 차이점은, 심장에서 내보내는 피가 온몸에 흐른다는 거야. 피에는 기억이 있어. 넌 잊으려고 하지만 기억은 널 놔주지 않을 거야. 그 기억을 이용해야 해. 피를 네 연료로 사용해. 하지만 긴장을 풀지 않으면 피는 네 몸을 흐를 수 없어. 이제 손에 힘 풀어, 브라이트 아이즈."

가슴 앞에서 꼭 쥔 내 주먹을 내려다본다. 손톱이 손바닥을 파고들고 있다. 마치 싸울 준비가 된 것처럼, 코리에게 덤벼보라는 듯이.

"눈을 감아." 코리가 말한다. "그리고 이 곡이 처음 네 심장에 들어온 순간을 떠올려."

"그때…… 얘기는 하고 싶지 않아요." 내가 울먹이는 목소리로 말한다.

그가 얼굴을 찡그린다. "내가 무서워?"

"아뇨."

"좋아. 그럼 날 믿어."

눈을 감고 바다의 소리를 듣는다. 파도가 해변을 만나 부서진다. 할머니의 세이지 향과 선탠로션 냄새가 나고, 음반이 튄다…… 계속해서 튄다.

"챈티, 우리가 너무 많이 들어서 망가졌나 보구나. 나를 위해 네가 직접 부르면 어떠니?"

내 얼굴에 서서히 미소가 번지고, 두 눈을 뜬다. 한 걸음 뒤로 물러나 두 손을 자유롭게 턴다.

"좋아요. 준비됐어요."

코리가 노래를 다시 틀고 무대에 나 혼자 서 있을 수 있도록 자리를 피한다. 무감각했던 곳에 기쁨의 파도가 밀려오고, 온몸에 생기가 돈다.

"목을 뒤로 젖혀." 코리가 음악 소리보다 더 크게 말한다. "목에 힘이 들어가지 않게 근육을 이완해. 네가 내야 할 음들이 거기에 걸려 있어."

목을 젖히고, 내 어깨에서 머리의 무게가 가벼워지는 것을 느낀다. 등이 활처럼 뒤로 구부러지고, 피가 빠르게 돌고, 미소가 커진다. 이건 내가 가장 좋아하는 앨범이고, 가장 좋아하는 곡 중 하나다. 웃지 말아야 할 이유가 없다.

부서진 마음은 어디로 가나요?

집을 찾아갈 수 있나요?

그로운

"팔을 사용해." 코리가 지시한다. "넌 지금 대답을 갈구하고 있어. 부서진 마음은 어디로 가는지!"

다시 할머니 앞에서 노래한다고 생각하며 천장 조명을 향해 손을 활짝 뻗는다. 제자리에서 회전하며 코리를 위해 노래 부른다. 내 주위를 맴도는 그를 경외하는 눈으로 바라본다. 그가 더 이상 망설이지 않고 가까이 다가온다. 어렸을 때 이후로 낸 적 없었던 고음이 마치 터널을 통과하는 기차처럼 날카롭게 내 몸에서 터져 나온다. 두 팔을 힘차게 내젓자 승리감이 온몸을 휘감는다.

"그래! 그거야!" 코리가 내 뒤에서 환호성을 지르고, 나는 조금 더 가까이 다가가 그를 위해, 오로지 그를 위해서만 노래한다.

　　당신의 눈을 바라봐요
　　당신이 아직 내게 마음 쓰고 있단 걸 알아요

노래가 끝난 뒤 온몸의 핏줄이 번개처럼 찌릿찌릿해서 화들짝 놀란다. 내 심장은 지금까지 쭉 뛰어왔지만, 온전히 살아 있음을 느낀 것은 이번이 처음이다.

"한 번 더?" 코리가 숨을 가쁘게 쉬며 묻는다.

"한 번 더!"

21

432,000초

432,000초. 다시 코리를 만날 때까지 기다려야 하는 시간.

우리 사이를 오가는 문자로는 충분하지 않다. 우리가 주고 받는 음악으로는 충분하지 않다. 소셜미디어에서 그를 스토 킹하는 것조차 충분하지 않다. 그와 함께 노래하지 않고 흘려 보내는 1분 1초가 마치 늪에서 하는 수영 같다. 진흙이 피부 에 달라붙어 나를 삼키고 잡아당기는 느낌.

사진 보내줘 😊

"누구랑 문자 해?"

내가 핸드폰을 바닥에 떨어뜨리고, 카펫이 그 충격을 흡수 한다.

"응? 뭐라고?"

엄마가 부엌에서 당근 껍질을 벗기며 킥킥 웃는다. 셰이는 저녁에 먹을 양파를 다지고 있다.

"맨날 핸드폰만 보잖아. 누구에게 그렇게 미친 듯이 문자 를 보내는지 궁금해서."

핸드폰을 꺼안고 L자 모양 소파의 틈에 더 깊이 파고든다.

엄마가 우리 사이를 안다는 생각만으로도 배 속이 꼬인다.

"그게…… 매켄지랑."

엄마가 능글맞게 웃는다. "아, 그렇구나."

"아…… 나 방에 교과서 두고 왔다." 나는 최대한 빨리 달린다. "금방 올게!"

뒤에서 엄마가 키득키득 웃으며 셰이에게 귓속말한다. "네 언니한테 남자친구 생겼나 보다."

코리 필즈가 사진을 보내달라고 했다…… 딱 내가 못하는 건데. 나는 셀카를 싫어해서 절대 안 찍는다. 사진을 공유하는 것도 별로 안 좋아한다. 갭과 나의 또 다른 공통점이다. 갭은 소셜미디어를 싫어하고 인터넷에 자기 얼굴을 드러내고 싶어 하지 않는다. 내 인스타그램 속 사진은 대부분 나와 쪼꼬미들 사진이다.

하지만…… 코리 필즈가 사진을 원한다. 그리고 난 안 된다고 말할 수 없다.

내 침실 문을 닫고 문을 배경 삼아 셰이가 셀카를 찍을 때처럼 여러 각도를 시도해본다.

저기요! 제 사진 어디 있죠?

시계의 초침이 더 크게 째깍거린다. 시간을 너무 오래 끌고 있다. 사진을 더 찍어본다. 웃었다가 안 웃었다가. 포즈를 취했다가. 입술을 내밀었다가. 한쪽 어깨가 보이게 티셔츠를 내렸다가. 우웩!

"인챈티드!" 엄마가 부른다. "나와서 저녁 만드는 것 좀 도와!"

"잠깐만." 내가 떨리는 목소리로 외친다.

다시 스무 장을 찍는다. 어쩌면 셰이의 화장품을 좀 발라야 할지도 몰라. 아니면 카메라 필터를 써야 할지도. 흑백으로. 아니면 새 셔츠를……

아니면…… 그는 그냥 친절하게 구는지도 모른다. 어쩌면 내가 너무 생각이 많아서 오버하는 걸 수도 있다.

하지만…… 코리가 나한테 아름답다고 했는데. 그리고 코리는 내 눈을 좋아한다.

심호흡을 한 번 하고 평소처럼 웃는 얼굴로 마지막 셀카를 찍어서 보낸다. 그제야 진정이 된다.

말풍선이 나타난다.

항상 머리를 짧게 잘라?

본능적으로 목덜미까지 머리를 쓸어내린다.

네. 수영하기 더 편해요.

몇 초 지나지 않아 내 대답을 후회한다.

멍청이! 애처럼 보일 거야…… 이 사람은 코리 필즈라고! 그는 여자를 대하는 데 익숙하다. 진짜 여자. 그는 카다시안 하고 사귄 사람이다.

기를 생각도 해봤어?

날카로운 경련…… 같은 것이 배 속을 할퀴고, 입 안이 바짝 마른다.

아뇨. 왜요?

그는 오랫동안 말이 없다. 심장이 뒤꿈치까지 쿵 떨어졌다.

문밖에서 발소리가 들린다. 엄마다. 거짓말을 들키지 않으려고 필사적으로 교과서를 찾는데 핸드폰이 울린다. 평소의 소리와 다르다…… 페이스타임이다.

코리 필즈가…… 내게 페이스타임을 걸고 있다.

"돌겠네." 숨이 턱 막힌다.

엄마의 발소리가 점점 가까워진다. 책가방 안에 있는 생물 교과서를 잡아채고 핸드폰을 바라본다. 받을까? 다시 전화하겠다고 할까? 나한테 다시는 전화 안 걸면 어쩌지? 하지만 이걸 엄마한테 어떻게 설명한담? 난 그의 핸드폰 번호조차 알아선 안 되는데.

종이에 베인 것처럼 마음에 432,000번의 날카로운 상처가 난 뒤 거절 버튼을 누른다…… 바로 그때 엄마가 방문을 열어젖힌다.

"찾았다!" 나는 목의 땀을 훔치며 외친다.

22

집처럼 편안한

토요일이 왔고, 뭘 입어야 할지 모르겠다. 가진 옷을 전부 걸쳐보고, 심지어 셰이의 옷까지 입어본다. 몸에 딱 붙는 초록색 상의와 청바지, 청재킷을 입기로 한다.

오늘은 아빠가 나를 스튜디오까지 데려다줄 예정이다.

"파록에 가야 해." 아빠가 얼굴을 찡그리지 않으려고 꾹 참으며 말한다. "네 할머니 댁에 별문제 없는지 확인해야 하거든. 길이 막힐 수 있으니까 다 끝나면 모퉁이에 있는 스타벅스에서 기다려. 예의 바르게 구는 거 잊지 말고. 코리는 너한테 큰 호의를 베풀어주고 있어. 대스타잖아!"

우리에게 두 시간이 더 생겼다고 코리에게 말하자 그가 온 세상을 밝힐 만큼 환하게 웃는다.

"그게 딱 우리한테 필요한 거였어."

우리는 H.E.R.과 대니얼 시저의 〈베스트 파트Best Part〉를 부른다(부모님이 가장 좋아하는 곡 중 하나다). 그런 다음 레이디 가가와 브래들리 쿠퍼의 〈셸로Shallow〉를 부르고(코리가 이 곡의 기타 연주를 좋아한다), 휘트니 휴스턴의 솔로곡으로 넘어간다(코리가 내 목소리를 좋아한다).

나는 학교나 윌앤드윌로우에서 사람들과 잘 어울리지 못한다. 집에서도 오롯이 나 자신이 될 수 없는데, 내가 노래하길 진심으로 바라는 사람이 아무도 없기 때문이다. 지금껏 편하게 마음대로 할 수 있는 유일한 장소는 할머니 댁이었다. 그러나 이곳에서 코리와 함께 있으니 오래간만에 나다워지는 느낌이다. 평생 여기서 머물 수 있다면 그렇게 할 것이다.

"짧은 곡을 좀 써볼까?" 코리가 공책을 흔들며 말한다.

"정말요?" 그동안 늘 내 노래책을 지니고 다니며 코리에게 보여줄 적절한 때를 기다리고 있었다. 가방에서 공책을 꺼내는데 가슴이 터질 것만 같다.

"그럼." 코리가 웃으며 나를 소파로 데려간다. "그런데 먼저 사랑을 나누는 것에 대해 얘기해봐야 해."

나는 얼어붙는다. "네?"

"사랑을 나누는 거." 코리가 무미건조하게 말한다. "먼저 얘기를 해봐야 그에 관한 곡을 쓸 수 있지, 브라이트 아이즈."

나는 노래책을 덮는다. 내 노래책은 유치한 가사로 가득하다. "음, 알았어요."

그가 고개를 갸우뚱한다. "잠깐, 너 남자 만나본 적 있어?"

"그러니까…… 성적으로요?"

코리가 웃음을 터뜨린다. "너 정말 말을…… 딱딱하게 한다. 어쨌든 맞아. 성적으로든 뭐든."

고개를 젓는다.

"키스는 해봤어?"

나는 어깨를 으쓱한다. 호세 토레스와 한 엉성하고 축축한 키스는 키스로 치면 안 될 것 같다.

"이런, 브라이트 아이즈, 너 정말 아무것도 모르는구나. 뭐, 그래도 괜찮아. 그런 건 네가…… 신뢰하는 사람한테 배우는 게 나아."

나는 침을 꿀꺽 삼킨다. 심장이 쿵쿵 뛰고, 가슴께가 뜨거워진다.

"그리고 말야." 그가 자기 공책을 쳐다보며 말을 꺼낸다. "어쩌면 네가 나한테 뭔갈 가르쳐줄 수 있을지도 몰라."

"어떤 거요?"

그가 수줍은 듯 배시시 웃는다. "좋아. 이건 아무한테도 말하면 안 돼…… 나 사실…… 물이 조금 무서워."

"정말요? 왜요?"

"나도 몰라. 수영을 제대로 배워본 적이 없어. 빠져 죽을까봐 무서워."

"모두가 빠져 죽는 걸 무서워해요. 그래서 다들 가라앉지 않으려고 노력하는 거고요. 그냥 계속 헤엄쳐야 해요. 〈니모를 찾아서〉처럼요!"

"그러네! 네 말이 맞네." 그가 말을 멈추고 나를 빤히 쳐다

그로운

본다. 표정이 꼭 무언가를 찾는 것 같다. "언젠가 네가 나한테 수영을 가르쳐주면 어때? 너는 프로니까. 그건 우리만의 비밀이 될 거고. 내 말 이해해?"

따뜻하다. 어쩌면 그가 나를 바라보는 방식 때문일지도 모른다. 내 피부가 불타는 듯 뜨겁게 달아오르지만 그 불길 속에서 나는 편안하다.

"저도 꼭 수영 가르쳐드리고 싶어요."

그때 문을 노크하는 소리가 난다. 제시카가 들어온다. 걱정과 두려움이 뒤섞인 표정이다.

"제시카, 이게 뭐 하는—"

"죄송합니다…… 인챈티드 아버지가 오셔서요."

코리가 짜증 난 얼굴로 나를 힐끗 본다. "두 시간 더 있다고 한 것 같은데." 그가 날카롭게 쏘아붙인다.

입을 열어보지만 아무 말도 나오지 않는다.

"나한테 거짓말한 거네." 그가 씩씩대며 내게 걸어오는 바로 그때, 아빠가 수많은 상패와 트로피를 두리번거리며 방 안에 들어온다.

"그동안 잘 지내셨어요? 죄송합니다. 좀 일찍 왔네요." 아빠가 날 보고 활짝 웃으며 말한다. "길이 심하게 막혀서 바로 차 돌려서 왔습니다. 어, 그러니까, 어, 흐름을 끊으려고 한 건 아닙니다. 예술가들이 그런 문제에 얼마나 민감한지 알거든요."

코리가 마음을 가라앉히고 희미하게 미소 짓는다.

"아녜요, 문제없어요." 그가 이를 악물고 말한다. "막 녹음하려던 참이었어요. 인챈티드, 부스로 들어가서 아버지께 그동안 연습한 거 보여드리자."

23

역사

4교시 미국 역사 시간에 나는 계산하느라 바쁘다.

코리는 스물여덟 살이다. 나는 열일곱이다. 겨우…… 열한 살 차이다. 내가 열여덟일 때 그는 스물아홉 살일 것이다.

가브리엘라는 제이보다 세 살 어리다.

카일리 제너는 타이가보다 여덟 살 어렸다.

비욘세는 열여덟 살 때 당시 서른 살이던 제이지를 만났다.

엄마는 아빠보다 일곱 살 어리다.

그리 드문 일이 아니다.

토머스 선생님은 남북전쟁을 설명하고 있다. 그러나 내 마음속에서는 다른 종류의 전쟁이 벌어지고 있다. 헤아릴 수 없을 만큼 싸워야만 이길 수 있는 전쟁이다.

한편으로, 나는 이만큼 코리를 원해선 안 된다.

다른 한편으로, 나는 코리 같은 사람을 만나본 적이 없다. 우리는 공통점이 너무 많다. 만일 그가 내 소울메이트라면? 내 운명이라면?

나이는 그저 숫자일 뿐이라고, 언젠가 코리가 내게 말했다. 그리고 그의 말이 옳다. 사람들은 늘 내가 나이보다 성숙하다고 말한다. 심지어 엄마까지도.

그럼에도 우린 도덕적으로 옳지 않아 보일 것이다. 어떻게 두 영혼이 우주를 헤엄쳐 서로를 발견했는지 설명하기란 쉽지 않다.

아마도 기다려야 할 것이다. 내가 열여덟 살이 될 때까지.

하지만…… 그 전에 그가 다른 사람을 찾으면 어떡하지?

"이게 정말 맞는 것 같아? 내가 보기엔…… 인챈티드! 내 말 듣고 있어?"

갭이 당근 스틱을 입에 물고 내 생물 숙제를 베끼고 있다.

"응? 뭐라고?"

"야, 너 요즘 무슨 일 있어?"

"없는데." 내가 간신히 미소 짓는다.

아직 갭에게 얘기하지 못했다. 갭은 언제나 나를 발가벗길 날카로운 질문을 던진다. 결국 갭도 알게 될 것이다.

"아무튼. 그래서 나는 토요일에 휴무고, 제이는 다른 데 가. 우리 재밌고 무책임한 짓 하면서 놀까?"

"이번 주말에 너 아빠랑 시간 보내는 줄 알았는데."

갭이 눈알을 굴린다. "그랬는데, 지금 아빠 나랑 말 안 해."

"아직도? 제이 때문에?"

갭이 어깨를 으쓱한다. "그래서 나랑 놀 거야, 말 거야?"

더 캐묻고 싶지만 갭은 아빠 문제에 매번 철벽을 친다.

"그게, 못 놀아. 일이…… 있어."

"수영 경기?"

"아, 응."

"알았어. 네 손해지, 뭐. 나도 그냥 넷플릭스나 보면서 쉬어야겠다."

나는 마른침을 삼키고 용기를 그러모은다. "나 내일 학교 빠질 거야."

갭이 한쪽 눈썹을 치켜뜬다. "진짜? 왜?"

"오디션이 있어. 시내에서. 엄마가 데려다주지는 않을 거고…… 그래서 혼자 갈 거야. 거짓말 좀 해줄 수 있어?"

갭이 감명받은 얼굴로 씨익 웃으며 몸을 뒤로 기댄다. "야, 이것 봐라! 완전히 새로 태어났네? 좋아, 나만 믿어. 다 부숴버리는 거야!"

24

수영 수업

수영복 가져오는 거 잊지 마. 🙂

코리는 메트로노스 할렘선 철도역과 한 블록 떨어진 곳에서 검게 선팅한 메르세데스를 타고 나를 기다리고 있다. 차 안은 꼭 해 질 녘 같다. 그는 후드를 뒤집어쓰고 얼굴을 거의 다 가리는 새까만 선글라스를 꼈다. 그가 콘솔 너머로 몸을 기울여서 나를 꼭 껴안는다. 그의 향기가 나를 집어삼키고, 온몸이 자동차 엔진으로 웅웅 울린다.

"준비됐어?" 그가 묻는다.

목소리가 가늘게 떨릴까 봐 고개를 끄덕인다.

그가 출발하며 내 손에 깍지를 끼고, 나는 히터 켠 부드러운 가죽 시트를 더욱 깊이 파고든다. 라디오에서 마빈 게이의 노래가 흘러나온다. 난 지금 코리 필즈의 차를 타고 있다! 그가 역으로 나를 데리러 왔다. 지금껏 남자애가 날 데리러 온 적은 한 번도 없었다.

갭에게는 학교를 빼먹는다고 말했다. 엄마에게는 저녁에 수영 경기가 있다고 말했다. 만반의 준비를 마쳤고, 이제 우리는 근사하게도 최소 열두 시간을 함께 보낼 수 있다.

단둘이서만.

코리의 눈에 두려움이 서려 있다. 그는 자신이 소유한 건물 실내 수영장의 얕은 쪽 끄트머리에서 몸을 허리까지 물에 담그고 서 있다.

"너 확실히 알고 하는 거지?"

코리는 웃통을 벗었다. 그의 가슴 근육과 식스팩에 난 모든 굴곡을 두 눈으로 직접 보고 감탄할 수 있다.

"네?" 내가 넋이 나간 채로 웅얼거린다.

그가 피식 웃으며 물을 튀긴다.

"아가씨, 집중 좀 하시죠."

"절 믿으세요! 쪼꼬미들한테도 수영을 가르쳤는걸요. 제가 알려드릴 수 있어요."

"이야, 이제 나를 애들하고 비교하는 거야? 완전 남자다워진 느낌인데."

내가 웃음을 터뜨린다. "물에 빠져 죽지 않게 약속할게요."

그가 고개를 끄덕인다. "알았어."

먼저 숨을 참고 뱉는 연습을 한 뒤 그에게 발차기를 가르친다. 그가 스튜디오에서 하듯이, 나도 친절하려고 노력한다. 그러나 이곳에서 그는 내 수영복을 빤히 쳐다보며 몸을 아래위로 훑는다.

"이제 개헤엄으로 저 있는 곳까지 오는 거예요. 할 수 있어요! 준비됐죠?"

그가 고개를 끄덕인다.

"시작!"

그가 물속에서 발차기를 하며 허우적댄다. 해일처럼 물이 잔뜩 튄다.

"그거예요. 잘하고 있어요!"

그때 그의 두 팔이 나를 감싼다. 내 몸을 더듬으려는 게 아니라, 죽지 않으려고 필사적으로 매달리는 느낌이다.

"괜찮아요." 내가 말한다. "이제 괜찮다고요!"

그가 얼굴을 훔치며 일어난다. 순간 냉정한 눈빛이 스친다.

"이제 됐어." 그가 화가 난 듯 말한다.

나는 한 발짝 뒤로 물러선다. 두 팔이 점점 떨린다.

"아, 네."

우리는 아무 말 없이 수영장 가장자리에 걸터앉는다. 우리의 다리는 물속에 잠겨 있고, 내 배 속은 꼬인 듯 아프다. 내가 너무 심하게 밀어붙였다. 물을 무서워하는 사람인데. 그는 나를 절대로 용서하지 않을 것이다. 이런 바보 멍청이!

"우리 할머니는 물을 싫어하셨어." 그가 차갑게 말한다. "수영장에서 물에 빠져 죽은 애들 얘기를 들으시고는 내가 수영장 근처에도 못 가게 하셨지. 듣기만 하고 자기 눈으로 직접 본 적은 없는 것들을 두려워하는 분이었어. 돌아가셨으니 지금 이것도 못 보시겠네." 그가 희미하게 웃으며 내 쪽을 돌아본다. "하지만 오늘…… 좋았어. 토요일에 또 연습할 수 있을까?"

나는 입술을 깨문다. "안 돼요. 그날 학교 축제여서 댄스파티가 있어요."

그의 얼굴이 일그러진다. "아, 알았어."

실망감이 소독약 냄새 가득한 공기를 집어삼킨다.

"근데…… 안 가도 돼요."

"아냐, 아냐, 가." 그가 부드러운 손을 내 허벅지 맨살 위에 올리며 말한다. "난 학교 댄스파티에 가본 적이 없어."

"진짜요?"

"응. 홈스쿨링을 하면 댄스파티도 졸업식 행사도 없거든."

"어땠어요?"

"홈스쿨링?" 그가 쿡쿡 웃는다.

"네. 하지만 전 세계로 투어를 다니면서 홈스쿨링을 하는 거잖아요? 분명히 멋졌을 것 같아요!"

턱을 꾹 다물고 물을 멍하니 바라보는 그의 두 눈이 마치 다른 곳에 있는 것 같다.

"나는…… 외로웠어." 그가 숨을 깊이 들이쉬고는 수영장으로 미끄러져 들어간다. "자, 이제 갈 시간이야."

내가 입을 삐죽 내밀자마자 그가 내 허리를 붙잡고 들어 올려서 물에 빠트린다.

"으윽!" 내가 키득키득 웃는다.

"쉿." 그가 웃으며 두 팔을 내게 두른다. 그리고 뒤돌아서 문 쪽을 바라본다. 다시 고개를 돌린 그의 얼굴에 미소가 돌아와 있어서 기쁘다. 이제 그의 시선은 나를 향한다. 그가 두 손으로 내 얼굴을 감싸고 가까이 끌어당긴다. 뼈가 덜덜 떨린다.

그리고 그가 내게 키스한다.

수영장은 순간 따뜻한 욕조가 되어 내 목에 땀이 흐른다. 나는 숨 쉬는 법을 잊는다.

"수영 가르쳐줘서 고마워." 그가 나와 이마를 맞대고 숨을 내쉰다.

연소. 오랫동안 그와 붙어 있으면 나는 연소할 것이다. 물에 둥둥 뜬 채로 불길에 휩싸인 여자가 될 것이다.

물기를 말리고 옷을 갈아입은 뒤 우리는 다시 스튜디오로 돌아간다. 몸이 가벼워진 느낌이다. 껍데기를 깬 달걀처럼 내 가슴에서 황금빛 노른자가 쏟아져 나와 나와 방 전체에 사랑을 흘리고 있다. 얼굴에서 미소를 지울 수 없고, 키스한 입술이 쓰라리다.

키스. 나는 코리 필즈와 키스했다.

"그래서, 댄스파티에 같이 갈 파트너 있어?"

그의 질문이 나를 꿈속에서 *끄*집어낸다.

"아, 아니요."

그가 분주하게 악보를 넘기며 고개를 끄덕인다.

"거짓말하는 거 아니지?"

배 속이 조여온다. 코리의 눈빛이 이상하다. 지금 질투하나?

"아아뇨. 없어요."

그가 어깨를 으쓱하고 키보드 뒤에 앉는다. "그래서 내일 볼 영화는 뭐야?"

"〈미녀와 야수〉요."

"하! 시간만큼 오래된 이야기……"

내가 몸을 돌려 그의 노래에 동참한다. "가장 진실한 이야기…… 저 이 노래 너무 좋아요! 디즈니 버전도 아름답지만, 피보 브라이슨과 셀린 디옹 버전은…… 진짜 멋지잖아요!"

코리가 손가락을 딱 튕기더니 건반 뒤에서 갑자기 달려 나온다.

"좋았어. 이거 하자!"

"진짜로요?"

"응." 그가 문 옆에 놓인 가죽 가방을 뒤지다가 카메라 하나를 꺼낸다. "녹화해도 돼?"

나는 손가락을 꼬며 그가 삼각대를 설치하는 모습을 지켜본다.

"왜요?"

그가 씨익 웃는다. "왜? 카메라가 부끄러워?"

"아뇨…… 그건 아니지만……."

"베이비, 제발. 응? 이거 녹화하면 나 정말 행복할 거야."

심장이 쪼그라든다. 그가 나를 베이비라고 불렀다. 나는 그의 베이비다.

"네, 좋아요."

25

유튜브

낮에는 키스에 대해 생각할 시간이 턱없이 부족하다.

내 몸은 물속에 있었지만 머리는 구름 속에 떠 있었다. 소독약 냄새가 나는 물속으로 미끄러지듯 들어가 부드럽게 팔을 젓는다. 그러나 코리의 입술만큼 부드러울 순 없다.

〈인어공주〉에서 에리얼은 열여섯 살에 에릭과 결혼했다. 그때 에리얼은 꼬리를 포기하고 두 다리를 얻었다. 어쩌면 사랑에 빠지는 건 그런 것일지 모른다. 내가 무언가를 위해 꼬리를 포기할 수 있으리라고는 상상하기 어렵다…… 코리를 제외하면.

물 밖 어딘가에서 내 이름이 들린다.

"존스! 존스!" 코치님이 으르렁거리듯 말한다.

"네?" 내가 물안경을 벗고 쿨럭거리며 말한다.

코치님이 양손으로 골반을 짚고 있다. "오늘 우리랑 같이 하고 싶은 거 맞아?"

주위를 둘러보고 물속에 남아 있는 사람이 나 하나뿐임을 깨닫는다. 팀원들은 전부 옆으로 나가 있다.

"죄송합니다." 작은 목소리로 말하며 재빨리 물속에서 빠져나온다.

코치님이 고개를 절레절레 젓는다.

"야, 너 요즘 왜 그래?"

매켄지가 헤어드라이어로 막 말린 머리칼을 휙 뒤집어 포니테일로 모아 묶는다.

"무슨 소리야?" 나는 아무것도 모르는 척한다.

"최근에 연습 많이 빠졌잖아. 카일 베이컨이 전화했는데도 다시 전화 안 줬고. 수업 시간 아니면 보기도 힘들고, 또—"

해나가 비명을 지른다. 매켄지와 내가 뒤돌아본다.

"이게 뭐야!"

다리를 벌리고 벤치에 걸터앉은 해나가 자기 핸드폰을 멍하니 바라보고 있다. "헐. 헐!"

"뭔데?"

"인챈티드! 여기 너 있어! 네가 코리 필즈랑 노래 부르고 있어!"

심장이 쿵 떨어진다. "뭐라고?"

매켄지가 해나 옆으로 뛰어간다. 매켄지의 두 눈이 툭 튀어나온다.

"오 마이 갓!"

영상 속에 내가 있다. 목선이 깊게 파인 탱크톱을 입고, 코리와 함께 〈미녀와 야수〉를 부르고 있다.

나는 두 눈을 감고 환하게 미소 짓고 있다. 그리고 코리는…… 가까이에 있다. 너무 가깝다. 얼마나 가깝냐면, 거의 서로의 입속에 노래하고 있을 정도다.

"너 코리 필즈랑 아는 사이야?" 해나가 고함을 친다. "왜 우리한테 말 안 했어?"

혀가 바짝 마른다. "그게……."

"인챈티드, 네 목소리 정말 멋지다." 매켄지가 활짝 웃는다.

고맙다고 말하고 싶지만, 우리의 사적인 순간을 전 세계가 볼 수 있다는 사실에 머릿속이 아득해진다. 그는 자신을 위해 찍는 거라고 했다. 유튜브가 아니라.

갑자기, 더 이상 물고기가 되고 싶지 않다. 한 마리 게가 되어 껍데기 속으로 들어가 영원히 안 나오고 싶다.

탈의실 사물함 속에 있는 핸드폰들이 줄줄이 울리기 시작한다. 메뚜기 떼처럼 문자메시지가 밀려든다.

교실에 도착할 무렵에는 학교 전체가 이 사실을 안다.

26

단체 채팅

[윌앤드윌로우 채팅방(존스 자매는 없음)]

숀   얘들아! 인챈티드가 코리 필즈랑 노래하는 영상 봤어??
       이게 뭔 일이래!

아이샤 조회수가 500만 회나 돼.

말리카 나도 봤어. 쿨하던데.

숀   가십 블로거들이 엄청 퍼 나르고 있어. 인스타그램에도
       영상이 쫙 깔렸고.

아이샤 우리 학교 애들도 전부 그 얘기 해.

말리카 너넨 이상하지 않았어? 두 사람이 서로 느끼게 쳐다보
       는 게.

숀   그냥 노래하는 거였는데 뭐. 진정해.

말리카 아냐. 나한텐 정말 그렇게 보였어.

숀   야, 말리카! 너 악플러구나!

아이샤 우리 엄마가 존스 아주머니한테 얘기해서 아주머니가
       단단히 화나셨어. 코리 필즈한테 녹화해도 된다고 허락
       한 적이 없대!

숀   어휴! 그 사람은 코리 필즈야! 조만장자쯤 될걸! 누구 허

        락이 필요한 사람이 아니라고!

말리카   존스네는 그거 말고도 걱정할 게 많아. 걔네 아빠가 파업

        중이거든. 그래도 역시 그 영상은 소름 끼쳐.

27

댄스파티

뭐 입었어? 😊

검은색 드레스요. 저번에 말씀하신 것처럼요! 😊

축제 위원회가 금색 테이프로 체육관을 장식했다. 감청색 풍선이 수백만 개 달려 있고, 붉은 조명이 반짝인다. 한 단 높여 마련한 무대 위에 디제이가 올라가 있고, 무대 주위로 번쩍이는 디스코 조명과 스피커가 설치되어 있다.

해나와 매킨지가 그 아래에서 엇박으로 춤추고 있다. 셰이는 무대 근처에서 어떤 백인 남자애와 시시덕거리는 중이다. 우리 눈이 마주치지만, 셰이는 얼른 시선을 돌린다.

엄마가 나를 댄스파티에 보내준 것은 오로지 셰이 때문이다. 엄마는 영상에 아직도 화가 나 있고, 셰이는 사람들의 관심이 당혹스러운 것 같다. 조금은 쿨한 언니가 있으면 셰이가 행복해할 줄 알았는데.

핸드폰을 확인한다. 코리에게선 문자가 없다.

갭에게 문자를 보낸다. 영상이 올라온 이후 갭도 내게 기분이 상했다. 지금 그 영상은 조회수가 2000만 회다. 갭이 휴가를 내고 댄스파티에 오지 못한 게 놀랍지는 않다. 갭은 늘 일하기 때문에 학교에서 무엇이든 혼자 하는 것에 익숙하지만, 오늘 밤만은 내게도 옆을 지켜줄 친구가 필요하다. 빤히 쳐다보는 시선과 웅성거리는 소리에 숨이 막힌다. 몸에 너무 딱 달라붙는 검은색 드레스를 끌어 내린다. 코리가 내게 더 이상 몸매를 감추지 말고 한 사이즈 작은 옷을 사라고 했다.

다시 핸드폰을 확인한다. 어쩌면 그도 내게 화가 났을지 모른다. 내가 스튜디오가 아닌 댄스파티에 왔기 때문이다. 그에게 가려고 했어도 엄마가 가만히 놔두지 않았을 테지만. 모든 결정을 엄마 마음대로 할 수 있다면 아마 나는 영영 그를 볼 수 없을 것이다.

축제 위원회가 무대 위로 올라온다. 왕과 왕비로 뽑힌 학생에게 왕관이 수여된다. 나는 하품을 하며 엄마에게 데리러 오라고 전화할 준비를 한다. 그때 디제이가 익숙한 비트를 튼다.

"그리고 오늘 밤…… 특별 손님이 와 계십니다!"

무대 밖 어딘가에서 또 다른 목소리가 마이크에 대고 노래를 한다.

내 입이 떡 벌어지고, 동시에 음악이 시작된다. 그림자에 가려진 인물이 무대 위로 걸어 올라오자 조명이 무대를 적신다. 환호성이 터져 나오면서 학생들이 나를 지나 댄스플로어로 달려든다.

코리다.

"다들 좋은 시간 보내고 계신가요? 제 특별한 친구가 오늘 여러분이 즐거운 시간을 보낼 수 있도록 저를 초대했어요!"

숨이 가빠온다. 움직일 수가 없다. 나는 비명을 지르는 팬들의 바다 한가운데에 떠 있는 돌이다.

코리가 자기 노래를 몇 소절 부르며 악수를 나누고, 하이파이브를 하고, 학생들과 같이 셀카를 찍는다. 학교 전체가, 심지어 선생님들까지도 그의 매력에 홀딱 반한다. 그러나 그의 눈은 오로지 나에게 꽂혀 있다.

노래가 끝나자 그가 무대 아래로 뛰어 내려와 나를 끌어안는다. 핸드폰 수십 개가 우리를 둘러싸고, 체육관이 번쩍이는 불빛으로 가득 찬다.

"뒤에서 만나." 그가 속삭인다. 그의 입술이 내 귓가에 스친다.

28

사생활

두 손이 땀으로 축축하다. 마음을 가라앉힐 방법을 찾길 바라며 화장실로 뛰어 들어간다. 주의를 돌릴 만한 것, 들키지 않고 빠져나갈 수단이 필요하다.

코리 필즈가 있다. 여기, 내가 다니는 학교에.

화장실에서 가장 커다란 칸으로 곧장 달려 들어가는데 갭이 뒤따라 안으로 들어온다.

"엄마야! 너 여기서 뭐 해?"

"나?" 갭이 쏘아붙인다. "방금 도착했어. 도대체 저 사람 여기서 뭐 하는 거야?"

갭은 자주색 드레스와 하이힐 차림이다. 긴 머리카락을 숄처럼 어깨까지 늘어뜨렸다.

"나도…… 잘 몰라."

"나한테 거짓말하지 마, 챈트! 일찍 일 끝내고 왔더니 너 지금 이러고 있잖아!"

내가 뒤로 물러선다. "왜 이래, 갭. 뭐가 문제야?"

"뭐가 문제인지는 네가 가장 잘 알잖아. 너 지금껏 거짓말했잖아! 지난번에 학교 빠진 것도 그래서야? 나한테 거짓말하고 몰래 그 사람 만났어?"

나는 입술을 깨문다. 구석에 몰린 동물이 된 기분이다.

갭의 두 눈이 커진다. "맙소사, 너 그 사람이랑 잤어?"

"아냐!"

"챈트…… 이러면 안 돼. 그 사람은 다 큰 성인이야. 어린 여자애가 다니는 학교에 불쑥 나타나면 안 된다고."

"야! 나 어린애 아냐. 6개월 뒤면 열여덟 살이라고."

"알아, 그런데 누가 봐도 저 사람은 그때까지 기다릴 생각이 없어 보이는데! 징말 역겹다."

"그만해, 갭. 내 일은 내가 알아서 해!"

갭이 팔짱을 낀다. "그런 것 같지 않은데."

"뭐라고? 너 질투해?"

"너랑 코리한테? 야, 제발. 나 남자친구 있어!"

"돈 한 푼 없는 대학생이지. 그리고 제이도 너보다 나이 많잖아. 이 위선자!"

갭이 눈을 깜박인다. "다르다는 거 너도 알잖아."

"뭐, 어쨌든. 우린 데이트하는 거 아냐. 그 사람은…… 날 이해해. 나한테 재능이 있다고 생각하고. 몇몇 사람들하고는 달리."

"뭐라고? 내가 늘 네 기분 띄워주잖아. 심지어 네가 저 개자식을 만나게 된 것도 내 덕분이라고. 그 오디션 보라고 밀어붙인 게 나니까."

"그 사람은 진심으로 내가 잘될 거라고 믿어. 내가 비욘세만큼 음역대가 넓대."

갭이 내 말을 비웃는다. "비욘세? 그 여자는 빌어먹을 유니콘이야! 넌 절대 그 사람처럼 못 돼!"

등에 박힌 칼을 뽑은 뒤 심호흡을 한다. "좀 심하다, 갭."

갭이 움찔 놀란다. "그런 뜻은 아니었어. 내 말은…… 남자애들은 여자랑 어떻게 해보려고 아무 말이나 할 수 있다는 거야."

"그 사람은 남자애가 아냐!"

"그 점은 사실이네!"

우리는 지금껏 한 번도 이렇게 싸운 적이 없다. 통제를 벗어난 분노 때문에 속이 메스껍다. 그때 핸드폰이 울린다. 코리에게서 온 문자다.

밖으로 나와.

"안 간다고 말해! 그 사람 문자인 거 다 알아."

내가 갭을 쳐다본 뒤 화장실 문을 힐끗 바라본다.

"나쁜 년, 너 여기서 나가면 경찰 부를 거야! 아니면 너희 엄마한테 전화할 거야. 내가 아는 거 너네 엄마한테 다 말하게 만들지 마."

나는 마른침을 삼키며 그에게 빠르게 문자를 보낸 뒤 가방에 핸드폰을 밀어 넣는다.

"됐지! 이제 만족해?"

"야, 다시는 거짓말에 나 이용하지 마."

"이젠 그럴 필요도 없어. 코리가 나를 투어에 데리고 갈 거니까!"

"뭐라고?"

"무대에서 같이 듀엣곡 부를 거야! 내 앨범 작업도 할 거고."

갭이 피식 웃는다. "야, 너 제정신 아니구나. 너희 엄마가 그냥 놔두실 것 같아?"

29

제안

엄마의 몸은 1년 내내 칠월 중순처럼 뜨겁다. 엄마의 혀는 폭풍우가 지나간 후의 시원한 산들바람 같지만.

그러나 일단 엄마를 화나게 하면 어떤 종류의 허리케인이 불어닥칠지 아무도 모른다.

"어떻게 감히 먼저 상의도 안 하고 우리 딸 얼굴을 인터넷에 도배할 수 있어요?"

"엄마!" 나는 숨이 턱 막힌다.

"그리고 애 학교에 불쑥 나타났죠, 우리 허락도 없이!"

"엄마! 제발!"

"난 필즈 씨하고 얘기하고 있거든?" 엄마가 씩씩댄다. "네가 아니라!"

부엌 식탁의 다른 쪽 끝에 앉은 코리가 미소를 짓는다. 그 옆에는 제시카가 앉아 있다. 오금에서 땀이 난다. 우리 집의…… 허름한 내부가 부끄럽다. 그의 호화로운 생활 방식에 비하면 우리 집은 빈털터리다. 하지만 코리는 이곳까지 먼 길을 달려와 직접 제안을 하겠다고 고집을 부렸다.

"존스 부인 말씀이 맞습니다. 제 잘못입니다. 무례를 범하려는 의도는 없었어요."

거실을 힐끗 바라본다. 소파에서 쪼꼬미들이 눈을 휘둥그레 뜨고 코리의 뒤통수를 쳐다보고 있다. 유리창 너머로 검은 트럭에 기대서 있는 코리의 경호원들이 보인다.

"인챈티드가 부탁했어요. 학교를 대표해서요. 잠깐 들러줄 수 있겠냐고요." 그가 말을 잇는다. "저도 그러면 좋겠다고 생각했고요."

아빠가 나를 곁눈질하며 손가락으로 식탁을 두드린다. 나는 입술을 깨문다. 나는 코리에게 학교에 와달라고 부탁한 적이 없다.

"전에 말씀드렸죠." 코리가 말을 계속한다. "전 인챈티드에게 어마어마한 잠재력이 있다고 생각합니다. 거짓말이 아니라, 이 신비한 소녀가 누구인지 알고 싶어 하는 프로듀서와 음반사들 때문에 제 핸드폰이 터질 지경이에요. 이제는 일을 시작해야 할 때라고 봅니다."

"그게 무슨 뜻입니까?" 아빠가 말한다.

"허락해주신다면, 인챈티드가 제 어쿠스틱 투어의 특별 게스트가 되어줬으면 합니다."

엄마가 입을 쩍 벌리고 그를 바라본다. "절대 어림도 없어요."

"엄마!"

"말도 안 되는 소리처럼 들릴 거 압니다. 하지만—"

"하지만 대답은 여전히 안 된다입니다." 노여워하는 아빠의 목소리가 온 집안을 울린다.

코리가 재미있다는 듯 빙긋 웃으며 고개를 옆으로 꺾는다.

"제가 말씀드려도 괜찮다면." 제시카가 끼어든다. "전 꽤 오랫동안 코리 씨와 함께 일해왔는데요, 저희가 인챈티드에게서 발견한 재능은…… 코리의 그 어떤 제자에게서도 그런 재능은 보지 못했어요. 저희 음반사는 인챈티드를 키우는 데 진심으로 투자하고 싶고, 차후에는 음반 계약을 맺을 수도 있습니다."

엄마의 눈이 갑자기 커다래진다.

"제가 기꺼이 법정후견인이 되겠습니다." 제시카가 덧붙인다. "지금까지 미성년자인 스타 수십 명이 그렇게 해왔어요."

"게다가 인챈티드가 그 돈을 쓸 수 있을 겁니다." 코리가 새로 인쇄한 아빠의 파업 포스터 옆에 앉은 쪼꼬미들을 힐끗 돌아보며 빙그레 웃는다. "등록금이나…… 그런 곳에요."

아빠가 분노를 삼킨다. "그래도 대답은 똑같습니다."

엄마가 아랫입술을 깨문다.

아빠의 거절은 콘크리트 벽처럼 견고하다.

하지만 엄마의 거절은 석고보드다. 적절한 힘과 도구만 있으면 뚫고 들어갈 수 있다.

30

엄마의 통제

스테퍼니 밀스의 〈지금까지 이런 사랑을 몰랐어요Never Knew Love Like This Before〉. 그가 내게 보낸 곡이다.

또다시, 그가 이 노래 가사로 무엇을 말하려 하는지 궁금해진다. 날 사랑한다는 말일까?

왜냐하면…… 난 내가 그를 사랑한다는 것을 알기 때문이다.

지금까지 사랑이 이런 느낌일 줄 몰랐다. 온종일 바다에서 수영하느라 숨이 가쁜 느낌일 줄이야. 귓가에서 바닷소리가 들린다. 목 안에서 짭짤한 바닷물 맛이 난다. 코리는 집에 온 듯한 느낌을 준다. 나의 진짜 집. 오직 인어만이 이렇게 깊은 감정 속에서 헤엄칠 수 있다.

이런 종류의 사랑을 영원히 느낄 수만 있다면 무슨 짓이든 할 것이다.

*

저 열여섯 살이에요. 애가 아니라고요!

〈인어공주〉 속의 이 대사가 계속 머릿속에 맴돈다. 어렸을 때도 에리얼이 아버지에게 대드는 장면을 보면 온몸에 힘이 들어갔다. 엄마 아빠한테 이런 식으로 말하고도 살아남는 것은 상상할 수 없었다.

하지만 지금 부모님은 나를 몰아붙이고 있다.

학교 바깥에 서서 엄마를 기다리는데 가을의 차가운 공기가 재킷 틈을 비집고 들어온다.

엄마는 또 늦는다.

셰이가 옆에서 몸을 덜덜 떤다. "언니 지금 이기적으로 구는 거야. 그건 알지?"

내가 눈을 굴린다. "너나 잘해. 너랑은 아무 상관도 없는 일이니까!"

"엄마 아빠는 우리 다음 학기 등록금 낼 돈도 없어." 셰이가 발끈한다. "그게 얼마나 힘든 일인지 몰라? 그런데 언니는 노래 생각만 하지."

모자를 아래로 잡아당기며 속을 긁어대는 불편함을 모른 척한다. 코리는 오늘 내가 보낸 문자에 전혀 답이 없다. 내가 지겨워졌으면 어떡하지? 내 드라마에 더 이상 끼고 싶지 않다면? 이미 마음을 정리했다면? 절박한 마음에 등골이 오싹해진다.

엄마의 차가 돌진하듯 모퉁이를 돌고, 나는 조수석에 올라탄다.

"그런 표정 하지 마, 챈트." 엄마가 쌀쌀맞게 말한다. "넌 못

가. 얘기 끝이야!"

"엄마, 엄마가 허락해줘야 해."

셰이가 눈알을 굴리며 얼른 이어폰을 꺼낸다. "또 시작이네."

"엄마나 아빠가 몇 주씩 일을 쉬고 널 따라 전국을 돌아다닐 순 없어."

"그럴 필요가 없다니까. 제시카가 날 돌봐줄 거라고!"

"제시카는 우리가 모르는 사람이야!"

"제시카는 음반사 직원이야. 날 돌봐줄 거야. 그리고 돈은? 회사에서 나한테 만 5000달러 지급할 건데 그 돈을 그냥 거절한다고?"

"뭐라고? 네가 그걸 어떻게 알아?"

나는 침을 꿀꺽 삼키며 주머니 속의 핸드폰을 움켜쥔다.

"그게…… 백그라운드 가수들이 투어에서 그 정도 번다고 들었어."

엄마가 고개를 젓는다. "네 아빠가 이미 안 된다고 했어."

"하지만 이건 나한테 온 기회야! 다른 사람들은 이런 기회가 오기만을 간절히 바란다고."

"다른 기회가 또 있을 거야, 챈트. 너 열일곱 살이야! 인내심을 좀 가져. 게다가 학교랑 수영은 어떡하려고?"

"홈스쿨링하면 돼!"

"동생들은?"

"이게 다 그거 때문이야? 내가 집에서 동생들 봐야 하니까

그로운

날 안 보내려는 거야?"

엄마의 얼굴에서 표정이 사라진다.

"그러니까 난 엄마 자식들 돌볼 만큼은 컸는데, 내 인생 살 만큼은 안 큰 거네? 그건 불공평해! 나는 엄마 자식들 보느라 어린 시절을 잃어버리고 있다고! 도대체 내가 얼마나 더 포기해야 해?"

차 안이 고통스러울 만큼 조용해진다. 뒷좌석에 앉은 셰이의 눈에 눈물이 그렁그렁하다. 셰이는 차가 서기도 전에 뛰어내려 집으로 달려 들어간다. 엄마가 시동을 끄고 운전대에 머리를 기댄다. 아빠가 파업을 시작한 뒤로 엄마는 쭉 추가 근무를 하고 있다.

"챈트, 난 너랑 계속 못 싸워. 엄만…… 피곤해."

"나 보내줘." 내가 애원한다. "곧 등록금 내야 하는 거 알아. 내가 번 돈 셰이 등록금으로 써도 돼."

엄마가 고개를 더 깊이 숙여 부끄러움을 감춘다.

"하지만 날 안 보내주면…… 난 지금과 같지 않을 거야. 장담해, 난 절대 지금과 같을 수 없어. 엄마, 제발!"

엄마가 날 바라본다. 엄마의 두 눈에 이해하는 눈빛이 밀려든다.

내가 물고기에 대해 아는 사실 하나. 물고기는 땅 위에 너무 오래 두면 죽는다.

PART 2

비트 주스 2

지금

"경찰이다. 문 열어!"

내 두 발은 비트 주스와 오줌 범벅이다. 내 페디큐어와 안 어울린다.

누가 들어오기 전에 치워야 한다. 이런 난장판을 다른 사람들이 본다면 코리가 몹시 화낼 것이다.

잠깐.

잠깐.

아냐.

뒤돌아서 침실 안을, 그의 축 처진 몸을 바라본다. 그의 눈이 감겨 있다. 어쩌면 영원히. 그의 눈이 영원히 감겨 있기를 바란다.

아냐! 그런 생각 마.

그는 널 사랑해, 잊었어?

다시 격렬한 노크 소리가 세 번 들린다.

몸이 얼어붙는다. 나는 조각상이다.

내가 무슨 짓을 한 거지?

그로운

신에게 맹세코

그때

코리가 카메라의 녹화 버튼을 누른다. 이제는 스튜디오에 갈 때 반드시 가장 깔끔한 셔츠를 입고 입술에 색을 바른다. 무슨 일이 일어날지는 아무도 모르니까.

그가 피아노 뒤에 앉아 익숙한 화음을 연주하며 미소 짓는다. "준비됐어? 연습이 완벽을 만드는 거야, 브라이트 아이즈."

짧게 자란 곱슬머리를 손으로 넘긴다. 똘똘 말린 진갈색 머리칼이 손가락 사이를 지나는 느낌이 낯설다. 아빠는 얼마 전부터 내 머리를 밀어주지 않는데, 나와 대화를 안 하기 때문이다.

"너 아름다워." 코리가 윙크를 하며 말한다. "그러니 긴장 풀어."

코리의 말은 언제나 다정하고 사려 깊다. 다른 남자애들하고는 다르다. 남자애들은 말을 더듬고, 자기가 원하는 것만 내뱉고, 들개처럼 내 입술과 엉덩이를 공격한다. 하지만 코리 같은 성인 남자는? 그들은 인내심이 있다.

자기를 사랑해주는 남자가 있는데 어린애를 만나고 싶어 하는 여자가 어디 있겠는가?

달콤한 아침 이슬처럼

당신을 한 번 바라봤어요……

당신은 내 운명이었죠……

그의 가사가 내 볼을 어루만지고, 나는 내 가사를 거의 까먹을 뻔한다. 나의 새 소울메이트인 마이크를 입에 가까이 댄다.

……당신에게 나를 바쳐요

내 삶을 그대에게 드릴게요……

당연히 우리에게 가장 잘 어울리는 곡은 마빈 게이와 타미 테럴의 〈당신은 내 삶에 필요한 전부예요You're All I Need to Get By〉다. 오직 우리만을 위한 별들 속에서 태어난 노래다.

노래할 때마다 나는 다른 동물로 변신한다. 단단한 뼈가 하나도 없고 그저 물 위를 떠다니는 동물이다. 나는 내 몸 밖으로 날아오른다. 이 세상에 나처럼 운 좋은 여자애는 없을 것이기 때문이다. 세상에서 가장 섹시한 가수의 사랑을 받는 소녀. 투어를 다니는 소녀. 모든 꿈이 이루어진 소녀.

코리는 트랙을 재생하고 낱장의 종이에 음표를 적어 넣는다. 이 일에 어찌나 몰입하는지, 사람들이 그를 음악 천재라고 부르는 것도 당연하다.

"좋아. 이 곡으로 공연을 시작하면 될 것 같아. 그다음에는

〈당신에게 가까워질수록〉을 부르고 네 솔로를 넣자."

머리에서 피가 빠져나가고 온몸이 떨려온다.

"제가…… 솔로를요?"

"당연하지. 내가 말했잖아. 넌 재능이 있어. 그리고 아름답고."

코리의 눈빛이 어두워지며 내 몸을 아래로 훑는다. 그가 문쪽을 힐끗 바라보더니 달려가서 문을 잠근다. 그리고 음악의 볼륨을 키워 바깥 세상의 소리를 막고 두 팔로 나를 감싸 안는다.

"넌 진정한 내 운명이야, 인챈티드." 그가 속삭이며 내 목에 코를 비빈다. "네가 내 삶에 걸어 들어온 건 우연이 아니야. 운명이지."

코리가 갑자기 신과 예수, 사탄, 교회 이야기로 빠진다. 그가 날카로운 목소리로 늘어놓는 설교는 자꾸 이리저리 방향을 틀어서 멀미가 날 지경이다.

"그런데 너네 아버지는 너희 가족이 다 물고기에서 태어났다고 하지." 그가 눈알을 굴리며 말한다. "참 나! 신이 널 내게 데려오신 거야. 나 없인 아무도 네가 누군지 모를 거야. 물고기가 그렇게 한 게 아니야. 신이 하신 거지."

나는 이런 일방적인 대화에서 무슨 말을 해야 할지 전혀 모른다. 잠자코 있는 것이 가장 좋은 생각 같다. 그렇게 하지 않았다간 그가 이 모든 것을 관둘지도 모르고, 그의 품보다 더 좋은 곳은 없기 때문이다. 그래서 나는《그레이의 50가지 그림자》에서 여자 주인공이 한 것처럼 내 입술을 깨문다. 혹시,

어쩌면, 그가 내게 다시 키스해주길 바라면서.

문을 쾅 두드리는 소리가 난다. 엄마가 문 뒤에 서 있고, 그 옆에는 제시카가 있다. 손에 지갑을 움켜쥔 엄마의 얼굴이 딱딱하다.

"우리가 내내 문 두드리는 거 못 들었어?" 엄마가 내게 소리친다.

나는 엄마의 냉랭한 시선을 받으며 몸을 꼼지락댄다. "여기 소리가 시끄러워서. 리허설 중이었어."

"인챈티드가 솔로를 하거든요." 코리가 문에 몸을 기대며 덧붙인다.

코리를 바라보는 엄마의 눈에 무언가가 스친다. 마치 다 아는 것처럼. 폐가 쪼그라든다.

"그럼 문은 왜 잠갔어요?" 뭔가가 고장 나거나 사라졌을 때 동생들에게 쓰는 익숙한 비난조로 엄마가 말한다.

엄마에게 애원하는 눈길을 보낸다. 제발 날 난처하게 만들지 마. 제발 그러지 마. 제발.

"제 잘못입니다, 존스 부인." 코리가 어깨를 으쓱하며 가볍게 웃는다. "그게 습관이거든요. 어쨌거나 오셔서 다행이네요! 메리 J. 블라이지의 크리스마스 쇼가 다음 주거든요. 어머님과 아버님께 티켓 드릴 생각이었어요. 두 분을 뵈면 아마 메리 J. 블라이지도 좋아할 겁니다."

엄마의 어깨에서 힘이 빠지고 얼굴이 부드럽게 퍼진다.

그로운

한때의 꿈

"준비됐어?" 코리가 내 뒤에서 목덜미에 숨을 내쉬며 말한다.

"아뇨."

그가 껄껄 웃는다. "거짓말 마. 넌 태어났을 때 이미 준비됐어!"

코리는 늘 무슨 말을 해야 하는지 안다. 내 맥박이 망치질 하듯이 쿵쿵댈 때조차도.

이게 정말 현실인가?

어느새 나는 태어나서 처음으로 비행기에 타 있고, 시카고행 비행기의 높은 고도에 머리가 어지럽다. 그리고 지금은······ 코리와 어깨를 맞대고 나란히 서서, 아무도 못 보게끔 손깍지를 끼고 있다.

"가자." 그가 속삭이며 내 관자놀이에 짧게 키스한다.

코리가 손을 흔들며 무대로 걸어 나가고, 관중이 함성을 내지른다. 무대 한가운데에 설치된 드럼 세트가 위로 올라온다.

"안녕, 시카고! 신사 숙녀 여러분, 오늘 밤 저희와 함께해 주셔서 감사드립니다. 그럼 이제······ 아주 특별한 손님을 소개하겠습니다."

나는 두 눈을 감고 입을 굳게 다문 뒤 코로 호흡한다.

"아마 이미 보신 적이 있을 텐데요, 무대에 서는 것은 오늘이 처음입니다……."

양쪽 귀에 물이 차고, 느리고 잔잔한 파도가 해안에 스치는 소리가 들린다. 내 조개껍데기 속에 살던 시절이 무척 그립긴 하지만, 수많은 스피커를 통해 내 이름을 듣는 것만큼 좋은 건 없다.

"여러분께 소개합니다…… 인챈티드입니다!"

커튼을 뚫고 환호성이 들려온다. 제시카가 내 등을 떠밀고, 나는 비틀거리며 무대로 나간다. 눈을 뜰 수 없을 만큼 환한 조명 아래에서 평생 본 적 없는 수많은 사람을 넋이 나간 채 바라본다.

응원. 저 사람들이 나를 응원하고 있다.

내가 천천히 그의 왼쪽에 있는 마이크 앞으로 걸어가자 마이크에서 요란한 소리가 난다. 자신 없는 얼굴로 코리를 힐끗 바라본다. 그는 드럼 세트 뒤에 있는 의자에 털썩 앉아 자기 마이크를 조절하고 있다. 우리의 시선이 마주친다. 말하지 않은 무언가가 우리 사이를 오가는 동안 익숙한 압박감이 목을 타고 올라온다. 그러나 그 순간 그가 내게 미소 짓고, 압도적인 차분함이 밀려든다.

그리고 함께 씨로 그린의 〈너만 아는 바보Fool for You〉를 부른다.

그로운

우리의 눈은 오로지 서로만 바라본다. 우리는 온 세상을 마주하고 있지만, 마치 우리만의 세상 속에서 단둘이 있는 듯하다.

*

"그래서! 어땠어?" 엄마가 페이스타임으로 내게 묻는다. 쪼꼬미들이 엄마를 둘러싸고 있다. 우리는 내 호텔 방에서 매일 하루 두 번씩 통화한다.

"너무…… 좋았어. 제시카가 사진 보내줬어?"

"응." 셰이가 말한다. "언니, 화장 진짜 예쁘다!"

"고마워. 아빠 옆에 있어?"

엄마가 어색하게 웃는다. "아니. 아빤 집에 없어."

아빠는 요즘 나와 통화할 시간이 없다. 노조가 파업에 돌입하면서 낮이고 밤이고 피켓라인에 나가 있다. 적어도 나는 그런 거라고 생각하려 한다.

갭은 화장실에서 싸운 뒤로 내 문자에 전혀 답장을 안 한다. 심지어 새해 인사를 하려고 전화했을 때도 받지 않았다.

쪼꼬미들과 통화를 마치고 몇 분 지나지 않았을 때 코리가 우리 호텔 방 사이에 난 문으로 걸어 들어온다.

"드디어." 그가 환한 미소와 함께 내 침대에 털썩 누우며 말한다. "드디어 우리 둘뿐이네! 그래서 오늘 밤엔 뭐 볼 거야? 〈미녀와 야수〉? 아니면 〈신데렐라〉?"

그가 텔레비전을 켜고 채널을 돌리며 볼륨을 60으로 올린다.

"내 셔츠 다려놨어?" 그가 입에 땅콩을 던져 넣으며 묻는다. "저번엔 소매에 주름이 좀 있던데."

나를 안으려는 그의 팔을 재빨리 피하며 방 저편으로 도망친다.

"옷장 안에 있어요." 내가 무미건조하게 말한다.

"너 목소리가 왜 그래?"

나는 어깨를 으쓱한다. "여기 오셔서 놀랐어요. 댄서들하고 놀러 나간 줄 알았거든요. 어젯밤처럼요."

그가 능글맞게 웃는다. "에이, 지금 질투해?"

"아뇨." 내가 웅얼거린다.

그가 두 팔로 나를 껴안고 목에 코를 비빈다.

"네가 여기 있어서 내가 얼마나 행복한지 말 안 했나? 투어 다닐 때는 사람들로 가득한 방 안에 있어도 미칠 듯이 외로웠다는 말 기억해? 그런데 이젠 네가 있잖아. 넌 내가 누구와도 나눌 필요 없는 작은 비밀이야." 그가 내 관자놀이에 키스한다. "너 오늘 정말 멋졌어."

숨을 깊이 들이쉬며 그의 사랑에 기댄다. 여기 그가 있다. 나의 코리가.

"코리, 전에 약속한 것처럼…… 스튜디오에서 내 앨범 작업 하는 건 언제쯤이에요?"

그때 문을 두드리는 소리에 깜짝 놀란다. 코리가 눈알을 굴리며 문을 연다.

제시카다. 제시카의 눈이 코리와 나 사이를 오가며 점점 커진다.

"왜?" 코리가 윽박지르고, 나는 너무 놀라서 몸을 움츠린다.

제시카가 마른침을 삼킨다. "죄, 죄송해요. 나중에 다시 올게요."

"그렇게 해." 코리가 제시카의 눈앞에서 문을 쾅 닫는다.

34

멀리사

그녀의 이름은 멀리사다.

그녀는 짙은 갈색이고, 실크처럼 부드럽고, 66센티미터이며, 내 정수리에 딱 붙어 있다.

나는 즉시 그녀를 싫어하게 된다.

"어때요?" 헤어스타일리스트가 뒤를 돌아보며 묻는다.

코리는 근처 화장대에 몸을 기댄 채 자기 핸드폰을 들여다보고 있다. 그가 고개를 들더니 환하게 웃는다.

"완벽해! 인챈티드, 넌 어때?"

"음…… 괜찮아요."

그가 얼굴을 찌푸리며 핸드폰을 집어넣는다. "잠깐만 나가줄래요?"

스타일리스트가 고개를 끄덕이고 트레일러에서 나간다.

"왜 그래, 브라이트 아이즈?"

나는 볼 안쪽을 씹는다. "그게, 왜 가발을 써야 해요?"

"스타일 때문이지. 우린 지금 네 브랜드를 구축하려고 하는 거야. 기억 안 나? 그리고 10대 팬들이 뭘 원하는지는 너도 알잖아. 팬들은 머리카락이 있는 여자를 원해. 비욘세를 원한다고. 그러니 그걸 팬들한테 줘야지."

그가 손가락으로 멀리사의 끝을 만지며 배배 꼰다.

"성경에 여자는 머리를 밀면 안 된다고 나와 있어. 그건 주님을 거스르는 죄야."

입을 열지만 아무 말도 나오지 않는다. 어떻게 성경에 반박할 수 있겠는가? 성경은 그가 너무나도 잘 알고······ 나는 전혀 모르는 것인데.

"게다가, 내가 너무 행복한걸. 괜찮지?"

하지만······ 난 그가 이미 나 때문에 행복한 줄 알았다. 그가 내 원래 모습을 좋아하는 줄 알았다.

나는 떠오르는 질문들을 전부 삼키고 애써 미소를 지어 보인다.

"네."

"좋았어. 오늘 밤에 꼭 그거 써."

35

티브이 논평

오늘 밤 콘서트 뒤풀이는 BET 〈뮤직 라이브〉의 주최로 로스앤젤레스에 있는 만다린 오리엔탈 호텔에서 열리고 있다.

나는 빨간 벨벳 로프로 구분된 VIP 구역의 한구석에 덩그러니 서 있다. 멀리사 아래로 땀이 차지만, 나가서 아주 잠시만 바람을 쐬어도 지나치게 짧은 치마 아래로 엉덩이가 훤히 드러날 수 있다.

코리가 저편에서 나를 바라보고 윙크한다. 서로에게 보내는 우리만의 작은 메시지다. 그는 나와 함께 사람들 눈에 띄는 것을 좋아하지 않는다. 사람들에게 잘못된 인상을 줄지도 모른다고 생각하는 것이다. 그들은 아마 이해하지 못할 것이다. 그래서 나는 내 남자에게 충실하며 묵묵히 그의 뜻을 따른다.

내 남자. 코리 필즈는 나의 남자다. 그리고 나는 정말로 캘리포니아에 있다. 야자수를 직접 만져보고, 산 위에 있는 할리우드 사인을 가까이서 보았다. 여러 번 볼을 꼬집어서 내가 지금 꿈꾸는 게 아님을 확인해야 했다.

코리 옆에서 리치가 자기 잔에 또 한 번 샴페인을 따른다.

"그래서, 어떻게 생각해 친구? 내가 봤을 땐 이거 정말 잘 나갈 거야! 네 인생 이야기 말이야." 리치가 계속해서 설명한다. "홈비디오 영상을 전부 모아서, 독점 인터뷰로 양념을 치는 거지. BET하고 훌루, 심지어 넷플릭스에서도 인기 폭발하는 다큐멘터리가 될걸."

"이런, 진짜로 그 제작자 돈을 받아내려고요?" 코리가 웃음을 터뜨린다. "에미상이 간절하시구만! 알았어요, 할게요. 당신이 잘된다고 하면 잘되는 거죠."

리치가 실실 웃는다. "시리즈로 만들 수도 있어! 코리 필즈의 삶과 시대. 어때, 느낌 좋지 않아?"

"그래서 나한테 필요한 게 뭐예요?"

"네가 가진 홈비디오 전부. 오래된 거 최근 거 다."

코리가 피식 웃는다. "전부는 안 되죠. 나 혼자서만 봐야 하는 것도 있는데. 안 그래요?"

두 사람이 함께 킬킬댄다. 리치가 고개를 절레절레 젓는다. "그런 18세 관람가는 집에 놔두시고요. 그래도 야생마 같았던 어린 시절은 강조할 필요가 있어. 그리고 다시 최근으로 시계를 돌려서 네가 어떻게 신을 만났는지 보여주는 거야."

코리의 얼굴이 갑자기 진지해진다. "이봐요! 난 늘 하나님과 함께였어요. 왜곡하지 마시죠!"

리치가 두 손을 든다. "잘못했어, 친구. 나쁜 의도는 없었어."

하늘을 찌를 만큼 높은 하이힐을 신고 화장실을 찾아 힘겹게 걷는 동안 발목이 자꾸 삐끗한다. 사람들이 수없이 많지만 제시카는 어디에도 보이지 않는다. 사실 제시카가 내 보호자라고 할 순 없다. 아주 기본적인 질문에도 못마땅한 듯 눈알을 굴리는 모습을 몇 번이나 목격했다.

"저기, 인챈티드 맞지?"

연청색 블레이저와 흰색 스니커즈 차림으로 바에 기대선 한 소년이 내게 손을 흔든다.

"응. 그런데 어떻게—"

"뉴욕 오디션에서 본 기억이 나서. 난 데릭 프라이스야, 리치 아들." 데릭이 눈을 살짝 찡그리고 멀리사를 쳐다본다. "사실…… 거의 못 알아볼 뻔했어."

내가 서 있는 자세를 바꾼다. "아, 응. 스타일을 바꿨어."

데릭은 짙은 갈색 피부에 풍성한 갈색 곱슬머리, 상냥해 보이는 녹갈색 눈동자를 가졌다. "아빠랑 취향이 다르긴 하지만, 난 이전 스타일도 진짜 멋지다고 생각했어!"

"고마워." 내가 멀리사의 머리카락 한 올을 귀 뒤로 넘기며 말한다. "그래서 넌 아빠랑 같이 일해?"

데릭이 웃는다. "응, 인턴이야. 공식 직함은 임원 비서고. 그런데 너 몇 살이더라?"

"열여덟."

데릭이 얼굴을 찡그린다. "어, 이상하다. 지원서에서는 열일곱 살이었던 것 같은데."

나는 숨을 들이쉬고 코리가 알려준 대사를 읊는다.

"맞아. 내가 나이보다 좀 어려 보여."

데릭의 한쪽 눈썹이 쫑긋 올라간다. "아, 그렇구나, 미안. 너도 나처럼 아직 고등학생인 줄 알았어. 그뿐이야. 난 고등학교 졸업반이야."

"그래, 음…… 쿨한 파티다." 내가 대화 주제를 바꾼다.

"그러게." 대답하는 데릭의 두 눈이 커다래진다. "야! 저기 봐! 보여? 재스민 키스야, 〈러브앤드힙합〉에 나오는."

주변을 둘러보다가 바 옆에 있는 재스민 키스를 발견한다.

"어떡해! 진짜잖아!" 어쩔 도리 없이 웃음이 번진다. "흑인들이 티브이에 나와서 싸우는 거 좋아하면 안 되는 건 알지만, 재스민이 시즌 마지막 회에서 메건 B.를 쥐어팰 때 나 정말 응원했잖아."

"그러니까 너도 〈러브앤드힙합〉 보는구나? 진짜 재밌지 않아?"

"음, 정확히는 내 동생이 봐. 나는 주로 근처에서…… 안 보는 척을 하지."

우리는 웃으며 바 쪽으로 함께 걸어간다. "나도 그래. 그렇게 열심히 보면 안 되는데, 중독성이 너무 강해."

"잠깐, 있어봐. 너 고등학생이면 지금 LA에서 뭐 하는 거야? 내일 학교 가야 하잖아."

데릭이 씨익 웃는다. "내가 따라와야 할 때마다 아빠가 편지를 써줘. 가업 물려받을 준비를 하는 거지. 아, 그러고 보니 생각났다! 뉴욕에 돌아가면 우리 다시 만나자. 우리 학교 다니는 애들 몇 명이 직접 작곡을 하거든. 항상 같이 녹음해."

"진짜?"

"응. 사운드클라우드 팔로워가 50만 명이 넘어. 완전 쩐다니까! 네 목소리까지 더하면 진짜 장난 아닐 거야!"

후아. 고등학교 다니면서 그렇게 음악 하는 사람은 한 번도 만나본 적이 없다. 재미없는 우리 학교에서는 들어본 적 없는 얘기다.

"저기 봐봐." 내가 작은 목소리로 말한다. "모니카랑 카디비가 있어." 그 순간 셰이가 떠오르면서 여기서 자기가 가장 좋아하는 연예인을 본다면 셰이 눈이 얼마나 뒤집힐까 생각한다.

"있지." 데릭이 손을 들어 바텐더의 시선을 끌며 말한다. "재스민이 원래 윌앤드윌로우에 있었는데 10대 콘퍼런스에서 남자애들 방에 몰래 들어가려고 하다가 쫓겨났대."

"잠깐! 너 윌앤드윌로우 회원이야? 나도 그래! 그러니까 내 말은…… 나도 회원이었다고."

"오, 진짜? 난 사람들이 우릴 여기 들여보낼 줄 몰랐어! 이 사람들에 비하면 우린 너무 노잼이라고 생각했거든."

데릭과 나는 15분 동안 윌앤드윌로우 이야기를 하고 눈앞에 보이는 리얼리티쇼 스타 맞히기 게임을 한다. 그냥 편하게 놀 수 있어 좋았다. 데릭이 지난 몇 주간 내가 처음 만난 또래 친구라는 사실을 어쩔 수 없이 깨닫는다. 엄마는 늘 세상이 얼마나 좁은지 아느냐고 말한다. 어쩌면 윌앤드윌로우 콘퍼런스나 댄스파티에서 데릭을 만날 수 있었을지도 모른다. 하지만 그랬다면…… 아마 코리를 만나지 못했을 거다. 지금 나는 그의 전부다. 나는 그에게 평온함을 가져다준다.

"이제 가봐야겠다. 코리가 날 찾고 있을 거야."

데릭이 고개를 옆으로 까딱하며 뭔가 묻고 싶은 표정을 짓는다.

"너…… 그 사람이랑 만나?"

"아, 아냐. 우린 그냥 같이 노래하는 사이야…… 마빈 게이와 타미처럼. 두 사람도 실제로 사귀진 않았어."

데릭이 어깨를 으쓱한다. "뭐, 어쨌거나 네 친구는 지금 엄청 바쁜 것 같네."

저편에서 코리가 어떤 여자애의 귀에 대고 귓속말을 하고 있다. 평범한 여자애가 아니다. 앰버다. 〈뮤직 라이브〉 오디션에 참여했던 금빛 곱슬머리 소녀. 앰버는 몸에 딱 붙는 초록색 스팽글 드레스를 입고 있다. 드레스가 인어공주의 꼬리처럼 희미하게 반짝인다. 앰버가 키득키득 웃는 모습을 보니 마음이 불안해진다.

"어, 그러네." 내가 기어드는 목소리로 말한다. "어쨌든 만

나서 반가웠어, 데릭."

"나도. 곧 또 보자."

다시 VIP 구역으로 걸어가는 길에 답장이 오기를 바라며 갭에게 문자를 보낸다. 내 남자에게 들러붙는 여자애들을 어떻게 처리해야 하는지 조언이 필요하다. 제이는 동네에서 인기가 많아서 갭이 여러 여자애들의 콧대를 꺾어줘야 했다.

"인챈티드, 기다려봐!" 데릭이 내 뒤를 쫓아온다. "지갑 놓고 갔어."

"아! 고마워."

"별말씀을." 데릭이 내 팔을 가볍게 치며 다시 바 쪽으로 뛰어간다.

고개를 드니 코리가 얼음처럼 차가운 눈으로 나를 바라보고 있다. 그에게 미소를 지어 보인다.

그는 내게 웃어주지 않는다.

36

얼음통

호텔로 돌아오는 길에 나는 투명 인간이 된다. 적어도 코리에게는 그렇다.

"무슨 일 있어요?" 내가 묻는다.

그는 내 말을 무시하고 SUV의 창문 밖을 응시한다. 속이 뒤틀리고, 나는 볼 안쪽을 피가 날 때까지 깨문다. 엘리베이터를 타고 펜트하우스로 올라가는 동안 무엇이 잘못됐는지 알아내려고 애쓴다.

건물 안으로 들어간 뒤 나는 거리를 두고 그의 뒤를 천천히 따라간다. 하이힐을 벗으니 발가락이 욱신거린다.

"코리, 왜 그래요? 무슨 일인지 말해주면 안 돼요? 제발요."

그의 얼굴에 그림자가 깔리고, 눈빛이 열 배는 더 어두워진다.

"내 앞에서 다른 남자랑 얘기를 해? 씨발, 그게 뭐 하는 짓이야?"

나는 눈을 두 번 깜박인다. "그게 무슨 말이에요?"

"멍청한 척하지 마!" 그가 고함친다. "내가 무슨 말 하는지 알잖아."

지난 저녁을 돌아보는 동안 목구멍에 낯선 공포가 차오른다.

"데릭 말하는 거예요?"

그가 나를 빤히 쳐다본다. 얼굴이 거의 알아볼 수 없을 만큼 분노로 일그러졌다.

"데릭은 리치 아들이에요! 리치랑 친구잖아요. 그냥 대화만 했어요. 대화할 다른 사람이 없었다구요. 게다가 바쁘셨잖아요."

"쓰레기 같은 핑계 대지 마!"

"하지만 아무것도 안 했어요. 그저—"

"닥쳐!" 그가 악을 쓴다. "내가 부탁한 건 나한테 충실한 거 하난데, 나한테 이런 짓을 해?"

그의 목소리가 사방의 벽에 울리고, 나는 뒷걸음질 친다. 머리가 어지럽다. 달리 무슨 말을 할지 몰라서 이렇게 말한다. "죄송해요."

"변명하지 말라고 했어." 그가 내 얼굴에 대고 콧구멍을 벌렁거리며 괴성을 지른다.

나는 비명을 지르며 카펫으로 넘어진 뒤 눈물을 터뜨린다.

코리가 고개를 젓는다. "이 안에 있어. 내가 허락하기 전까지 나오지 마."

애한테 벌주는 것처럼 나를 방 안에 가둔다고? "무슨 말이에요? 전—"

"방에서 나오면…… 후회하게 될 거야!"

그로운

나는 그의 낮은 목소리에 아득해져 말을 잃는다. 그가 방을 뛰쳐나가며 문을 쾅 닫는다.

*

정오다. 나는 방 안을 서성이고 있다. 문이 내 이름을 부르는 것 같다.

화장실에 가야 한다.

코리는 내게 방에서 나오지 말라고 했다.

하지만…… 화장실에 가야 한다.

이곳에 열두 시간째 갇혀 있다. 입 안이 바싹 말랐다. 뜨거운 태양과 커다란 창문 때문에 방 안이 사우나가 되었다.

핸드폰이 꺼졌고, 충전기는 거실에 있다. 내가 어디에 있는지 엄마가 궁금해할 텐데. 제시카한테 전화하면 어쩌지? 제시카가 엄마한테 뭐라고 말할까?

하지만…… 화장실.

나는 원 모양으로 서성이며 얼마나 오래일지 생각한다. 그는 얼마나 오래 나를 이곳에 가둘까? 얼마나 오래 화를 낼까? 나는 얼마나 오래 오줌을 참을 수 있을까?

제시카가 문을 열고 나를 힐끗 바라보며 피식 웃는다.

"엄마가 전화하셨어. 받을래?"

나는 동동거리며 제시카의 뒤를 바라본다. 에어컨의 시원한 바람이 안으로 밀려드는 게 느껴진다.

"그래도……돼요?" 내가 흐느끼느라 잠긴 목소리로 말한다.

"모르겠어. 물어봤어?"

"어떻게 물어봐요?"

"코리가 어떻게 물어보라고 했는데?"

다시 방 안을 서성인다. "제시카, 저 정말 화장실 가야 해요. 그런데 코리가 나가면 안 됐댔어요."

제시카가 눈알을 굴리더니 방에서 나간다. 그리고 텅 빈 얼음통을 들고 와서 바닥에 놓는다.

"자, 여기. 즐거운 시간 보내."

*

열여섯 시간.

내가 이 방에 갇힌 시간이다. 이 옷차림으로. 먹을 것도 마실 것도 없이. 땀이 흐른다. 배고프다. 목마르다. 어지럽다. 그리고 구석에 치워둔 반쯤 찬 얼음통 때문에 구역질이 난다.

어젯밤에 나는 또 다른 코리를 만났다. 그렇게밖엔 설명할 수 없다. 지킬 박사와 하이드처럼 술을 마시면 다른 사람으로 변하는 게 틀림없다. 술을 마시면 필름이 끊기는 사람들이 있다는 얘기를 들었다. 잠에서 깨어나면 그는 어젯밤에 벌어진 일을 하나도 기억하지 못할 것이다. 간절히 사과하며 나의 용

그로운

서를 구할 것이다……

아니면 그에게 일리가 있었을 수도 있다. 어쩌면 내가 데릭과 대화를 해서는 안 됐는지도 모른다. 여자친구는 자기 남자친구가 질투하게 해서는 안 된다.

하지만 남자친구는 자기 여자친구를 죄수처럼 가둬선 안 된다.

꺼진 핸드폰을 꼭 붙잡는다. 엄마에게 전화하고 싶진 않다. '거봐 내가 뭐랬어' 류의 설교를 듣고 싶지 않다. 게다가, 문제가 생길 때마다 계속 엄마에게 전화할 순 없다. 그럼 엄마는 계속 나를 어린애 취급할 것이다. 자유를 원한다면 스스로 문제를 해결해야 한다.

딸깍하는 소리와 함께 문이 열린다. 코리가 문턱에 서서 나를 쓰윽 훑어본다. 자리에서 벌떡 일어난다. 심장이 쿵쿵 뛴다. 나는 오늘 어떤 사람을 만나게 될까?

"나갈 준비해. 드라이브 갈 거야."

방에서 나가자마자 화장실로 달려 들어가 가득 찬 방광을 비우고 물 세 병을 들이켠다. 제시카가 소파에 앉아 〈4차원 가족 카다시안 따라잡기〉를 보고 있다. 내 쪽으로 고개를 돌리지도 않는다. 얼음통을 화장실로 가져갈 때 나도 제시카를 아는 척하지 않는다.

샤워를 마치고 개운한 기분으로 멀리사를 쏘아본다. 당장 변기에 넣고 물을 내려버리고 싶다. 하지만 멀리사가 그를 행복하게 만들어줄지도 모른다.

　"준비됐어?" 내가 화장실에서 나오자 코리가 말한다. 그가
문 옆에 서서 미소 짓는다. 내가 아는 익숙한 미소다. 등 근육
이 부드럽게 풀린다.

　"어디 가는 거예요?"

　"깜짝 선물을 준비했어."

37

동화가 끝나는 곳

LA의 일몰이 분홍색과 연푸른색이 뒤섞인 아름다운 노을을 만들어내고, 야자수가 드문드문 흩어져 있다. 코리가 고속도로를 빠르게 달리는 동안 나는 조수석에 앉아 있다.

"우리 어디 가요?" 내가 다시 묻는다.

코리가 백미러를 힐끗 바라보며 한숨을 쉰다.

"있지, 넌 질문이 너무 많아. 그래서 네가 날 못 믿는 것 같은 기분이 들어." 그가 나를 바라보며 진지한 목소리로 말한다. "그래서, 너 나 믿어?"

나는 충실한 강아지처럼 고개를 끄덕인다. "믿어요! 내가 믿는 거 알잖아요!"

"그러면 그만 이야기하고 드라이브 즐겨."

시트에 기대앉자 배 속에서 다시 두려움과 희망, 사랑이 뒤섞인 낯선 불안이 느껴진다.

10분 뒤 우리는 한 표지판 옆을 지나고, 나는 헉하고 숨을 내쉬며 벌떡 몸을 일으킨다.

"세상에! 디즈니랜드잖아!"

그가 씨익 웃는다. "내가 언젠가 너 데려올 거라고 했잖아."

코리는 세상에서 가장 환상적인 장소에서 선글라스와 후드를 걸치고 있다. 사람이 거의 없는 월요일 저녁은 '스플래시 마운틴'에서 정체를 숨길 수 있는 딱 좋은 시간이다.

세상에서 가장 환상적인 장소에 꿈에 그리던 남자와 함께 있고 꿈에 그리던 일을 하고 있지만, 가슴이 저릿하면서 쪼꼬미들이 그리워진다. 디즈니랜드 첫 방문은 쪼꼬미들과 함께일 거라고 생각했다.

하지만 거대한 놀이터 안의 두 꼬마가 되는 데에도 장점이 있었다. 코리는 다시 원래 모습으로 돌아왔고, 나는 지난밤의 이미지를 머릿속에서 몰아낼 수 있었다. 원래 커플은 싸우고 다시 화해한다. 엄마와 아빠도 싸운다. 갭과 제이도 툭하면 싸움을 했다.

우리는 커다란 솜사탕을 손에 들고 벤치 쪽으로 걸어간다. 완벽한 각도로 디즈니 성이 보이고, 관목이 우리를 숨겨준다.

"여기 못 온 지…… 한참 됐어." 코리가 들뜬 미소를 지으며 내 허리에 팔을 두른다. "고마워. 다시 어린아이가 된다는 게 어떤 건지 알게 해줘서."

그의 두 눈에 슬픔이 어렸다가 순식간에 사라져버린다. 하늘에서 빨간 불꽃과 파란 불꽃이 차례로 터진다. 디즈니는 저녁의 불꽃놀이로 유명하다.

코리가 내 손을 붙잡고 호숫가로 나를 데려간다. 그리고 나를 바라보며 두 손으로 내 얼굴을 감싼다. 하지만 내 눈에는 그의 선글라스에 반사된 내 모습만 보인다.

머리에 멀리사를 걸친, 다른 버전의 내 모습이거나.

그가 천천히 몸을 기울여 내 입술에 오래도록 키스한다. 키스하는 동안에도 이게 현실이라는 걸 믿을 수 없다.

우리 주위로 화약이 시끄럽게 터지고 있지만, 그 무엇도 터질 듯한 내 심장만큼 시끄럽지는 않다.

디즈니랜드가 문을 닫을 시간이 되자 우리는 선물 가게로 들어간다. 흥분이 가라앉지 않은 채로 인어공주 코너에 다가가 에리얼과 에리얼 아빠의 액션피규어를 고른다. 그리고 아빠를 생각하며 미소 짓는다.

코리는 커다란 플라운더 인형을 집어 든다.

"좋아. 이게 딱이야." 그는 중얼거리고는 인형을 계산대로 들고 간다.

"오늘 재밌었어?"

"하아암." 나는 플라운더 인형을 가슴에 꼭 안고 고개를 끄덕이며 하품한다. "최고였어요. 고마워요!"

코리가 내 방으로 따라 들어오고, 나는 플라운더를 서랍 위에 올려놓는다. 플라운더가 완벽했던 오늘을 다시 떠올리게 해줄 것이다.

"그럼, 잘 자요." 내가 하품을 하며 말한다. "내일—"

코리가 후드와 체인을 벗고, 시계를 풀고, 반지를 뺀다. 내가 무슨 먹을거리인 것처럼 나를 바라본다. 방 안의 공기가 변하고, 나는 뒷걸음질 친다.

"코리?"

코리가 내게 격렬하게 키스하고, 내 온몸을 만진다. 따라잡을 수가 없다. 그를 밀어내보지만 그가 손톱을 세워서 내 턱을 붙잡고 내 입술을 자기 입술로 끌어당긴다.

그가 얼어붙은 나를 침대에 눕힌다.

"그거 알아? 넌 정말 아름다워." 그가 속삭인다. "아제 소리 질러서 미안해. 누가 내 것을 훔쳐 간다는 생각만 해도 도저히 참을 수가 없어. 넌 내 전부야."

그의 말에 마음이 조금 풀린다.

"저 여기 있잖아요." 내가 말한다. "아무 데도 안 가요."

그가 내 목에 키스하고, 그런 행동이 계속되다가, 어느새 그의 몸이 내 몸을 무겁게 짓누른다. 내 상의가 벗겨진다. 그도 옷을 벗는다. 누가 나를 물속에서 잡아당기고 있어서 숨을 쉴 수가 없다. 그가 바지 지퍼를 내리는 소리가 방 안을 산산이 찢어발긴다. 그때 그가 내 손목을 붙잡고 자기 아랫배 쪽으로 잡아당긴다.

"잠깐만요." 내가 손을 빼내며 작은 목소리로 말한다. 그가 상처받은 눈으로 침대 위에 앉는다.

"왜? 왜 그러는데?"

"그게…… 그냥……."

그가 한숨을 쉬며 고개를 젓는다.

"네가 날 좋아하는 줄 알았어."

내가 벌떡 일어나 앉는다. "좋아해요! 정말이에요!"

"그럼 날 기분 좋게 해줘." 그가 다시 내 손을 자기 사타구니로 가져간다. "내가 행복하길 바라지 않아? 지난밤에 나한테 그렇게 상처를 줘놓고?"

그때의 공포가 되살아난다. 나는 다시 크레이턴과 함께 호텔 방에 있다. 방 안에 갇혔다. 혼자서. 무섭다. 하지만…… 그때는 코리가 날 구해줬다. 그런데 왜 지금 안전하다고 느껴지지 않지? 그가 했던 말이 반복 재생 된다. 그는 기다리겠다고 했다. 내가 준비되었을 때 자기도 준비될 거라고.

"코리, 날 사랑해요?"

코리가 미소 짓는다. "당연하지, 브라이트 아이즈. 사랑이 아니면 내가 왜 이러겠어? 너한테만 이러는 거야."

나는 고개를 끄덕인다. 대답이 기대만큼 만족스럽지 않다. 내 심장이 터질 듯 쿵쿵대며 우리의 사랑으로 온 세상을 가득 채울 거라 생각했는데. 그 대신 심장은 귓가에서 시끄럽게 뛸 뿐이다. 근육이 긴장해서 몸에 힘이 들어간다.

"쉿…… 긴장 풀어." 그가 속삭인다.

나는 저항을 포기하고 그가 내 손을 바지 아래로, 그의 사각 팬티 안으로 가져가게 둔다. 끈적한 무언가가 내 손바닥 안에서 퍼덕거린다.

그는 내 입술에 키스하지 않는다. 그저 내 가슴을 세게 움켜쥐고 헐떡거리며 마구 비튼다. 아프다.

아프다. 엄청나게.

눈물을 참으며 서랍장 위에서 우리를 바라보는 플라운더를 멍하니 응시한다. 플라운더가 이런 내 모습을 보는 게 싫다. 그래서 눈을 질끈 감고 다시 떠내려간다. 바다로, 파도로, 갈매기와 할머니에게로…….

코리가 신음을 내뱉다가 짧은 절규를 내지르더니 말한다.

"아!…… 이게 내 여자지."

목격자 진술

지금

[목격자 진술: 팀 홀리한(쿨랜더의 경비)]

5월 20일, 오후 6시에 근무를 시작했습니다. 인챈티드 존스 양이 오후 10시 30분쯤 들어왔습니다. 거의 알아보지 못했습니다. 원래는 머리가 남자애처럼 짧고, 늘 자기 어머니나 아버지와 같이 왔었거든요. 그런데 그날 밤에는 혼자 왔더라고요. 필즈 씨에게 손님이 왔다고 알렸습니다. 바로 올려 보내라고 하더군요. 살짝 놀랐지만 기분이 좋은 것 같았습니다.

오후 11시 30분쯤 존스 씨가 와서 딸을 만나야겠다고 주장했습니다. 위에 두 번 연락했는데 아무도 전화를 받지 않았습니다. 존스 씨가 경찰에 신고했지만, 그곳은 사유재산이고 존스 양은 열여덟 살이에요. 존스 씨가 새벽 1시 30분쯤까지 안 가고 있었는데, 그때 제시카 오웬스가 왔습니다. 두 사람은 바깥에서 대화를 나눴습니다.

제 근무는 새벽 4시에 끝났습니다. 존스 양은 그때까지 아래로 내려오지 않았습니다.

주스 팩

그때

라스베이거스의 시저스 팰리스 호텔에는 거대한 수영장이 있다. 가짜 물이 나를 부르며 펜트하우스에서 이리로 다이빙하라고 애원한다.

수영하고 싶다. 수영해야 한다. 물속에 잠겨 내 생각들을 깨끗이 씻어내야 한다. 기억을 지워야 한다.

하지만 코리는 내가 수영복 차림으로 걸어 다니는 것을 좋아하지 않는다.

행복해야 하는데. 코리는 벨라를 과잉보호하며 애지중지하는 《트와일라잇》의 에드워드 같다. 다른 점은, 내가 행복하지 않다는 것이다. 나는…… 피로하다. 한밤중에 잠에서 깨고 또 깨느라 녹초가 됐다.

나는…… 이용당하는 느낌이다.

"다시!" 코리가 스타일리스트인 리 옆에 서서 고함을 친다.

한 걸음, 한 걸음, 또 한 걸음. 나는 10센티 하이힐을 신고 예쁘게 걷는 연습 중이다. 매 걸음이 불안정하게 흔들리고, 언제든 내 발목이 나뭇가지처럼 뚝 부러질 것 같아 무섭다.

방 안에는 코리와 리, 제시카, 토니가 있다. 코리는 내가 유명 디자이너 의류를 더 많이 입어야 한다고 말한다. 구찌, 발망, 샤넬, 베르사체. 타당한 말이다. 나는 이제 그의 세계 안에 있으니까. 그 세계에 잘 어울려야 한다.

하지만…… 이 옷들은 전부 말도 못 하게 몸에 낀다. 제2의 피부처럼 들러붙어서 내 옆구리를 꼬집는다.

"나아지고 있어요." 리가 내게 동정 어린 미소를 지으며 말한다.

"자세가 심각하게 나빠요." 제시카가 구석에서 한마디를 던진다.

코리가 고개를 끄덕인다. "맞아. 뱃살도 좀 빼야 해. 팔뚝도 탄력이 부족하고."

그가 지방이라 착각하며 내 피부를 움켜잡는 동안 거울 속 내 모습을 힐끗 바라본다. 나는 최대한 얌전히 행동하려고 노력한다. 다시는 얼음통에 오줌을 누고 싶지 않기 때문이다. 정말로 내 팔이 전만큼 탄력 있지 않을 수도 있다. 몇 주나 수영을 못 했으니까.

"어쨌든 가슴을 새로 해야 하나 걱정할 필요는 없겠어." 그가 말한다. "D컵이니까. 그래도 저 엉덩이는 손을 좀 봐야 해."

"마이애미에 도착하면 애덤스 선생님께 전화 드릴게요." 제시카가 말한다. "회복 시간이 필요할 거예요."

"치아 미백도 같이 해."

186 / 187

나는 입술을 깨물며 엄마가 뭐라고 말할지 생각한다. 의사한테 가기 전에 먼저 엄마한테 물어봐야 하는 거 아닐까? 언젠가 갭이 그런 수술은 위험하다고 말한 적이 있다. 여자들이 자기 엉덩이에 시멘트를 넣고 걸어 다닌다고.

"그리고 새 팬티도 좀 사줘. 할머니 속바지 같은 거 보기 짜증 나니까." 코리가 팬티가 엉덩이에 끼일 만큼 내 허리 고무줄을 위로 잡아당긴다. "반드시 티팬티로 해!"

리가 코리 쪽을 바라보며 입을 벌리고 눈을 끔뻑거린다. 그러다 내 안색을 살피고, 나는 눈물을 참으며 리에게 최선을 다해 가짜 웃음을 지어 보인다.

여전히 스튜디오에는 가지 않는다. 앨범 얘기도 없다. 노래 수업도 없다. 내 노래책은 여행 가방 깊숙한 곳에 파묻힌 채 꺼내달라 울부짖고 있다.

우리가 연습하는 거라곤 나 아닌 다른 사람처럼 보이는 법뿐이다.

갭, 네가 시간이 있을지 모르겠지만, 우리 이번 주 토요일에 코네티컷에서 공연해. 너랑 제이가 차 타고 올 수 있을까 해서. 매표소에 네 이름으로 티켓 맡겨둘게. 보고 싶어. 너랑 다시 이야기 나눌 수 있으면 좋겠어.

"마셔."

코리가 팔을 쭉 뻗어서 맑은 액체가 담긴 컵을 내민다. 그가 저지에서 날 구해주었던 밤과 똑같다. 상황이 바뀌었다는 점만 빼면.

"별로 안 마시고 싶어요."

"네가 그러고 싶은지 아닌지 내가 궁금할 것 같아? 마시라고 했어." 코리가 어눌한 발음으로 말한다. "멍청하게 여기 서 있는 거. 부끄러워."

그린룸은 비좁고, 담배 연기로 자욱하고, 낯선 얼굴들이 빽빽하게 들어차 있다. 대부분은 내게 아무 관심도 없는 코리의 광팬들이다. 투어가 진행될수록 코리는 더 많은 팬을 기념품처럼 수집한다.

"내가 마시라고 했어." 코리가 윽박지른다. 코리는 다시 술에 취했고, 나는 내 방으로 도망쳐야겠다고 생각한다. 그러면 적어도 오늘 밤은 그를 피해 숨어 있을 수 있다. 그러나 토니가 문 옆에 벽처럼 서 있다. 나가려고 시도해도 아마 토니가 저번처럼 나를 막을 것이다.

핸드폰을 수없이 확인한다. 갭에게 전화가 왔으면 좋겠다. 아니면 문자나. 못 온다는 얘기더라도. 엄마는 일을 쉴 수 없고, 아빠는 집에서 동생들을 보고 있다. 어쨌거나 아빠는 오고 싶어 하지도 않을 것이다.

방 안이 어지러울 만큼 뿌옇게 변할 때까지 코리가 준 음료를 마시고 또 마신다.

음식이 도착한다. 코리가 자신의 유능한 배달원에게 사 오라고 시킨 음식이다. 우리 가족 전체가 두 번은 먹을 만큼 많은 음식에 코리는 손도 대지 않는다. 그저 크래커와 땅콩을 조금씩 우물거릴 뿐이다.

"스테이크 먹어."

"전 고기 안 먹어요."

"생선은 먹잖아." 그가 반박한다.

"둘은…… 달라요."

"그래? 어쨌든 먹어. 감사할 줄 모르는 망나니한테 이렇게나 공들이고 싶진 않으니까." 그가 윽박지른다. "난 녀한테 뭘 해야 할지 알려주는 거야. 그러니 하라는 대로 해. 아니면 다시 집으로 보내버릴 테니까. 저 빌어먹을 스테이크 먹어!"

그가 접시를 내 쪽으로 떠민다. 방 안이 조용해진다. 손으로 피가 흥건한 고깃덩어리를 입 안에 넣자 목이 옥죄인다. 소가 살려달라고 외치는 것만 같다.

파티는 계속된다. 나는 계속 음료를 마시고, 알코올이 내 비참함을 가라앉혀준다. 지금은 하이드를 상대하고 있지만, 코리는 얼마 안 가 지킬 박사로 돌아올 것이다.

"아냐, 인챈티드는 분위기가 저 주스 팩 같아."

"그게 도대체 무슨 뜻이야?" 누군가가 웃음을 터뜨린다.

"무슨 뜻인지 보여줄게. 여기, 이리 와봐!"

방 저편에서 한 소녀가 자신 있게 이쪽으로 걸어온다. 거의 못 알아볼 뻔했지만, 그 소녀는 앰버다. 곧게 펴서 검은색으로 염색한 머리칼이 실크처럼 부드럽고 길다.

포카혼타스처럼.

"봤지?" 코리가 전시된 자동차처럼 앰버를 사람들에게 자랑하며 말한다. "얘를 봐, 그리고 인챈티드를 보라고. 차이를 알겠어? 한 명은 콜라병 같고…… 다른 한 명은 주스 팩 같잖아."

코리가 폭소를 터뜨린다. 방 안의 사람들이 쭈뼛거리며 그와 함께 웃는다.

"에이, 그건 너무하잖아." 코리의 친구가 웃으며 말한다.

앰버가 나를 향해 싱긋 웃으며 한 바퀴 돈다. 토가 목까지 올라온다.

비틀거리다 화장대 거울 속의 내 모습을 언뜻 바라본다. 내가 아니라, 한때 나였던 사람. 눈에 눈물이 가득 고여서 보드카를 또 한 잔 따른다.

"그것밖에 안 마시는 건 아니겠지!" 어디에선가…… 코리가 내게 말한다. 분간이 안 된다. 모든 게 흐릿하다.

마지막으로 한 번 핸드폰을 확인한다. 여전히 연락이 없다. 분노가 치민다. 내 가장 절친한 친구. 딱 한 번 싸웠을 뿐인데 나를 무슨 끊어내야 할 거스러미처럼 잘라버렸다. 갭은 내가 잘된 것을 기뻐하려 노력하지도 않을 것이다. 내가 원한 건 그게 다인데. 제이 말고 자기가 뭘 원하는지 알긴 아는 거야?

나는 문 쪽으로 천천히 걸어간다.

"토니, 혹시…… 저 찾는 사람 없었어요?"

"네."

무릎에서 힘이 빠진다.

"좀 앉는 게 좋겠습니다." 토니가 말한다.

나는 그렇게 한다. 소파에 털썩 주저앉아 두 눈을 감으며 마지막으로 생각한다. 갭과 나는 끝이야.

40

마찰

목 안이 사포로 덮인 것 같다. 숙취와 투어버스는 잘 안 맞는 짝이다. 그러나 쇼는 계속되어야 한다. 오늘 밤 나의 노래가 부진하긴 했지만. 가짜. 억지. 내 솔로곡 마지막 부분에서 목소리가 갈라졌다.

코리도 눈치챘다. 그리고 그걸 마음에 들어 하지 않는다.

"시발, 아까 그거 뭐였어?" 그가 소리친다. "여기 노래방 아니거든?"

"알아요. 죄송해요." 내가 흐느낀다.

"너 때문에 내가 무대 위에서 천치가 됐잖아! 이런 환장할, 제대로 할 수 있는 게 아무것도 없어?"

"그냥 좀 피, 피곤해서 그래요." 내가 말을 더듬는다. "잠이 필요해요…… 혼자서요."

문에서 노크 소리가 들린다. 코리가 대답하기도 전에 제시카가 그린룸으로 들어오며 우리 둘을 번갈아 쳐다본다.

"문제가 생겼어요." 제시카가 말한다.

"나도 알아." 코리가 으르렁거린다. "여기 정신 못 차리는 사람 있는 거!"

"그게 아니고요. 뭐 꼭 아닌 것도 아니지만. 인챈티드 부모님이에요. 계속 전화가 와요. 찾아오고 싶다고."

"그럼 애 바쁘다고 해." 그가 팔로 무대 쪽을 가리키며 말한다. "우린 해변에서 놀고 있는 게 아니야. 일하는 중이라고!"

"알아요. 하지만 영원히 막을 순 없어요."

코리가 화난 얼굴로 날 쏘아본다. "언제 열여덟 살 된다고 했지?"

나는 마른침을 삼킨다. "두 달 후요."

코리가 숨을 내쉰다. "좋네! 그땐 마침내 저 인간들 치워버릴 수 있겠군." 그가 소파에 털썩 기대앉아 술을 한 잔 따른다. "네가 내 삶에 들어온 이후로 너네 부모가 계속 나 괴롭히는 거 알지?"

나는 눈을 깜박인다. "하지만…… 우리 부모님은 쭉 친절했는데요."

코리가 킬킬 웃으며 고개를 젓는다.

"이런, 자꾸 까먹는다니까. 네가 쥐뿔도 모른다는 걸 말야. 너네 부모는 너 좀 데려가달라고 거의 사정을 했어. 먹을 입이 하나 줄어드는 거니까."

그렇지 않다고 소리치고 싶다. 하지만 두려움과 충격이 내 입술을 단단히 꿰맨다.

"너네 부모가 널 통제하려는 이유는, 큰돈을 벌어서 빈털터리 흑인 신세에서 벗어날 유일한 방법이 너라는 걸 알기 때문이야."

손이 덜덜 떨리고 두 눈이 가늘어진다. 순간 예전의 내가 어둠 속에서 기어 나온다.

"우리 엄마 아빠를 그런 식으로 말하지 마요." 내가 낮은 목소리로 말한다.

그가 감명받았다는 듯이 한쪽 눈썹을 치켜뜬다. "아, 내 말이 안 믿겨? 제시카한테 물어봐. 다 말해줄 테니까. 그 사람들이 보낸 문자도 보여줄 수 있어. 돈 달라고. 내가 자기들한테 빚을 졌다고 하던데. 이야, 아주 대단히 굶주렸던걸. 원래 부모들은 그래. 애들 이용해서 자기 주머니만 채우려고 하지. 안 그래, 제시카?"

짧은 순간 제시카의 눈이 커다래진다. 그리고 나는 처음으로, 제시카의 차가운 태도 너머에서 얼음덩어리가 아닌 진짜 사람을 본다. 감정이 있는 진짜 여자. 아니, 여자가 아니다.

소녀다.

2번 연필처럼 딱딱하게 구는 것. 어쩌면 그게 제시카가 세상을 헤쳐 나가는 방식일지도 모른다. 그러나 지금은 제시카가 어리다는 사실을 못 본 척할 수 없다.

"그리고 그동안 내가 너네 부모 대신 돈 내주고 있었어." 코리가 말을 잇는다. "그게 아니면 어떻게 네 동생이 더럽게 비싼 학교를 여태 다닌다고 생각했어?"

얼굴에 아무 감각이 없다. "그게 무슨 소리예요?"

그가 자기 얼굴을 비비며 짜증 섞인 탄성을 내지른다.

"그냥…… 쟤 좀 내보내." 그가 나를 치우라는 손짓을 한다. "해명하는 것도 지겹다."

차 안에서 나는 감히 질문을 던진다. "제시카, 몇 살이에요?"

운전석에 앉은 토니가 백미러로 뒤를 힐끗 돌아보고, 제시카가 내 생각을 꿰뚫으려는 듯 나를 노려본다.

"네 알 바 아니세요."

41

거절

학교는 어때?

좋아. 다들 언니 얘기해. 완전 유명인이야. 덕분에 나도 유명인이 됐
고!

쪼꼬미들은?

걔들도 잘 지내. 근데 언니 엄마랑 연락해? 좀처럼 안 한다던데. 엄
마가 코리 통해서 언니한테 연락하려고 한댔어.

셰이의 문자를 여러 번 읽는다. 문자 내용이 바뀌길 바라면서.

코리의 말은 거짓이 아니었다. 엄마는 정말로 코리에게 문
자를 보내고 있었다.

워싱턴 DC의 호텔 꼭대기 층에 있는 내 방 창문 너머로 우
뚝 선 워싱턴기념탑이 보인다. 내셔널몰의 잔디밭 위에 눈이
쌓여 있다. 나는 코리가 내게 던져놓은 엄연하고 명백한 사실
옆에 가만히 앉아 있다.

셰이가 아직 학교에 다니는 것은 코리가 돈을 내주고 있기
때문이다.

쪼꼬미들이 아직 지붕 아래 사는 것은…… 코리가 돈을 내주고 있기 때문이다.

처음에 나는 상주 베이비시터로 이용되느라 내 삶을 누리지 못했고, 지금 또다시 이용되고 있다. 이번에는 돈 때문에. 둘 중 뭐가 더 나쁜지 모르겠다.

코리가 플라운더 인형을 들고 방안으로 들어온다.

"이거…… 코네티컷에 놓고 갔더라." 코리가 인형을 서랍장 위에 올려놓는다.

"죄송해요." 나는 중얼거리며 멍하니 창밖을 바라본다.

"아냐, 내가 미안." 그가 내 앞에 무릎을 꿇는다. "심하게 화내서 미안해. 그냥…… 누가 널 착취한다고 생각하니까 화가 나서 미칠 것만 같았어. 넌 너무 다정하고 아름다워. 난 내가 사랑하는 사람들을 지켜야 하고."

코리가 내 손을 붙잡고 뭔가를 기대하는 눈빛으로 나를 올려다본다. 목구멍이 막힌다. 사람이 어떻게 엄청나게 화를 냈다가 다시 나를 열렬히 사랑할 수 있지?

"괜찮아요." 나는 마음을 푼다. "날 사랑해서 그러는 거 알아요."

"정말이야." 그가 내 한쪽 얼굴을 감싼다. "브라이트 아이즈를 위해서라면 무슨 짓이든 할 거야. 이 눈을 평생 바라보며 살고 싶어."

그가 나를 뚫어지게 바라본다. 그가 돌아왔다. 나의 코리

그로운

가. 변함없이 다정하고, 나를 배려하고 보살피는 코리.

"네가 열여덟 살이 되면 너랑 결혼할 거야."

가슴이 부풀어 오른다. 입이 귀까지 찢어질 만큼 얼굴 가득 미소가 번진다.

"정말이요?"

그가 멋쩍어하며 환하게 웃는다. "응. 반지 같은 걸로 깜짝 놀라게 해줘야 하는 거 알아. 하지만 그런 거 진부하잖아. 게다가, 우리 사이엔 비밀이 없어야 하고. 맞지?"

나는 열심히 고개를 끄덕인다. "맞아요! 비밀 없기."

"그래도 성대한 결혼식을 열 거야. 라스베이거스에서 가짜 엘비스 프레슬리가 사회를 보는 싸구려 합동 결혼식 같은 거 말고."

"알았어요." 내가 웃으며 그의 목에 양팔을 두른다.

그가 불쑥 손목을 들이대며 자기 금시계를 보여준다. "이거 보이지? 리차드밀에서 특별히 주문 제작 한 거라서 세상에 단 하나뿐이야. 가운데 박힌 다이아몬드 보이지? 우리 할머니 반지에 있던 거야. 나중에 이 다이아몬드를 빼서 네 반지에 넣어달라고 할 거야."

"정말요? 저를 위해서…… 그렇게 한다고요?"

"널 위해서라면 뭐든 할 거야! 넌 세상에서 가장 소중한 내 보물인걸."

그 시계는 코리의 다른 장신구와는 다르다. 깔끔하고 심플하다. 그가 이 시계를 차지 않은 모습을 본 적이 없다.

"하지만 그 전에 애틀랜타에 있는 내 공간에 가서 네 앨범을 녹음해야 해. 너도 좋아할 거야. 진짜 공주처럼 사는 거야. 아니, 공주가 아니라 왕비처럼! 원하는 건 뭐든 다 가질 수 있어. 너 혼자 쓰는 드레스룸까지도. 네 동생들하고 모든 걸 같이 쓸 필요가 없는 거야. 네가 갖고 싶었던 차도 한 대 뽑을 수 있고."

그때 핸드폰이 울려서 화면을 힐끗 쳐다본다.

엄마다.

나는 기절 버튼을 누르고 코리가 우리를 위해 세워둔 계획에 다시 귀를 기울인다.

42

단체 채팅: 합의

[윌앤드윌로우 채팅방(존스 자매는 없음)]

숀   너네 뉴스 봤어?

말리카   그럼! 내가 말했잖아. 코리 필즈 소름 끼친다고.

아이샤   야, 진정해. 그 사람이 어떤 여자랑 합의를 봤다는 게 전부잖아. 유죄판결이 난 게 아니라고.

말리카   그 여자가 그때 자기는 열네 살이고 코리는 스물세 살이었댔어.

숀   코리 주장은 다르던데.

말리카   그 여자 말만으로는 충분하지 않다는 거야?

숀   증거 있어? 여자들이 거짓말로 남자를 덫에 빠트리는 거, 너도 알잖아.

크레이턴   게다가 그 여자가 모르고 당한 것도 아니고. 그때 코리는 트리플 플래티넘을 달성하고 월드 투어 중이었어. 우리 아빠가 그러는데, 아마 그 여자는 그때 열네 살로 보이지도 않았을 거래.

말리카   그래서, 앞에 나서서 고발하는 여자들은 전부 복수하려고 그런다? 멍청한 소리 하고 있네. 게다가 그때 그 여자가 정말 알고 그랬다 해도, 코리는 그러면 안 됐지. 자기 나이로 안 보인다고 해서 진짜 나이가 바뀌는 건 아냐. 네 아빠가 물을 흐리고 계시네.

손 그 여자 합의금 받았잖아.

말리카 그건 입 막으려고 준 돈이지. 분명히 인챈티드한테도 똑같은 일이 벌어지고 있는 거야.

손 우웩, 내 머릿속에 그런 이미지 심어놓지 마. 인챈티드는 우리 자매나 마찬가지라고!

말리카 두 사람 영상 안 봤어? 무대 위에서 노래할 때 거의 키스하는 거나 다름없던데. 코리는 인챈티드 몸 위에서 춤추고.

크레이턴 그냥 공연이었는데 뭐. 그만해.

말리카 아냐, 네 고모가 네 앞에서 트월킹하는 거랑 똑같아.

크레이턴 그만하라고! 난 그런 이미지 필요 없어!

아이샤 인챈티드한테 연락 온 사람 있어?

손 난 안 왔어.

크레이턴 나도.

말리카 나도야.

아이샤 인챈티드 동생도 연락 못 받았대. 부모님 전화도 안 받는다던데.

43

캔디

캔디 콜. 그 여자의 이름이다. 줄여서 CC라고 불리기도 한다.

나는 뉴스에서 단편적인 정보만 들었을 뿐이다. 제시카가 계속 텔레비전을 끄는 데다, 코리가 내 핸드폰을 확인하기 때문에 감히 구글에서 검색해볼 용기가 안 난다. 코리는 내 핸드폰 비밀번호까지 바꿔놓았다.

하지만 지금까지 들은 정보에 따르면 스무 살의 가수 지망생인 CC는 거짓말쟁이다. 그래야만 한다. 그 여자가 말하는 코리는, 그가 그 여자에게 한 짓은, 현실에서 있을 수 없기 때문이다.

코리는 무슨 일이 있어도 여자를 때리지 않을 것이다. 절대로 여자를 방에 가두거나 자기 스튜디오에서 섹스를 강요하지 않을 것이다. 코리는 신사 중의 신사다. 문을 열어주고, 공연 전에 꽃을 사 주고, 내게 달콤한 가사와 노래를 보낸다…….

그때 하이드와 얼음통, 플라운더가 떠오른다…… 그리고 목덜미의 머리카락이 곤두선다.

"프로모터가 생각을 안 바꿔요." 제시카가 전화 통화를 마치고 코리에게 귓속말한다. 부드러우면서도 단호한 목소리다. "그쪽에서 공연을 취소하기로 결정했어요. 자기들 브랜드가 너무…… 위험해진다고요."

코리는 마이애미 퐁텐블로 호텔에 있는 우리의 스위트룸에서 바깥의 바다를 멍하니 바라본다. 나는 입술을 핥으며 낯익은 짭짤한 내음을 들이마신다. 플로리다에 처음 왔지만, 하얀 모래사장과 파도가 찰랑이는 바다 이야기를 들어본 적이 있다. 코리가 내 쪽을 바라보고, 그의 눈빛이 부드러워진다. 그 순간 그에게서 새파란 바다로 달려가 뛰어들고 싶다는, 나와 똑같은 갈망을 봤다는 생각이 든다. 마음속에 희망의 불꽃이 튄다. 그러나 그때 그가 내게서 시선을 거두고 핸드폰을 두드린다.

"받기로 한 돈만 받는다면 난 쥐뿔도 상관 안 해." 그가 설득력 없이 말한다.

방 저편에서 리치와 카메라 스태프가 대기 중이다. 그들은 이번 투어가 끝나갈 무렵부터 우리를 따라다니고 있다. 평소에는 할 수 있을 때마다 인터뷰를 따지만, 오늘은 귀가 안 들리는 척 잠자코 몸을 웅크리고 있다.

리치가 헛기침을 한 뒤 우리 옆 소파에 앉는다.

"이봐, 너무 진땀 흘리지 마. 이런 난봉꾼 같으니라구." 리치가 웃으며 말을 건넨다. "이런 여자들이 어떤지 알잖아. 관심 끌려고 가십이나 퍼뜨리지."

"맞아." 코리의 또 다른 친구가 말한다. "광고 계약이 알려지자마자 발표하는 거, 너무 편리하잖아. 눈에 뵈는 게 돈밖에 없는 거야!"

제시카는 무표정을 고수한다. 나머지 팀원들은 오늘 아침 나이키가 계약을 취소했다는 걸 아마 모르는 것 같다.

코리는 소파에 등을 깊숙이 기대고 배 위로 손깍지를 끼고 있다. 내가 본 것 중 가장 낙심한 모습이다. 이번 주에만 공연 세 개가 취소되었다. 이 사건을 다룬 뉴스가 나간 뒤 팬들이 환불을 요구하고 있다.

리치가 방 안의 분위기를 낙관적으로 바꾸려고 애쓴다. "이 일 때문에 좌절해선 안 돼, 친구. 쓰레기 같은 미투me-too들도 결국 다 지나가는 거 알잖아. 넌 재기할 거야. 언제나 그랬어! 이봐, 우리가 지금 해야 하는 게 뭔지 알아? 널 〈러브앤드힙합〉에 출연시키는 거야! 내 고향 친구가 그 프로그램 제작 책임자거든. 다큐멘터리 개봉하고 시기가 잘 맞을 거야."

코리의 입이 분노로 뒤틀린다.

"그 프로는 한물간 사람들이나 나오는 거잖아! D급 유명인들. 도대체 날 뭘로 보는 거예요?"

당황한 리치가 분위기를 누그러뜨리려 노력한다. "진정해, 친구. 그냥 까불어본 거야. 기운 차리라고."

그때 스위트룸 문이 열리며 데릭이 스타벅스 음료가 담긴

트레이 두 개를 들고 들어온다.

"다들 뭐가 좋으세요? 주문만 하세요! 아빠, 여기요." 데릭이 리치에게 아이스커피를 건넨다. 그리고 테이블 앞에서 나를 알아보고 손을 흔든다. "인챈티드, 안녕!"

"안녕." 나는 눈을 내리깔고 작은 목소리로 말한다.

코리가 한쪽 눈썹을 치켜뜨고 나와 데릭을 번갈아 바라본다. "두 사람 서로 아는 사이야?"

"네! LA에서 열린 뒤풀이에서 만났어요." 데릭이 말한다. 데릭의 말투에서 '나 원 참'이라는 빈정거림이 들린 것만 같다.

리치가 손으로 자기 무릎을 비비며 어색한 미소를 짓는다.

"아들, 우리 이 사람들 귀찮게 하지 말자. 촬영팀이 장비 싣는 것 좀 도와줘."

"알았어요. 그럼 나중에 봐, 인챈티드!"

사람들이 다 떠나자 코리가 나를 노려본다.

"네 방으로 들어가." 그가 목소리를 깔고 으르렁거리듯 말한다.

나는 사잇문을 통해 천천히 내 방으로 들어온다. 얇은 나무판 너머로 제시카의 목소리가 들린다.

"인챈티드를 집으로 보내야 할지도 모르겠어요."

"왜?"

"그게…… 사람들에게 어떻게 보일지 생각해보세요. 이런 상황에서…… 어린 가수를 또 한 명 데리고 다니는 건 좋은 생각이 아닐지도 몰라요."

"왜 항상 인챈티드를 치워버리려고 해? 너 질투해?"

"그게 아니고요! 변호사가 한 말을 고려해보시라고요. 사람들 시선도 좀 생각해보시고요. 게다가 전 당신이 걱정돼요. 저 애는…… 규칙을 잘 안 지키니까요."

"인챈티드는 아무 데도 안 가. 여기 있을 거야. 나랑."

마이애미의 숨 막히는 습도 때문에 땀으로 입마개를 찬 것 같다. 목줄이 나를 잡아당겨서 내가 간절히 바라는 것에 다가 갈 수가 없다. 점프하고 내달려서…… 곧장 바다로 미끄러져 들어가고 싶다. 이 갈망 때문에 마치 재채기를 참는 것처럼 몸이 아프다.

나는 야외 발코니에 앉아 있다. 마지막으로 언제 바다 가까이 앉아봤는지 기억나지 않는다.

어쩌면 기억이 나는지도. 어쩌면 할머니 댁을 떠나면서 아빠 트럭의 뒷좌석에 기어오르기 직전에 바닷가 산책로에 나갔던 때인지도 모른다. 나는 마치 생명줄처럼 그 기억에 매달렸다. 엄마가 교외로 이사 가겠다는 생각을 바꿀지도 모른다는 마지막 희망. 우리는 축축한 숲의 그늘 속에서 살 수 없음을 부모님이 깨달을지도 모른다는 희망. 우리는 바닷가에서, 태양 아래서 살도록 태어난 사람들이었다.

"넌 못 떠나." 마지막 남은 상자를 밖으로 나르는 와중에도 할머니는 안락의자에 앉아 고개를 저으며 말했다.

"떠날 거예요, 엄마." 엄마가 소리쳤다.

"쟤들 데려가면 후회하게 될 거야! 기대해도 좋아!"

두 사람의 목소리가 조개껍데기처럼 쨍 부딪쳤고, 엄마는 다시는 돌아오지 않을 거라고 맹세했다. 거센 바다를 통제하겠다고 이런저런 시도를 해볼 수는 있겠지만 결국 바다는 늘 자기 마음대로 하는 법이다. 엄마는 할머니의 불합리한 고집에 영원히 질려버렸다.

그래서 나는 이곳에 있다. 바닷가 옆에 앉아, 누군가의 주장이 거짓이길 바라면서.

뒤에서 유리로 된 미닫이문이 열리고, 그의 오드콜로뉴 냄새가 훅 끼친다. 그가 술병을 손에 들고 내 옆에 털썩 앉고, 나는 더 이상 질문을 참지 못한다.

"정말 그 여자랑 같이 일했어요?"

그가 눈을 굴린다. "응."

"왜 나한테 말 안 했어요? 왜 전부 비밀로 했어요? 우리 사이엔 비밀이 없어야 한다고 했잖아요."

그가 한숨을 쉰다. "너한테 말하고 싶지 않았어. 네가 자책하거나 하는 게 싫어서."

"뭐라구요? 내가 왜 자책을 해요?"

"걔는…… 질투하는 거야. 우리 공연을 봤고, 우리가 앨범 준비를 하는 걸 알아…… 그런데 걔는 너만큼 재능이 없었어.

내가 도와줄 수 있는 건 딱 그 정도였어. 그래서 걔가 질투하는 거야. 너를, 네가 가진 재능을. 그래서 나한테 상처를 주는 거야. 널 상처 주려고."

이게 전부 내 탓이라고? 말이 안 된다.

"두 사람…… 사귀었어요? 우리처럼?"

"아냐! 아냐, 당연히 아니지. 우린…… 우린 달라."

그가 내 얼굴에서 의심을 읽은 것이 분명하다.

"너 나 안 믿지, 그렇지?"

그를 믿고 싶다. 그를 간절히 믿고 싶다…… 하지만 그때 얼음통이 떠오르고, 내 감정이 벽으로 가로막힌다. 그저 그 생각들이 사라지기를 바랄 수만 있다면.

"나도 알아. 내가…… 실수를 저질렀단 걸. 하지만 사랑은 동화도 아니고 디즈니 영화도 아니야. 사랑은…… 진정한 사랑은…… 복잡한 거야. 어려운 거고. 어떤 날은 마음이 아플 거야. 어떤 날은 그렇지 않기도 하고."

그의 얼굴이 일그러진다. 그가 갑자기 눈물을 터뜨리고 흐느끼며 무릎을 꿇고 앉는다.

"사람들이 나한테 왜 이러는지 모르겠어! 내가 그렇게 많은 걸 해줬는데! 난 좋은 남자야! 내 팬들을 보살피고, 가난한 사람들한테 기부하고…… 나한테서 뭘 더 원하는 거야?"

지금까지 남자가 우는 모습은 본 적이 없다. 이렇게 무너진 사람도 본 적이 없다. 낯설고 심란하다. 나는 마음을 붙들어

매려고 의자 팔걸이를 붙잡고 바다를 바라본다.

"사람들이 날 체포하기라도 하면…… 난 감옥엔 못 가. 그럼 난 죽게 될 거야. 그냥 날 죽여. 난 자살할 거야!"

그가 내게 기어 올라와 젖은 얼굴을 내 배에 닦는다.

"넌 내가 가진 전부야, 브라이트 아이즈. 앞으론 너와 나뿐일 거야. 맹세할게. 네 앨범 녹음하고 나서 어쩌면…… 어쩌면 다른 데로 갈 수도 있을 거야. 해변에서 살자. 디즈니 영화를 보고, 팝콘을 먹고, 음악을 만드는 거야. 내가 원하는 건 그게 다야. 어때? 그래도 괜찮아?"

나는 고개를 끄덕인다. "네."

"하지만 날 절대 떠나지 않겠다고 약속해야 해, 인챈티드. 앞으로 너와 나 둘뿐일 거라고 약속해. 넌 나를 지켜줄 거고, 난 널 지켜줄 거야. 둘이서 함께, 영원히."

그가 나를 감싸 안고 내 등을 끌어당긴다. 그의 몸이 덜덜 떨린다. 새로운 사랑의 물결이 내 마음을 적신다. 지금까지 이만큼 나를 필요로 한 사람은 없었다. 아마 쪼꼬미들도 내가 필요했겠지만, 코리가 훨씬 더…… 절박하게 느껴진다.

한때 나의 고향이었던, 가깝고도 먼 바다를 내려다보고, 다시 코리를 바라본다. 그는 나의 새로운 고향이다.

"약속할게요."

44

다른

음성메시지 #1: 인챈티드? 엄마야, 전화 줘.

음성메시지 #2: 인챈티드? 엄마야. 또 전화했어. 3일 내내 전화했는데 네가 살아 있는 걸 확인할 방법이 네 인스타그램밖에 없어. 전화해.

음성메시지 #3: 인챈티드? 엄마야. 무슨 일 있어?

음성메시지 #8: 인챈티드, 엄마다. 이게 여덟 번째 메시지인데 어쩜 넌 한 번도 전화를 안 하니! 전화해. 진심이야.

음성메시지 #10: 인챈티드, 무슨 일이야? 뉴스에서 네가 공연하는 건 봤는데 그렇게밖에 네 생사를 확인할 수가 없어. 엄마한테 꼭 전화해! 네 아빠랑 나는 할 만큼 했다. 제시카한테도 연락이 안 오고. 오늘 당장 전화해!

음성메시지 #13: 아, 이젠 네가 다 컸다고 생각하나 보지? 네가 그 천박한 옷이랑 가발 차림으로 무대 위를 깡충깡충 뛰어다니는 걸 내가 안 볼 거라고 생각해? 인챈티드, 난 이제 네가 하는 이 게임에 진절머리가 나. 너 전화하는 게 좋을 거야!

음성메시지 #17: 인챈티드, 우리 아가…… 너한테 무슨 일이 일어나고 있는지 모르겠구나. 무슨 일이 있든 상관 안 해. 그냥 집으로 돌아와. 우린 너무 걱정돼. 네 목소리 들은 지 3주나 지났어. 당장 돌아와, 알았지?

음성메시지 #21: 인챈티드, 아빠다. 전화 줘.

음성메시지 #28: 인챈티드, 아빠다. 아가, 아래층으로 내려와. 괜찮아. 다 괜찮아. 아무도 널 해치지 않을 거야. 내가 맹세하마.

음성메시지 #29: 인챈티드! 네 아빠가 아래층에 있어. 제발, 인챈티드. 제발, 아래로 내려가서 아빠랑 얘기 좀 해. 제발.

음성메시지 #30: 인챈티드, 도대체 무슨 일이니? 사람들이 아빠를 때리고 있어. 전화 좀 받아. 이제 이런 짓 그만둬!

음성메시지 #42: 인챈티드, 엄마야. 제발, 아가. 제발, 엄마한테 말을 해. 왜 대화를 안하려는 거야?

음성사서함이 거의 다 찼습니다.

45

연결

파크우드고등학교 인스타그램 페이지에서 내 친구들을 볼 수 있다. 해나와 매킨지가 지난 수영 대회에서 푹 젖은 수영복 차림으로 활짝 웃고 있는 사진. 라이벌과 맞붙은 야구 경기 사진. 셰이가 밸런타인데이 축제에서 자기 친구들과 장미꽃을 사람들에게 나눠주는 사진. 2학년 학생회가 댄스파티 티켓을 구매하고 학생회비를 내라는 글을 올렸다.

여기 어딘가에, 어디에든, 갭 사진이 있기를 바랐다. 나는 갭의 얼굴을 서서히 까먹고 있다.

윌앤드윌로우 페이지에는 크레이턴이 얼마 전 대통령의 날을 맞아 워싱턴 DC에 있는 스미소니언 아프리카계 미국인 박물관으로 소풍을 간 사진, 가는 길에 버스에서 다 같이 노래를 따라 부르는 영상, 모두 함께 내가 가장 좋아하는 레드벨벳 컵케이크를 먹는 사진을 올렸다.

모두가 외출을 하고 자신의 삶을 살아간다. 두 달간 온 세상이 앞으로 나아간 것처럼 느껴진다…… 나만 빼고.

"왜 이 남자애 페이지를 봐?"

그로운

공항 불빛이 코리의 얼굴에 그늘을 드리운다. 그의 목소리가 냉정하고 매섭다. 내 핸드폰을 내려다보고 내가 크레이턴의 프로필을 클릭했음을 깨닫는다. 곧 있을 10대 반의 봄방학소풍 게시물이 떠 있다. 동해안을 따라 내려가 흑인 대학에 방문하고, 심지어 캠퍼스에 며칠 묵기도 할 예정이다.

정말 재미있어 보인다. 정말로. 이런 경험이 어떤 느낌이었는지 기억조차 잘 안 난다.

"아니에요. 이건…… 음, 윌앤드윌로우 페이지예요."

코리의 표정을 읽을 수 없다. 그가 내 핸드폰을 낚아채고 자기 주머니에 쑤셔 넣는다.

"어쨌건 넌 더 이상 이게 필요 없어. 우린 집에 가니까."

46

유리병

애틀랜타 교외에 있는 이 집은 프랑스 바닐라 푸딩이 담긴 유리병 같다. 모든 것이 크림색과 흰색 아니면 석조다. 크림색 커튼, 크림색 소파, 크림색 카펫 그리고 식탁. 양옆의 계단을 구불구불 타고 올라가는 검은색 연철 난간에만 유일하게 짙은 색깔이 있다.

"집에 온 걸 환영해." 코리가 말도 안 되게 높은 천장의 거대한 크리스털 샹들리에 아래서 두 팔을 넓게 벌리며 말한다.

이곳의 그 무엇도 집 같은 분위기를 풍기지 않는다. 이곳은 박물관이나 묘소 같은 느낌을 주고, 표백제에 담근 것 같은 냄새가 난다. 집 안에 들어서는 순간 그 냄새가 코를 찌른다.

"신발 벗어." 그가 골드 샴페인 병을 들고 내게 지시한다.

가방을 내려놓고 스니커즈의 끈을 풀며 주위를 둘러본다.

사진이 없다. 수집품도 없다. 이 공간이 특정 인물의 것임을 보여주는 물건이 하나도 없다. 부동산 광고에서 본 모델하우스로도 쓸 수 있을 것 같다.

문득 우리 집의 냄새와 비좁은 공간이 그리워진다. 세이지 태우는 냄새, 오븐 속에서 익어가는 로즈마리 냄새, 아빠가 면도한 뒤 바르는 로션 냄새. 셰이와 방을 나눠 쓰던 것마저 그립다. 하지만 집으로 돌아갈 순 없다. 부모님은 아마 현관에서 날 막을 것이다. 내게 남은 유일한 공간은 코리의 곁이다. 게다가, 그는 나를 사랑한다. 그는 내가 필요하다.

사랑은 복잡한 것이다.

"우리 여기 얼마나 오래 있어요?" 내가 천장에 달린 작은 감시 카메라를 쳐다보며 묻는다.

"여기서 앨범 녹음할 거야." 그가 아기 감시용 모니터처럼 보이는 작은 물건을 집어 들며 말한다. "그러니 앨범 작업이 끝날 때까지 있겠지."

우와. 그게 정말 현실이 되다니. 우리는 내 앨범을 녹음할 것이다. 내 노래책 속의 가사들이 곧 살아 숨 쉬게 될 것이다. 내가 간절히 원했던 일이다.

온몸을 던져 그를 꽉 끌어안는다. 내 온기에 깜짝 놀라고 당황한 그가 몸을 뒤로 뺀다.

"고마워요." 내가 그의 볼에 키스하며 속삭인다.

그가 천천히 마음을 풀며 내 등을 쓸어내린다. "브라이트 아이즈를 위해서라면 뭐든 할 수 있어."

그의 어깨 너머로 그가 손에 든 모니터의 화면이 선명하게 보인다. 격자 모양으로 흑백 영상 여러 개가 재생되고 있다. 집 안 곳곳에 카메라가 설치되어 있다.

그가 혼란스러운 눈빛으로 나를 풀어준 뒤 미소를 보이고 는 리모컨의 버튼 하나를 누른다. 귀가 찢어질 정도의 볼륨으로 음악이 터져 나온다.

"제시카!" 그가 소리친다.

제시카? 제시카가 여기 있다고?

제시카가 첫 번째 층계참에 모습을 드러낸다. 헐렁한 검은색 체육복 차림이고, 얼굴에는 아무 감정이 없다.

코리가 손으로 내 쪽을 가리킨다. "집 안내해줘."

가방을 들고 제시카에게 다가간다. 제시카가 나를 위아래로 뜯어보고는 복도를 걸어간다.

"코리는 이 장소가 먼지 하나 없이 깨끗하길 원해. 흙이나 먼지를 끌고 들어오면 안 되고, 집 안에선 절대 신발 신지 마. 코리가 먹으라고 할 때까지 아무것도 먹지 말고, 코리가 마시라고 할 때까지 아무것도 마시지 마. 다른 손님하고 대화하면 안 돼, 특히 남자는…… 지금쯤이면 이미 교훈을 얻었으리라 생각하지만."

"다른 손님 누구요?"

"그건 네가 상관할 일이 아냐." 제시카가 언제나처럼 차갑고 딱딱한 목소리로 말한다.

계단을 한 층 더 올라가 긴 복도로 향한다. 왼쪽에 금색 쌍여닫이문이 있다.

"여기가 코리 방이야."

제시카가 반대쪽으로 걸어가 오른쪽 끝에 있는 문을 연다.

"코리가 나오라고 할 때까지 이 방에서 나오지 마."

내 방은 완벽한 정사각형 모양이다. 칙칙한 원목 바닥에 작은 책상이 하나 있고, 퀸 사이즈 침대에 하얀 시트가 깔려 있으며, 옷장 안에는 제시카가 입은 것과 똑같은 헐렁한 운동복이 몇 개 걸려 있다. 방이 광활하고 간소해서 벽에 달린 평면 텔레비전이 초라해 보인다. 이 집의 다른 화려한 공간과 전혀 어울리지 않는다. 카메라는 없다…… 적어도 내 눈에는 보이지 않는다.

"여기선 치마나 드레스 입으면 안 돼. 코리 친구들이 들를 수 있으니까. 친구들이 오면 방 안에 있어."

창문 밖으로 새것처럼 깔끔한 뒷마당이 보인다. 잘 다듬은 나무울타리가 거대한 수영장을 둘러싼 대형 미로처럼 보인다. 약간의 안도감이 밀려든다. 나는 이곳에 산다. 수영장이 있는 집에 산다. 나만의 수영장이 있다.

뒤로 물러서는데 금속으로 된 무언가가 다리에 스친다. 바닥까지 이어진 크림색 커튼에 반쯤 가려져서 보지 못한 물건이다. 나머지 실내 장식과 동떨어져 보인다. 커튼을 걷자 숨이 턱 막힌다.

금속 통이다.

순간 심장이 멈췄다가 다시 뛰기 시작한다. 곧바로 뒤를 돌아보자 제시카가 문을 닫고 밖에서 문을 잠근다.

자꾸 머릿속에 떠오르는 〈신데렐라〉속 장면이 있다.

영화가 끝날 무렵, 신데렐라는 왕자님이 유리 구두를 잃어버린 비밀에 싸인 여성을 찾고 있다는 말을 듣는다. 신데렐라는 사악한 계모가 상황을 파악했음을 알아차리지 못하고 위층으로 달음질쳐 올라간다. 계모는 신데렐라가 유리 구두를 신어볼 수 없도록 신데렐라의 방까지 따라 올라가서 문을 잠가 가둔다.

어쩌면 제시카가 나를 코리와 갈라놓으려는 계모일지 모른다. 모든 규칙이 그의 생각일 리 없다.

코리가 스티로폼 컵 두 개를 들고 겨드랑이에 플라운더 인형을 낀 채 방 안으로 들어온다.

"이거 마셔."

익숙한 맛이 난다. 졸리랜처 사탕처럼 달콤하다. 스프라이트처럼 탄산이 있다. 하지만 다르다. 약처럼 약간 씁쌀한 맛이 난다.

"이게 뭐예요?"

"네가 긴장을 풀게 도와주는 거야. 봐봐, 나도 마시고 있잖아."

그가 플라운더를 책상 위에 올려놓고 침대 쪽을 바라보게 각도를 맞춘다. 나는 플라운더를 별로 안 만진다. 플라운더를 보면 디즈니랜드가 떠오르는데, 그날은 되도록 잊고 싶다. 그러나 이상하게도 플라운더를 바라보면 좋았던 시절, 내가 작은 물고기들과 함께 놀며 노래하는 인어였던 시절이 떠올라위안이 된다. 쪼꼬미들이 나 없이 어떻게 지내고 있는지 궁금하다.

"인챈티드…… 참 예쁜 이름이야." 코리가 피식 웃으며 불분명한 발음으로 말한다. 그가 내 옆의 침대에 털썩 드러눕는다. "그 아름다운 이름은 어디서 나온 거야?"

굳었던 마음이 녹고, 내 방어 태세가 누그러지는 것이 느껴진다. 둘만 있는 곳에서 그가 내게 웃어 보인 것이 너무 오래간만이라, 그의 곁에 있으면 하늘을 나는 기분이 든다는 사실을 거의 까먹을 뻔했다.

"엄마 말로는 내가 사람들을 숨 막히게 하는 예쁜 눈을 갖고 태어났대요."* 내가 음료를 한 모금 마시며 말한다.

"그게 다야?" 그가 킬킬 웃는다. "엄마들은 다 그런 헛소리를 한다니까."

나는 반사적으로 쏘아붙인다. "그쪽 엄마가 그런 헛소리를 했나 보죠?"

"아니, 내 어머니는……" 그의 목소리가 수그러들고, 두 눈은 먼 허공을 바라본다. "어머니가…… 내게서 좋은 걸 하나라도 발견했을지 모르겠어."

그가 일어나 앉아 탁자에서 리모컨을 집어 들고 넷플릭스

---

*　인챈티드Enchanted는 매력에 넋을 빼앗긴다는 뜻이다 - 옮긴이.

를 튼다. 순간 그의 어머니 이야기를 꺼낸 것에 죄책감이 들지만, 나도 정신이 흐릿하고 어지럽다. 코리가 내 무릎을 문지른다. 그의 팔이 문어 다리 같고, 방 안이 빙빙 돈다.

길게 한 번 눈을 감았다 뜬 뒤 컵 안을 들여다본다. 음료 색깔이 보라색이다.

그가 정말 다정하다고 생각하며 뒤로 털썩 드러눕는다. 그는 내가 가장 좋아하는 색이 보라색이라는 걸 안다.

47

해파리

언젠가 해파리에게 쏘인 적이 있다.

옛날에 파록어웨이의 바위 근처에서 스노클링을 하는데 근처에 떠 있는 비닐봉지 하나가 보였다. 나는 그게 비닐봉지 라고 생각했다. 사람들은 항상 바다에 쓰레기를 버리니까. 하 지만 내가 가까이 다가가자 비닐봉지가 살아 움직였고, 촉수 로 날 쐈다. 팔에 3단계 화재경보가 울려댔다. 나는 소리를 지 르며 수면 위로 튀어나왔다. 아빠가 달려와 나를 모래사장으 로 끌어냈다. 엄마가 소금물로 불을 잠재워주었다. 구조원이 구급상자를 가져왔다. 맹렬한 화끈거림이 계속되면서 맑고 파란 하늘에 별똥별이 쏟아졌다.

집에 돌아온 뒤 할머니가 식초 묻힌 천으로 내 상처를 적시 는 동안 나는 해파리에 관한 정보를 찾아보았다.

해파리는 뇌가 없다.

"아니, 난 앨범 녹음 얘기는 한 적이 없어. 네 망상이야. 그 래서 뭐, 이제 날 못 믿어? 네 방으로 들어가!"

해파리는 심장이 없다.

"그게 무슨 말이야? 당연히 널 사랑하지. 왜 계속 그런 멍청한 질문을 해?"

해파리는 눈이 없다.

"저거 안 보여? 저기 있는 저 먼지! 저거 빨리 치우는 게 좋을 거야. 진심이야, 빨리 전부 치워."

해파리는 줏대가 없다.

"수영? 내가 그딴 수영이나 할 것 같아? 전혀 아니거든요. 저 수영장은 그냥 보여주기용이야. 우린 저기 안 들어가."

해파리는 사람이 약을 올리거나 만지지 않으면 먼저 사람을 쏘지 않는다.

"왜 이렇게 화를 내게 만들어? 그냥 하라는 대로 할 순 없어? 집에 가고 싶어? 그게 네가 원하는 거야? 그럼 맹세코 집에 보내줄게."

밤이 되면 아빠가 다시 나타나 날 구해줄지 궁금해하며 보라색 음료를 마신다.

그로운

레디 플레이어 원

코리는 비디오게임 중독자다.

"하하! 내가 잡았지!"

그가 주로 즐기는 게임은 〈그랜드 테프트 오토: 산 안드레아스〉다.

그는 자기가 게임을 하는 동안 내가 옆에서 지켜보기를 바란다. 그래서 나는 그렇게 한다. 흰색 소파에서 그의 옆에 몇 시간이고 앉아, 펜으로 내 노래책을 두드리며 그가 힌트를 알아채길 바란다. 우리는 지금 게임이 아니라 작업을 하고 있어야 한다는 것을.

"EP에는 몇 곡이 필요해요?" 내가 묻는다.

그는 계속 화면에 집중하며 어깨를 으쓱한다. "네 곡, 아니면 다섯 곡. 걱정할 필요 없어…… 아, 잠깐! 잠깐!"

몇 주나 지났지만 녹음을 마친 것은 한 곡뿐이다. 이 속도라면 몇 달이 걸릴 것이다.

세 곡만 더 있으면 된다. 이런 생각을 하며 노래책의 쭈글쭈글해진 종이를 넘긴다. 일단 내게 노래들이 생기면 코리가 그걸 빼앗아 가지는 못할 것이다.

"좋아! 잡았다, 이년!"

레벨이 높아지거나 했나 보다. 화면이 바뀌고, 아프로 머리를 한 남자가 우중충하고 지저분한 침실에서 헐벗은 여자와 함께 있다. 여자가 입으로 남자를 애무한다. 그러다 두 사람은 침대에 올라가 섹스를 한다. 코리가 이 모든 것을 제어하는 동안 남자의 내레이션이 나온다. "의미 없는 섹스라는 말을 결코 이해한 적이 없다……."

크레이턴도 이 게임을 하곤 했다. 이제 그 이유를 알겠다. 남자는 옷을 다 입고 있는데 여자는 왜 나체인지 이해할 수 없다. 좀 기이하다. 좀 역겹다. 그러나 코리는 지시에 따라 오래오래 버튼을 누른다.

> 리듬에 맞춰 위아래 방향키를 누르세요
> 보는 방향을 바꾸려면 조이스틱 3번
> 자세를 바꾸려면 조이스틱 1번
> 나가려면 조이스틱 4번

"있지, 내가 처음 섹스한 게 언제냐면." 그가 내 쪽을 쳐다보지도 않고 말한다. "열네 살 때야."

내 시선이 그에게 날아가 꽂힌다.

"그 여자…… 정말 예뻤어. 그 사람이 나한테 몇 가지를 가르쳐줬지. 하, 리치도 거기 있었어!"

비디오게임 속 여자가 신음을 낸다.

"그러니까, 같은 방 안에요?"

"아니. 그래도 근처에 있었어. 어딘가에. 내가 RCA와 계약한 직후였어. 그래미 뒤풀이였지. 그 여자가 나를 벽장 같은 데로 데려갔어. 솔직히 말하면, 정말 큰 충격이었어. 전에는 여자랑 자본 적이 없었거든."

섹스 장면이 끔찍하게 길다.

"……왜 이래. 나 아무렇지 않아. 그냥 대단하다고 하면 돼."

"그땐…… 진짜 어렸잖아요."

그가 어깨를 으쓱한다. "아니, 그때 난 남자였어. 할머니가 돌아가시고 전부 알아서 해야 했거든. 그래서 빨리 커야 했어."

열네 살이면 셰이와 동갑이야. 머릿속 목소리가 외친다. 가여운 코리. 그는 자신이 이용당했다는 것, 무척 상처 입었다는 것조차 깨닫지 못한다. 어쩌면 그래서 어두운 면이 있는지도 모른다.

내 침묵을 느낀 코리가 재빨리 덧붙인다. "어쨌건 난 너처럼 자라지 않았어, 브라이트 아이즈. 사람은 각자 다…… 뭔가가 있는 거야."

나는 가까이 다가가 게임에 더 관심을 보인다. 그를 조금 더 사랑하면서.

내가 그에게 충분한 사랑을 주면, 어쩌면, 정말 어쩌면, 그의 어두운 면을 없앨 수 있을지도 모른다.

사건 파일

지금

[부검 요약 보고서]

사망 시각: 체온, 사후 강직과 시반, 위 속 내용물에 근거해 사망 시각을 오후 10:30에서 11:45 사이로 추정함.

직접 사망 원인: 가슴과 복부에 가해진 다수의 자상

사망 종류: 살인

비고: 사망 현장인 침실에 피가 잔뜩 흘러나와 있었음. 거실에서 침실까지 핏자국이 이어지며 드문드문 피가 고여 있었고, 벽과 문에 피가 튀어 있었음. 손과 손목, 팔에 방어하며 생긴 상처가 있음.

[경찰의 최초 기록 발췌]

침실의 사망 현장 근처에서 발자국 발견. 피가 튄 곳에서 발자국 채취. 거실 카펫에도 유사한 발자국. 초기 조사에서는 남성, 크기 290-295, 왼발로 추정. 피해자의 모든 신발 및 발 크기와 불일치. 정확한 제품 확인을 위해 추가 분석 의뢰.

사망 시각에 미확인된 제3의 인물이 아파트에 있었을 가능성.

안전 확인

그때

"인챈티드, 잠깐 여기로 와줄 수 있어?"

이 집에서 그럴 수 있느냐고 묻는 말은 처음 듣는다. 코리의 말에 나는 방에서 튀어 나가고, 계단의 첫 번째 층계참에서 몸이 얼어붙는다.

현관문 근처에 토니와 또 다른 경호원, 리치, 코리 그리고 경찰 두 명이 서 있다. 나는 황급히 그들 옆으로 달려간다.

백인 남성과 흑인 여성인 두 경찰은 문턱 안으로 조금도 들어오지 않지만 그들의 엄청난 존재감이 집 안을 가득 채운다.

"네?" 내가 새끼손가락으로 멀리사의 머리카락을 비비 꼬며 말한다.

"인챈티드 존스 맞습니까?" 여성 경찰이 묻는다.

"음, 네."

"따로 얘기를 좀 나눠야겠는데요."

나는 그래도 될지 확신하지 못하고 코리를 바라본다. 그가 작게 고개를 끄덕인다.

"무슨 일이에요?" 내가 떨리는 목소리로 묻는다.

코리가 앞으로 나선다. 목소리가 가볍고 경쾌하다. "보시다시피 인챈티드는 지하실에 묶여 있거나 하지 않아요. 자기 마음대로 자유롭게 집 안을 걸어 다닐 수 있죠."

그의 행동 어딘가에서 전에도 이런 상황을 겪은 것 같은 느낌이 든다.

"나 원! 코리 필즈 같은 사람이 여자를 가둬야 할 것 같습니까?" 경호원이 빈정거린다. "여자들이 맛이라도 보려고 저 아래까지 줄을 서 있다고요!"

여성 경찰관이 그를 대충 훑어본다. "저희가 댁 거실을 쓸 수 있을까요?"

코리가 재빨리 친절한 미소를 짓는다.

"그럼요, 당연히 되죠. 아 참, 인챈티드는 열일곱 살입니다. 애틀랜타에서는 성관계를 승낙할 수 있는 나이라고 알고 있습니다."

경찰이 눈썹을 치켜든다. "맞습니다. 조지아 법에 정통하시다는 걸 알려주셔서 감사하네요."

긴장된 침묵이 흐르고, 벌레들이 열린 문 사이로 날아 들어온다. 코리가 양손을 운동복 바지 주머니에 집어넣는다.

백인 남성 경찰관이 분위기를 파악하고 상황을 정리한다. "금방 끝날 겁니다."

"좋습니다. 해야 할 일들 하세요!"

리치가 코리를 옆으로 불러서 귓속말하며 그를 진정시킨

다. 코리의 턱에 힘이 들어가고, 두 경찰관이 나를 거실로 데려가는 동안 내게서 눈을 떼지 않는다. 여성 경찰이 그의 눈앞에서 쌍여닫이문을 닫는 순간까지도.

"안녕하세요, 인챈티드." 백인 경찰관이 말한다. "인챈티드 양의 안전을 확인해달라는 요청을 받았습니다."

내 이가 딱딱 맞부딪치는 소리가 길 아래에서도 들릴 만큼 크다. 나는 양팔을 문지른다. "누구한테요?"

"그건 말씀드릴 수 없습니다. 하지만 규칙에 따라 몇 가지 질문을 드려야 합니다."

"인챈티드, 본인의 의지에 반하여 감금되신 겁니까?" 여성 경찰관이 단도직입적으로 묻는다.

오싹함이 등줄기를 타고 내려온다. 코리와 함께 떠올릴 수 있는 모든 시나리오를 연습했지만 이건 생각지 못한 무서운 상황이다. 팬과 모르는 사람에게 거짓말하는 것과 경찰에게 거짓말하는 것은 다른 문제다. 머릿속이 정신없이 돌아간다. 캔디와의 합의, 그가 마이애미의 발코니에서 무너져 내린 일…… 그리고 내가 한 약속.

"아니요."

"지금 도움이 필요하십니까?"

여닫이문이 소리를 내며 아주 살짝 열린다. 누군가는 한 줄기 바람 때문이라고 착각할 수 있겠지만, 나는 안다.

"아뇨, 전 괜찮아요." 내가 어색하게 웃으며 말한다.

문밖에서 코리의 헛기침 소리가 들린다.

"여긴 아무 문제 없어요." 내가 더 큰 목소리로 단호하게 말한다. "제 앨범을 녹음 중이에요."

무언가가 벽에 쾅 부딪친다. 두 경찰관이 시선을 교환하지만 다시 질문을 이어나간다.

여성 경찰관이 말한다. "본인이 원해서 여기 계시다는 거죠."

"네. 제가 원해서 있는 거예요." 나는 내 입에서 나오는 말을 거의 진실로 믿는다.

여성 경찰관이 또 한 번 나를 훑어보고 너무 큰 내 운동복을 빤히 쳐다본다.

두 사람은 질문을 몇 개 더 던지지만 곧 내 대답이 바뀌지 않으리라는 것을 깨닫는다.

현관으로 나가니 코리와 리치가 기다리고 있다.

"다 끝나셨나요?" 코리가 묻는다.

"네." 여성 경찰관이 말한다.

코리가 한쪽 입꼬리를 올리며 웃는다. "그럼, 들러주셔서 감사합니다."

여성 경찰관이 내게, 오로지 내게만 목례하고는 순찰차로 돌아간다. 남성 경찰관은 여성 경찰관이 멀어질 때까지 기다렸다가 활짝 웃는 얼굴로 우리 쪽을 돌아본다.

"이거 참 죄송하게 됐습니다. 그런데, 어, 사인 한 장만 받을 수 있을까요? 제 아내가 엄청난 팬이에요. 제가 이렇게 만나고도 사인해달란 말을 안 꺼낸 걸 알면 아마 절 죽이려 들 거예요."

코리가 자신의 매력을 한층 더 발휘한다.

"이런, 당연하죠! 별거 아닌 일로 먼 길 오시게 해서 죄송해요. 아시잖아요, 악플러들이 사람 계속 괴롭히는 거."

코리가 남성 경찰관의 수첩에 사인을 하고 셀카 포즈를 취하는 동안 나는 내가 보이지 않기를 바라며 살금살금 뒤로 도망친다.

어쩌면 별 탈 없이 지나갈지도 몰라. 그리 나쁘지 않을 수도 있어.

하지만 내 방에 1미터도 채 들어오지 않았을 때 현관문이 쾅 닫힌다. 그가 쿵쿵거리며 계단을 뛰어 올라오는 동안 내 폐가 쪼그라든다. 그가 무표정한 얼굴로 방 안에 들이닥친다.

"꼬치꼬치 참견하는 거 좋아하는 네 부모가 경찰 보낸 거 알지?"

"우리 부모님이랑…… 대화했어요?"

"그래, 이 짓거리 벌이겠다고 하더라." 그가 고개를 저으며 날카롭게 받아친다. "나한테 문자 보냈어."

"그 문자 봐도 돼요?"

그가 고개를 옆으로 꺾은 채 점점 내게 다가온다.

"왜 보고 싶은데? 뭐, 내 말을 못 믿겠어?"

공포가 엄습하고, 두 팔에 힘이 쭉 빠진다.

그로운

"아, 아니, 당연히 믿어요. 그냥…… 엄마 아빠가 뭐라고 했는지 보고 싶었어요. 그게 다예요."

그가 나를 째려보며 침대 위에 드러눕는다.

"돈을 더 달래. 널 데려가는 대가를 충분히 지불하지 않았다나. 난 줄 만큼 준 것 같은데. 지랄, 오히려 너무 많이 줬지. 내가 너 때문에 고생한 거 생각하면!"

"저기…… 제 핸드폰 돌려주시면 안돼요? 제발요."

"나한테 할 말이 그거밖에 없어?" 그가 고함을 지른다.

"아뇨! 제 말은, 제가 전화해서 한번—"

"내가 너한테 해준 게 얼만데, 네가 바라는 건 핸드폰뿐이야? 무릎 꿇고 제발 데리고 있어달라고 빌어야지. 무릎 꿇어, 지금! 당장!"

나는 주저하다 무릎을 꿇는다. 코리가 가까이 다가와서 그를 올려다보려면 고개를 뒤로 꺾어야 한다. 그가 몇 걸음 더 다가오고, 그의 사타구니가 내 눈앞에 있다. 가슴이 철렁 내려앉는다.

"제발, 코리." 내가 흐느끼며 말한다. "싸우기 싫어요. 난 당신을 사랑해요."

코리가 두 눈을 껌벅인다. 마치 사랑이라는 단어가 그를 혼수상태에서 깨운 것처럼. 그가 욕을 중얼거리더니 내 얼굴을 스치고 방에서 뛰쳐나간다. 아래층 스튜디오의 문이 쾅 닫힌 뒤 나는 참고 있던 숨을 내쉰다. 두 손이 덜덜 떨린다.

그가 핸드폰을 돌려줬더라면. 그러면 아주 잠시만이라도 뒤로 물러나 있으라고 부모님을 설득할 수 있을 텐데. 부모님 때문에 우리 상황이, 특히 내 상황이 더욱 힘들어진다. 하지만 부모님이 우리에게 약간의 공간을 준다면, 그가 정상으로 돌아올지도 모른다.

규칙 지키기

코리의 음반사가 충성스러운 팬들을 향한 사랑을 보여주고자 남부의 여섯 개 도시를 도는 작은 투어를 준비했다. 캔디의 고소로 끔찍한 기사가 쏟아진 뒤이니, '죄송합니다 투어'나 '다시 날 사랑해주세요 투어'라는 부제를 달 수도 있었을 것이다.

그럼에도 이건 축복이다. 우리는 집에서 나와 다시 길 위에 오른다. 이번에는 투어버스를 타고서. 코리는 나와 듀엣곡을 부르려 하지는 않지만, 목소리가 탁하고 박자를 잘 못 맞추는데도 내가 뒤에서 노래할 수 있게 해준다. 가끔 공연 중에 내쪽을 몰래 훔쳐보는 그를 발견한다. 그럴 때면 그가 오로지나를 위해 노래하고 있음을 알 수 있다.

코리는 사랑이 힘든 거라고 말한다. 사랑은 복잡한 것이고, 노력이 많이 든다. 유명인을 사랑할 때는 규칙이 달라진다. 유명인은 압박을 심하게 받는다. 그의 여자친구로서 나는 그를 지지해야 한다. 두통을 일으키는 대신 이해심을 발휘할 것. 그래서 나는 그렇게 한다. 무대 왼쪽의 그림자 속에서 가슴이 터지도록 노래한다. 그에게 필요한 음식과 물, 공간을 기필코 충분히 제공한다. 그는 나와 우리 가족에게 너무 많은 것을 주고 있다. 이건 내가 그를 위해 할 수 있는 최소한이다.

그저 규칙을 지키는 것.

샬럿에서 열린 공연이 끝난 뒤 백스테이지에서 다큐멘터리의 비롤b-roll 영상을 찍는 리치의 촬영팀 옆을 지난다. 어둠 속에서 리치가 제시카에게 뭔가를 말하고 있다. 말이라기보다는 위로에 더 가깝다. 제시카가 정말로 화난 것 같다. 어쩌면 내가 가서…… 아니다. 그러지 마!

내가 상관할 일이 아니다. 규칙을 지켜.

제시카와 눈을 마주치지 않고 곧장 투어버스로 향하는데, 한 여자가 복도를 활보하는 것이 보인다.

앰버다.

어깨끈이 없는 딱 붙는 분홍색 드레스를 입었고, 머리를 곱슬곱슬하게 말았다.

앰버가 노스캐롤라이나에서 뭐 하는 거지?

"저기요! 인챈티드 맞죠?" 뒤에서 어떤 사람이 말을 건다.

키가 크고 뉴욕 악센트가 강한 라틴계 남자가 출구 옆에 서 있다. 곱슬머리가 검은 비단뱀처럼 빛난다.

"어, 네. 제가……."

"안녕하세요! 루이스 산티아고입니다. 친구들은 그냥 루이라고 불러요. 이렇게 만날 날을 기다려왔습니다!"

"어…… 그러니까…… 누구세요?"

"걱정 마요. 코리랑은 오래전부터 친구니까. 코리가 이야기 나눠보면 좋을 거라고 했어요."

본능적으로 주위를 둘러보며 근처에 코리가 있는지 확인한다.

규칙을 지켜.

"그게, 전 그냥……."

"좋아요. 붙잡지 않을게요." 루이가 빠르게 말한다. "그래도 이 말은 해야겠어요…… 전 그쪽이 놀라울 만큼 재능 있는 가수라고 생각해요. 그동안 수많은 아티스트와 작업해왔지만, 아가씨 목소리는 정말 물건이에요. 심지어 백그라운드에서도 무대 위에 있는 사람들을 압도하더군요. 혹시 소속사가 필요하진 않아요?"

"그럼…… 매니저세요?"

"네. 아티스트 몇 명을 관리하고 있어요. 하지만 말했듯이, 난 우리가 정말로 큰일을 낼 수 있다고 생각해요. 코리에게 충성하는 거 알지만, 여기 이거 받아요. 내 명함이에요. 투어 끝나면 전화 줘요. 먼저 내 얘기를 듣고, 잘 맞을 것 같은지 아닌지 보면 되잖아요."

규칙을 지켜.

명함은 그의 손안에서 빛나는 한 줄기 빛이다. 어쩌면 좋은 일일지도 모른다! EP 완성까지 두 곡밖에 안 남았고, 그때가 되면 결국에는 매니저가 필요할 것이다. 뒤를 돌아보다 코리를 발견한다. 코리는 자기 드레스룸 밖에 서서 누군가와 대화를 나누고 있지만 눈은 나를 향해 있다. 얼굴은 웃고 있지만 눈은 그렇지 않다. 코리가 루이로 함정을 팠을까? 아니면 내가 정말 이 사람을 만나길 원할까? 어쩌면 다른 종류의 시험인지도 몰라. 내가 사업 수완이 있는지 보는 거지.

"음, 알았어요. 그렇게 할게요." 내가 웅얼거린다.

"꼭이에요! 그럼 이야기 나눌 날을 기대하고 있겠습니다."

명함을 받고 뒤돌아 코리를 바라보는 순간, 내 선택이 틀렸음을 깨닫는다.

52

2분

해변의 안전 요원들은 2분 동안 숨을 참을 수 있다. 직업 적성검사 항목에 들어 있다. 나도 그렇게 한다. 숨을 참는다. 그가 나를 때리기 직전에.

"왜 그랬어, 어? 왜 자꾸 나한테 무례하게 굴어? 내가 그렇게 많은 걸 해줬는데도! 난 네 커리어를 마련해줬는데, 넌 나한테 이런 짓을 해?"

그가 처음 나를 때릴 때, 마치 내가 구름으로 발사된 듯 하늘이 새하얘진다.

그가 두 번째로 나를 때릴 때, 소의 목에 다는 방울처럼 양쪽 귀가 울린다.

번개는 같은 장소에 두 번 칠 수 없다. 하지만 천둥은? 천둥은 전방위적이다. 사방팔방에서 소리가 들린다.

"내가 남자랑 얘기하지 말라고 했어, 안 했어! 그런데 아주 대놓고 쳐다보더라!"

방 안이 빙빙 돌고, 그의 주먹에 대비해 숨을 참느라 머리가 어지럽다. 나는 침대 위에서 몸을 둥글게 말고 흐느낀다.

하이드가 최악의 코리라고 생각했는데, 이제는 훨씬 더 나빠질 수 있음을 알겠다.

"그래서 그랬어? 날 떠나려고? 루이랑 살려고? 개새끼. 그 자식 아티스트들 지금 다 어디 있는데? 넌 너무 멍청해. 그러니까 아무 사람 말이나 다 듣고 다니지."

코리가 씩씩대며 호텔 방 안을 이리저리 서성인다. 일어나 앉아 입술을 핥으니 입가에서 피 맛이 느껴진다.

"코리…… 코리, 이건 너무 심해요."

그가 내 말에 당황한다. "그게 무슨 뜻이야?"

"이젠…… 이렇겐…… 더 이상 못 하겠어요." 내가 흐느낀다. "저…… 집에 가야 할 것 같아요."

그의 눈에 눈물이 고이고, 그가 쉴 새 없이 고개를 끄덕인다.

"처음에는 할머니, 이제는 너. 다들 날 떠나가네!" 그가 자기 양쪽 귀를 짓누른다. "더는 못 참아. 맹세하는데, 네가 날 떠나면…… 그냥 자살해버릴 거야!"

그의 말이 또 다른 타격으로 날아와 일시에 번개가 치고 천둥이 울린다.

"뭐라고요?" 숨이 턱 막힌다.

그가 스스로를 설득하듯 고개를 끄덕인다. "맞아! 난 그렇게 할 거야. 네가 날 떠나면 반드시 그럴 거야."

"안 돼요! 그럴 순 없어요! 가족은 어떡하고요?"

그가 코웃음을 친다. "무슨 가족?"

그로운

"친구들은요?"

"하! 그 빈대들! 그 자식들은 그냥 돈 때문에 여기 있는 거야."

"팬들은요? 팬들에겐 당신 음악이 필요해요! 당신은……
팬들의 영웅이란 말이에요! 사람들은 당신을 사랑해요!"

그가 어깨를 으쓱한다. "그럼 뭐, 네가 그걸 떠안고 살아야
겠네. 그 많은 사람 가슴이 찢어지는 건 다 너 때문이야. 네가
떠밀어서 내가 자살하는 거니까."

53

얇은 벽

[윌앤드윌로우 채팅방(존스 자매는 없음)]

숀   자, 내가 놀라운 소식 알려줄게.

크레이턴   뭔데?

말리카   말해.

숀   우리 아빠가 존스 아저씨랑 얘기했는데, 아저씨가 강간
            사건을 듣고 인챈티드를 구하러 갔대.

크레이턴   우오오오오오오.

아이샤   헐! 그래서 어떻게 됐대?

　마지막 공연. 마지막 공연까지만 참자고, 나는 마음속으로
맹세한다. 그러면 집으로 돌아가는 거야. 진짜 집은 아니고,
애틀랜타에 있는 코리의 집이지만. 거기서 EP의 마지막 곡을
녹음할 거야. 그리고 4월에 있을 대규모 콘서트를 위해 뉴욕
으로 돌아가면 그때 도망치는 거야.

　새벽 2시지만 나는 가능한 모든 선택지를 점검하고 계획
을 짜느라 잠들지 못한다. 그러나 의견을 구할 사람이 필요하

다. 평소였다면 갭에게 조언을 부탁했을 것이다. 갭은 언제나 내 머릿속의 또 다른 목소리였다.

핸드폰만 있다면 백만 번도 넘게 전화했을 텐데. 아니면 이 메일이라도 보내거나.

이메일…… 이 호텔에 비즈니스 센터가 있다. 그리고 거기 엔 컴퓨터가 있다.

호텔 안내 책자를 넘겨 맨 뒤의 지도를 펼친다. 비즈니스 센터는 2층 엘리베이터 근처에 있다.

누가 날 보면 어떡하지? 코리가 와서 내가 여기 없다는 걸 알면 어떡하지?

하지만 이게 나의 유일한 기회다. 다시 그 집으로 돌아가면 다른 기회는 없을 것이다.

내 카드키와 얼음통을 붙잡고 플라운더를 힐끗 돌아본다.

"10분 안에 돌아올게." 가운을 어깨에 걸치며 말한다.

플라운더가 걱정스러운 얼굴을 하는 사이 문틈을 살짝 빠져나가 맨발로 엘리베이터를 향해 달린다.

비즈니스 센터의 컴퓨터는 낡았고 인터넷이 느리다. 폭이 넓은 유리문 때문에 누가 나를 발견하기 쉽다.

"제발, 제발." 부팅되는 모니터를 향해 낑낑대며 보챈다. 지메일에 로그인하는 데 6분이 넘게 걸린다. 화면이 뜨자마 자 메일 쓰기 버튼을 누르고 빠르게 타자를 친다.

갭,

다음 달에 매디슨스퀘어가든에서 코리의 큰 공연이 있는데 네가 정말로 필요해. 하지만 네가 온단 말은 아무한테도 하지 마. 그냥 33번가 7번지에서 기다려줘. 내가 거짓말해서 아직 나한테 화난 거 알아. 미안해. 하지만 네가 정말 필요해. 부탁이야. 넌 아직 내 베프야.

사랑을 담아,

챈티

보내기.

10분이 넘었다. 답장을 기다릴 시간이 없다. 갭이 올 거라고 믿는 수밖에 없다. 하지만 계정에서 로그아웃하기도 전에 메시지 하나가 뜬다.

고객님께서 보내신 메일이 발송에 실패했습니다. 영구적 에러.

내가 주소를 제대로 쳤나? 젠장, 시간이 없다.

로그아웃하고 캐시를 지워서 내 존재의 증거를 전부 삭제한 다음 다시 엘리베이터로 뛰어가는데 머릿속에 목소리 하나가 기어든다. 코리는 어떡하고? 네가 필요하다잖아. 그런데 어떻게 떠날 수 있어? 그 사람이 모든 걸 다 해줬는데 어떻게 그렇게 뻔뻔할 수가 있어? 어떻게 앨범을 내려고 사람을 이용할 수가 있어? 그 사람은 널 사랑해.

사랑은 복잡한 것이다······.

원래 층으로 올라와 엘리베이터에서 내리니 내 방 앞에 경찰이 있다.

쾅 쾅 쾅! "경찰이다!"

젠장.

"전······ 전 그냥 얼음 가지러 갔었어요." 얼음통을 내보이며 경찰에게 다가가 간신히 쥐어짠 목소리로 말한다.

"안에 다른 사람이 있습니까?" 문 앞에 선 경찰관이 묻는다.

"아뇨. 저 혼자예요."

"코리 필즈가 여기 있습니까?" 또 다른 경찰관이 묻는다. "무전 코드 10-56a를 받았습니다. 동반 자살 신고요."

발아래 바닥이 내려앉고, 떨리는 손으로 입을 막는다.

코리다.

"어떡해." 나는 얼음통을 떨어뜨리며 중얼거린다.

내 뒤로 문이 활짝 열린다.

"이봐요, 무슨 일이에요?" 토니가 말한다.

"아가씨! 어디 가는 겁니까?" 경찰관이 소리친다.

내 방 안으로 뛰쳐 들어가 사잇문으로 달려간다. 무서운 생각들이 따라붙는다.

내 잘못이야, 전부 내 잘못이야! 내가 말을 안 들었기 때문에 그가 자살한 거야. 그는 이미 그러겠다고 말했는데, 내가 말을 듣지 않았어.

"안 돼, 안 돼, 안 돼. 제발, 제발, 제발."

그의 방에 불쑥 들어가 곧장 침대로 달려가는데 해파리처럼 축축하고 고무 같은 무언가에 발이 미끄러진다.

"코리!" 내가 비명을 지르며 코리의 베개 위로 뛰어들어 조명을 켠다.

"씨발, 뭐야!" 코리가 고함을 지르고······ 이불 아래서 앰버의 얼굴이 튀어나온다.

온몸의 공기가 빠진다.

경찰이 내 뒤에 있다. 코리가 격분한다. 대화가 이어진다. 앰버가 이불로 몸을 가린다. 발을 끌며 화장실로 걸어 들어가는 앰버의 뒤로 이불이 질질 끌린다.

"시발, 지금 뭐 하는 거야? 네가 사람들 들여보냈어?"

발에 감각이 없다. 고드름처럼 얼어버린 손으로 뭘 해야 할지 모르겠다.

내 주위로 목소리들이 떠다닌다.

"동반 자살? 참 나, 동반 자살 같은 거 안 해요. 도대체 무슨 소리 하는 거예요?"

뒷걸음질 치다 침대 옆 바닥에서 다 쓴 콘돔을 발견한다.

내가 맨발로 밟은 건 콘돔이었다.

아래층 부엌에서 나는 피쉬스틱과 맥앤드치즈, 오븐에 구운 지티 파스타 냄새 때문에 벽을 기어오르고 싶은 심정이다.

배가 너무 고프다.

제시카가 하루 두 번 식사를 가져다준다. 보통은 차갑게 식은 감자튀김과 햄버거, 김빠진 스프라이트 같은 패스트푸드다. 이런 음식은 먹어봤자 보라색 음료만 더 간절해질 뿐이다. 제시카는 내게 말을 하지 않는다. 일주일도 더 전에 애틀랜타에 돌아온 뒤로 내가 유일하게 만나는 사람인데도. 내 방은 지금까지 내가 살아본 곳 중 가장 작은 어항이다.

그러나 코리의 소리를 들을 순 있다. 지하층의 환풍기로 새어 나오는 그의 음악을 듣는다. 그가 스트리퍼를 포함해 최소 백 명과 함께 아래층에서 벌이는 파티 소리를 듣는다. 그가 앰버와 섹스하는 소리를 듣는다…… 바로 옆 방에서.

내 방 벽은 얇다. 내가 두 사람과 함께 있는 느낌이 들 만큼 얇다.

그래서 나는 그들 옆에 앉아 그가 앰버의 몸에 하는 짓을 지켜본다. 그가 앰버를 자기라고 부르고, 앰버가 그를 대디라고 부르는 것을 지켜본다.

그리고 얼음통에 구토한다. 한때는 그가 내게 줬던 똑같은 관심을 갈망하는 한편 역겨워하면서.

코리가 보라색 음료를 한 컵 더 가져다준다. 나는 필사적으로 음료를 벌컥벌컥 들이켠다.

"너랑 섹스할 수 없으면 다른 사람이랑 할 수밖에 없어." 코리가 내 뺨을 쓰다듬으며 말한다. "기다려야 한다는 건 네 결정이고, 난 네 결정을 존중해. 하지만 난 남자야. 그리고 남자에겐 욕구가 있어."

이게 앰버에 대한 그의 설명이었다. 그는 우리가 이제 나름의 가족을 이룰 것이며 그렇게 하는 것이 신의 뜻이라고 말한다.

"성경에 나오는 남자들은 아내가 많아. 예수님이 직접 그렇게 쓰셨어."

나는 잠자코 듣는다. 음료를 홀짝거리는 동안 그의 말이 천천히 내게 스며든다.

"네가 앰버 때문에 화난 거 알아. 하지만 넌 내가 필요하고 난 네가 필요해. 네 가족은 널 원하지 않아. 이제 와서 왜 그러겠어. 그 사람들은 널 절대 놔주려 하지 않았어. 널 그 집에 가두고 평생 애들이나 보게 했을 거야. 넌 노래해야 하는 사람인데 말야. 내가 널 구했어. 넌 더 이상 그 사람들이 필요 없어. 너한텐 내가 있으니까. 너랑 나, 앰버는 이제 가족이야. 우리 셋뿐이야. 다른 사람은 없어. 가장 중요한 건 가족이야."

나는 고개를 끄덕이며 내 컵을 앞으로 내민다. 발음이 꼬인다. "더 마셔도 돼요?"

그로운

54

자매

아래층에서 파티가 열렸고 나는 초대받지 않았다. 앰버도 마찬가지다. 그래서 나는 지금 앰버가 방에서 음악과 웃음소리를 듣고 있는 걸 안다.

그들은 더 이상 문을 잠그지 않는다. 내가 떠나지 않으리라는 걸 알기 때문이다. 그래서 나는 사람들이 다른 데 정신이 팔렸을 때 몰래 복도로 나가서 화장실을 쓸 수 있다.

내가 앰버를 만난 곳이 바로 복도다.

"앰버." 내가 떨리는 목소리로 속삭인다. "앰버?"

앰버가 고개를 떨구고 서둘러 자기 방으로 향한다.

"잠깐만." 내가 작은 소리로 외친다. 그리고 아래층으로 향하는 계단을 살피며 들킬 위험이 없는지 확인한다.

"우린 서로 대화하면 안 돼." 앰버가 소곤거린다.

"나도 알아. 하지만…… 너 괜찮아?"

앰버가 갑자기 걸음을 멈추고 뒤돌아서서 나를 바라본다. 앰버의 오른쪽 눈이 자줏빛이다.

"난 괜찮아." 앰버가 낮은 목소리로 말한다.

"나도 규칙을 알아…… 하지만 코리가 우린 자매 같은 사이랬어. 내 여동생 중 누구라도 다치면 내가 가장 먼저 상태를 확인할 거야."

앰버의 입술이 파르르 떨리고, 눈에 고였던 눈물이 떨어진다. 우리 둘 다 계단을 응시한다. 안전하다. 현재로서는.

"여동생이 몇 명이야?" 앰버가 코를 훌쩍이며 말한다.

"세 명. 남동생도 하나 있고."

"이런, 엄청 많네."

내가 피식 웃는다. "응. 맞아."

앰버는 한동안 말이 없다. "난 남동생이 하나 있어. 늘 내 신경을 건드려. 그런데 왜 걔가 그렇게 보고 싶은지 모르겠어."

"맞아. 정말 짜증 나지 않니?"

앰버와 나는 각자의 방문 앞에 앉아 대화를 나눈다. 나와 달리 앰버는 전문적으로 성악 훈련을 받은 가수였다. 네 살 때부터 경연에 참가했다고 했다. 앰버도 나와 똑같은 날 밤에, 하지만 나와 달리 리치를 통해서 코리를 만났다.

"이런, 누구랑 평범하게 얘기한 게 얼마 만인지 모르겠네." 내가 말한다.

"맞아. 나도야. 내가 다니던 학교는 진짜 커서 애들이 엄청나게 많았어. 매일 걔네들하고 얘기했는데."

학교? 그 단어에 머릿속에서 종이 울리고, 뭔가가 떠오른다.

"있지, 너 몇 살이야?"

앰버가 말을 멈추고, 얼굴에서 표정이 사라진다.

"열여덟 살이야."

내 혀가 입천장에 달라붙는다. 저 말은 거짓이다.

"아, 나도 그래." 내가 웅얼거린다.

"그렇구나, 하하." 앰버가 싱겁게 웃는다. 목소리마저도 어리다.

우리는 잡담을 더 나눈다. 책과 헤어스타일, 옷, 우리가 좋아하는 곡들에 대해서.

"아, 나도 그 노래 알아." 내가 이렇게 말하며 질문 하나를 몰래 끼워 넣는다. "우리가 태어난 해에 나온 노래 맞지?"

앰버가 자기가 태어난 연도를 말하고, 나는 머릿속으로 얼른 계산을 해본다.

"너 열다섯 살이구나." 숨이 턱 막힌다.

앰버의 낯빛이 흐려지고 두 눈이 어두워진다. 우리는 잠시 서로를 바라본다. 갑자기 앰버가 벌떡 일어나더니 방으로 들어가 등 뒤로 문을 닫는다.

오늘 코리는 자기 스튜디오에서 열리는 음악 감상회에 헐렁한 운동복 차림으로 참여해도 된다고 허락해주었다. 마실 것이 넘쳐서 내가 더 이상 내가 아니게 될 때까지 마셔댄다. 그저 나의 조각들만 남기를 간절히 바라면서.

"인챈티드는 저거 마시고 완전 뻗었네." 누군가가 재미있다는 듯이 말한다.

방 안에 웃음소리가 번진다. 사람들 사이에서 리치를 발견한다. 앰버는 스튜디오 건너편에 있는 방에 앉아 있다. 내게서, 한때 앰버였던 사람의 기억에서 멀리 떨어진 곳에.

보라색 음료를 더 마시고 싶어서 입에 군침이 돌지만 코리가 내 손에서 컵을 빼앗고 내 귀에 속삭인다.

"충분히 마셨어. 이제 네 방으로 가."

다퉈봤자 아무 의미가 없다. 그저 내가 고통받는 결말로 끝날 것이다.

등 뒤의 웃음소리를 못 들은 척하며 스튜디오를 천천히 나와 1층으로 올라간다. 내 침대가 간절하지만 그만큼 음식이 간절하다. 다들 지하실에 있으니 어쩌면 남은 파스타를 몰래 챙겨 갈 수 있을지 모른다.

발끝으로 서서 살금살금 부엌으로 향하다가 정확히 냉장고 쪽을 바라보는 카메라를 발견한다.

젠장.

희망을 버리고 뒤돌아서는데 누군가의 가슴팍에 부딪힌다.

데릭이다.

"이런 망할." 몸이 덜덜 떨린다.

"야. 너 괜찮아?" 데릭이 말한다. 이렇게 키가 크고…… 잘생긴 애였나.

본능이라기보다는 습관에서, 얼른 바닥으로 시선을 돌린

다. "응. 그런데…… 어, 나 가봐야 해."

방이 왼쪽으로 기울어져서 발을 헛디딘다. 데릭이 나를 붙잡는다. "워, 조심해."

"됐어. 나한테서 손 떼!"

뒷걸음질 치며 조리대를 붙잡는다. 적어도 나는 내가 조리대를 붙잡았다고 생각했다. 누군가가 조리대를 옮겼는지 나는 부엌의 타일 바닥 위에 털썩 주저앉는다.

순식간에 데릭이 내 옆에 와 있다.

"난 괜찮아." 어눌한 발음으로 말하며 사방에서 다가오는 것 같은 데릭의 손을 떨쳐낸다.

"아니, 너 안 괜찮아." 데릭이 이렇게 말하고 목소리를 낮춘다. "인챈티드. 너 열여덟 살 아닌 거 알아."

방이 회전을 멈춰서 그 틈에 데릭을 바라본다. "뭐라고?"

"너 열일곱 살이잖아. 생일이 몇 주 안 남았고. 4월에 열여덟 살 되는 거, 맞지?"

입 안이 바싹 마른다. "어떻게 그걸……."

"윌앤드윌로우 브루클린 지부에 있는 내 친구가 너네 지부에 있는 크레이턴이란 애를 알아."

크레이턴. 그 이름을 들으니 토하고 싶어진다.

"하, 그렇겠지." 내가 쏘아붙이며 데릭의 가슴팍을 밀어낸다.

"잠깐, 인챈티드. 내가 너네 지부 애들한테 연락했어. 다 너를 걱정해. 계속 너한테 연락하려고 했대. 너희 아버지가 그런 일을 당한 이후로 쭉."

"우리 아빠?"

"응. 너네 아빠가 너 데려가려고 여기까지 오셨는데 코리 부하들이 두들겨 팼다고 했어." 데릭이 잠시 말을 멈춘다. "너 몰랐어?"

심장이 귀에서 드럼처럼 쿵쿵대며 아래층에서 울리는 코리의 음악을 압도한다.

"몰랐어." 나는 혀로 메마른 입술을 핥으며 겨우 말을 내뱉는다. "그냥 날 좀 내버려둬."

데릭이 뒤를 돌아봤다가 나를 일으켜 세운다.

"잘 들어. 너 여기서 빠져나가야 해. 코리 그놈은⋯⋯ 질 나쁜 새끼야."

"네가 무슨 말을 하는지 모르겠다. 나는—"

"다른 게 더 있어, 인챈티드."

"다른 거 뭐?"

"소송하고 합의 말이야. 캔디가 처음이 아냐. 그 전에 다른 여자들이 있었어. 전부 열다섯 살이나 열여섯 살이야. 어떤 사람은 코리랑 소송하고 나서 자살 시도까지 했어."

빙빙 도는 방 안에서 나도 함께 흔들린다.

"다른 여자들도 나서고 있어. 그 사람들이 하는 말이⋯⋯ 야, 너 여기서 나가야 돼. 가방을 싸든 말든 무조건 도망가. 그 사람 위험해."

다시 무릎이 꺾여서 조리대에 몸을 기댄다. "안 돼. 난……
그렇게 못 해."

"여기, 내 핸드폰 번호야. 나한테 전화하면 내가……."

그는 신발을 신지 않아서 발소리가 들리지 않는다. 그래서
그가 오는 것을 알아채지 못했다. 그러나 그를 보는 순간 심
장이 쿵 떨어지고 숨이 막힌다.

데릭이 내 앞에서 태연한 태도를 잃지 않고 뒤를 돌아본다.

"안녕하세요, 코리. 제 실수예요. 길을 잃어서 제 친구 인챈
티드하고 얘기를 하게 됐지 뭐예요."

코리가 마치 데릭이 그 자리에 없는 것처럼 나를 똑바로 쳐
다본다. 두 눈이 가까운 내 미래를 말해준다. 암울하고 고통
스러운 미래다.

"네 방으로 가. 나중에 상대해줄 테니까."

55

도망

    나무들 사이로 빼꼼 모습을 드러내는 태양을 바라본다. 두 눈에 눈물이 가득 고인다. 오전 5시. 새벽녘이다. 보라색 음료가 다 떨어졌다. 내내 잠을 못 잤다. 자리에 앉지도 못한다. 그저 방 한가운데에 서서…… 기다리고 있다. 코리가 와서 자기 말대로 나를 '상대'하기를 기다린다. 두려움으로 목 안이 조여든다. 힘겹게 숨을 들이마시며 그 고통을 상상하지 않으려 애쓴다.

    도망쳐.

    목소리가 너무 커서, 너무 익숙하고 분명해서, 방 안에 또 누가 있는지 보려고 뒤를 돌아본다.

    "할머니?"

    정적. 방 안에는 나뿐이다. 코리가 걸어 들어오면…… 나를 죽일지도 모른다.

    도망쳐.

    침실 문이 금빛으로 빛난다. 손잡이를 돌려본다. 잠기지 않았다.

도망쳐.

카펫을 깐 계단에 내 맨발이 닿는다. 조심스럽게 한 계단씩 내려가다 균형을 잃는다. 주변엔 아무도 없다. 음악이 요란하게 터져 나오고, 스피커에서 베이스 소리가 웅웅 울린다. 스니커즈에 발을 넣고 카메라를 올려다본다. 코리가 깨어 있을까? 나를 보고 있을까?

도망쳐.

손이 현관문의 차가운 도어록에 닿는다. 입술을 꽉 깨물고 숨을 들이마신 다음 천천히 손잡이를 돌린다. 문을 열고 뛰쳐나간다. 대문의 모서리가 어깨에 부딪친다.

도망쳐.

하늘에서 밝게 빛나는 태양이 마음을 누그러뜨린다. 여기가 어디지?

도망쳐.

소나무와 젖은 잔디, 배기가스 냄새를 맡는다. 진입로. 거리. 정지신호. 어떡하지? 어떻게 해야 해?

도망쳐.

엄마에게 전화할 순 없다. 내게 단단히 화가 났으니까. 전화를 끊어버릴지도 모른다. 날 여기에 혼자 내버려둘지도 모른다.

아빠에게 전화할 순 없다. 엄마와 똑같이 할 것이다.

도망쳐.

코리가 깨어났으면 어떡하지? 내가 없는 걸 발견하면? 카메라는? 그는 안다! 그가 찾아올 것이다. 여기로 올 것이다.

도망쳐.

미끄러져서 꽈당 넘어진다. 벌떡 일어나 다시 달린다. 컨버스가 보도를 박차고 밀어낸다. 신발 끈이 풀려 있다. 도망쳐, 더 빨리, 더 힘껏. 모든 것이 낯설다. 어떡하지? 어떡하지? 어떻게 해?

도망쳐.

숲으로 들어가. 숲속은 안전하다. 이곳에선 그가 날 찾지 못한다.

도망쳐.

전화선들이 하늘에 악보를 그린다.

더 두꺼운 전선들이 고속도로로 향한다. 고속도로. 노란색 간판, 노란 배경의 알파벳 글씨들. 와플하우스다. 주차장에 경찰차가 있다.

도망쳐.

문이 무겁다. 팔에 힘이 없다.

경찰 두 명이 카운터에 앉아 있다. 커피는 블랙, 접시는 비어 있다.

괜찮은지 물어봐줘요. 물어줘요. 제발. 제발……

"아무 데나 앉아요, 아가씨." 종업원이 달걀과 베이컨이 지글지글 익는 접시를 들고 옆을 지나가며 말한다. "바로 주문 받아줄게요.”

다리에 힘이 풀려서 비틀거리며 카운터에 기댄다. 건너편에 경찰이 있다. 입술이 부들부들 떨린다. 너무 춥다. 재킷을 놓고 나왔다. 내 노래책을, 내 모든 것을 놓고 왔다.

두 경찰이 핸드폰에서 본 내용으로 농담을 하며 웃음을 터뜨린다. 내게도 핸드폰이 있었다. 그러나 이제는 사라지고 없다. 다른 모든 것들과 함께.

넘어졌을 때 피가 흘러서 다리에 더러운 상처가 생겼다. 한 손님이 내 상처를 발견하고 식사를 멈춘다.

입을 열고 노래해. 노래해! 노래하라고!

하지만 내 목은 모래와 산호 조각으로 가득하다. 노래할 수 없다. 말할 수 없다. 내가 붙잡힌 물고기이며, 다시 바다로 돌아가야 한다는 사실을 어떻게 설명한단 말인가?

“여기 있었군! 길 잃어버렸어?”

토니다. 그의 눈은 선글라스 뒤에 가려져 보이지 않지만 이마가 땀으로 축축하다. 그가 숨을 헐떡이며 손으로 내 팔을 꽉 붙잡고 몸을 기울여 나지막이 말한다.

“한마디만 할게. 다신 갭과 대화할 수 없을 거야.”

하늘에 있는 모든 것이 무너져 내리고 땅이 뒤흔들린다.

노래해!

“난 못 해.” 나는 그 목소리에게 말한다. 그가 갭을 안다.

“자, 집에 돌아가자.” 토니가 내 어깨에 팔을 두르며 말한다.

나는 입을 멍하니 벌리고 건너편에 있는 두 경찰을 바라본다. 경찰들은 우리의 대화를 엿듣고 있다.

"이봐요. 무슨 문제 있습니까?" 경찰 중 한 명이 묻는다.

"아뇨! 괜찮습니다." 토니가 미소와 함께 고개를 저으며 말한다. "두 분 다 좋은 하루 보내세요."

두 경찰이 고개를 끄덕이고, 나는 차로 끌려간다.

56

구조

공항 T 터미널의 화장실에서 나는 나 자신을 알아보지 못한다.

멀리사를 정수리에 단단히 고정했지만 일단 쓰고 나자 점점 헐거워진다. 화장이 두껍고, 립스틱 색깔이 화사하다. 그러나 자신의 열여덟 살 생일에 내 시선을 맞받아치는 이 소녀를 나는 알지 못한다.

소녀는 팔에 힘이 없고 눈 밑이 푹 파였으며 뱃살이 축 늘어졌다. 서서 잠들 수도 있다. 동시에 소녀는 맥도널드 음식과 보라색 음료로 연명하기 때문에 영양이 부족하다. 공항으로 출발하기 전에도 보라색 음료를 벌컥벌컥 들이켰다.

내 상처는 눈에 보이지 않고, 눈에 보이지 않는 피가 흐른다. 내 심장을 뒤덮은 검푸른색 자국을 아무도 못 보는 걸까?

정말 그렇다면? 내가 안 보인다면? 그래서 아무도 나를 구하려 하지 않는 것이다. 그래서 아무도 내 안팎의 비명을 듣지 못하는 것이다.

세면대에서 손을 씻는다. 수도꼭지에서 자동으로 물이 나온다. 거울의 오른쪽 맨 아래에 스티커가 하나 붙어 있다.

본인이 인신매매의 피해자라면 이 번호로 전화하세요.

'피해자'라는 단어가 빨갛게 빛난다. 아니면…… 적어도 나는 그 글자가 빨갛게 빛난다고 생각한다. 가방을 뒤적인다. 내게 더 이상 핸드폰이 없다는 사실을 잊고서.

가방 안에는 내 노래책뿐이다.

코리는 비행을 싫어한다. 특히 상업 여객기 타는 것을 싫어한다.

거센 폭풍우가 몰아쳐서 비행이 취소되고 개인 전용기 운행이 금지된다. 코리가 공연장 음향을 확인할 수 있는 유일한 방법은 델타 항공편으로 날아가는 것이다.

그러나 비행기가 덜컹거리며 2만 피트 상공으로 이륙하는 동안, 코리는 그저 투어 전체를 취소하길 바랄 뿐이다.

"제기랄." 그가 중얼거리며 보드카를 한 모금 들이켠다.

우리는 일등석에 앉아 잔뜩 화난 구름 위를 날고 있다. 나는 창가에, 코리는 복도 쪽에 앉았다. 앰버와 토니, 리치, 스태프들은 일등석에 자리가 없어서 이코노미석에 흩어져 앉았다.

코리가 고개를 내저으며 팔걸이를 붙잡는다. 그러다 팔을 뻗어서 내 허벅지를 움켜쥔다. 한때는 그의 손길이 짜릿했는데, 이제 나는 공포에 휩싸여 몸을 움찔할 뿐이다.

자그마한 창문으로 바깥을 내다본다. 산 모양의 거대한 잿빛 구름이 번개로 번쩍번쩍 빛나고, 우리가 탄 비행기가 구름 사이를 날고 있다.

"안녕하십니까. 저는 이 비행기의 기장입니다. 이륙 시 불편을 끼친 점 죄송합니다. 저희 비행기는 방금 막 순항고도에 도착했습니다. 착륙 전에 난기류가 예상되므로 당분간 안전벨트 사인을 켜둘 예정이며, 정시 도착이 예상됩니다. 그러면 이제 편안히 앉아 비행을 즐겨주시길 바랍니다."

비행기가 잔잔한 대기를 찾아 수평 비행을 시작하지만 코리는 내 다리를 놔주지 않는다.

한 흑인 여성 승무원이 환하게 웃으며 우리에게 다가온다.

"손님, 한 잔 더 드시겠습니까?" 승무원이 단정하게 웃으며 묻는다.

코리가 한쪽 눈을 뜬다. "네. 이 친구한테도 한 잔 줘요."

승무원이 내 쪽을 흘긋 보고는 허벅지 위의 손을 보고 이마를 찡그린다. 나는 그의 금색 명찰을 확인한다. 그의 이름은 니콜이다.

"네, 알겠습니다. 그럼 손님, 신분증을 좀 보여주실 수 있을까요?"

코리가 눈알을 굴리며 손목을 튕긴다.

"됐고, 내 거나 갖다 줘요."

잠시 대화가 멈추고, 기체가 팽팽하게 조여든다. 금속이 수축하는 소리가 귓가에 들리는 듯하다.

니콜이 눈을 가늘게 뜨고 우리에게서 멀어진 뒤 다른 승무원에게 조용히 무어라 말한다. 두 사람이 어깨 너머로 우리를 유심히 바라본다. 객실 안이 점점 습하고 끈적해진다.

코리는 아이폰으로 음악을 들으며 계속 보드카를 마신다. 나는 창문 밖을 가만히 바라본다. 하늘은 마치 유화로 그린 것 같고, 발밑의 바다가 집으로 돌아오라고 나를 부른다.

"생각해봤는데," 코리가 내 귀에 대고 말한다. 숨에서 보드카 냄새가 난다. "너 솔로로 먼저 내보내지 않기로 했어."

비행기가 흔들린다. 적어도 나는 그렇게 생각한다.

내가 눈을 깜박인다. "네?"

"먼저 걸그룹으로 데뷔해. 우선 앰버는 있고. 두 명이 더 필요해."

"두 명 더요?"

"응. 그래서 말인데, 뉴욕에 도착하면 네 친구 가브리엘라한테 연락해서 스튜디오로 오라고 해."

무언가가 기체 옆을 쿵 들이박고 할퀸다. "걔이요?"

"응." 그가 말한다. 그리고 공중에서 비행기가 곧 추락하기라도 할 듯이 침을 꿀꺽 삼키며 팔걸이를 붙잡는다. "저번에 걔이 노래 잘한다고 했지?"

그렇게 말한 기억이 없다. "음, 네."

그가 자기 후드티 주머니에서 핸드폰을 꺼낸다. "여기. 걔한테 문자 보내. 내일 만나자고."

그로운

손바닥에 핸드폰을 받는데 여러 생각이 휘몰아친다. "저……제 생각에 갭은 좀…… 갭은 같이 일하기 힘들어요. 분명 화를 내실 텐데, 그런 일은 안 만들고 싶어요."

그가 짜증을 냈다가 마음을 가라앉힌다. "알았어. 네 동생은?"

그 순간 나는 뼈를 발라낸 생선이 되어 좌석 아래로 스르르 미끄러진다.

"셰이." 내가 목이 멘 채 말한다.

"그래. 걔 노래 좀 해?"

"아뇨." 내가 재빨리 대답한다. 심장이 마구 뛴다.

"그래도 한번 오라고 문자 보내야겠어."

"셰— 셰이 번호가 있어요?"

그가 씨익 웃는다. "네 핸드폰에 있는 번호는 다 있지."

입 안이 마른다. 그가 나한테 한 것처럼 셰이의 핸드폰으로 연락한다는 생각에…… 창문 밖의 비행기 날개에서 떨어지고 싶은 심정이다. 하지만 그럴 수 없다. 내가 뛰어내리면 갭과 셰이, 엄마, 아빠, 쪼꼬미들을 이 괴물에게서 보호할 사람이 없다.

그는 괴물이다. 이 생각이 더욱 강렬해지며 결의가 차오른다.

"셰이는 내버려둬요." 내가 조용히 말한다.

비행기가 덜컹 흔들린다. 이번엔 더 심하다. 코리의 술잔이 트레이에서 거의 떨어질 뻔한다.

"뭐?" 그가 마치 산소마스크가 떨어지길 기다리는 듯이 위쪽을 쳐다본다.

내가 그를 향해 몸을 돌린다. "셰이는 내버려두라고 했어요."

코리의 얼굴이 서서히 지킬 박사에서 하이드로 변한다. 비행기가 옆으로 휙 기울자 낙하하는 롤러코스터에 탄 것처럼 배 속이 쿵 내려앉는다. 그가 내게 달려들고, 나는 뒤로 휘청이면서 짧은 비명과 함께 창문에 머리를 부딪힌다.

"손님, 괜찮으십니까?"

니콜이 우리 옆에 나타난다. 코리가 이곳에 다른 사람도 있음을 떠올리고 자세를 바로 세운다.

"네? 아, 별거 아니에요. 앤 괜찮아요." 그가 가볍게 웃으며 말한다. "난기류 때문에 놀란 거예요."

니콜이 그의 말을 믿지 못하고 그에게서 내게로 시선을 돌린다.

"손님, 화장실에 가시겠습니까?"

코리가 고개를 옆으로 꺾고, 나는 니콜이 염려된다.

"내가 괜찮다고 했잖아요."

"손님, 저는 이분에게 묻고 있는 겁니다."

비행기가 위로 기울고, 고막 근처의 기압이 높아진다. 니콜은 파도를 타듯 균형을 잡는다. 코리가 자신의 협박 전략이 더 이상 안 먹힌다는 것을 깨닫고 즉시 매력을 발휘한다.

"아, 그런 거구나. 저를 다룬 블로그 보신 거 맞죠?" 그가 껄껄 웃으며 자리에서 일어난다. "걱정 마세요. 전 그 사람들이

그로운

그려낸 괴물이 아니니까요. 저 젠틀해요. 제가 이 친구 잘 챙길게요. 앤 괜찮아요."

니콜이 분노를 담아 눈썹을 치켜뜬다. "손님, 제 어깨에서 손 내리고 자리에 앉지 않으면 기장님께 비상 착륙 요청할 겁니다. 경찰이 게이트에서 기다릴 거고요."

우리 뒤의 객실에서 소란이 인다. "보스, 거기 무슨 일 있습니까?" 토니가 외친다. "당신 저분이 누군지나 알아요?"

곧이어 모두가 자기 말을 한다. 승무원들은 연방 법규를 외친다. 토니는 자기 상사의 요구를 부르짖는다. 코리는 온 세상이 자기를 괴롭히려 한다며 분통을 터뜨린다.

비행기의 두 날개가 시소를 탄다. 코리가 자기 좌석 위로 넘어지고 나는 창가로 쓰러지면서 우리 사이의 거리가 벌어진다. 그가 내 쪽으로 몸을 기울여 내 목덜미에 얼굴을 갖다 댄다.

"이 빌어먹을 비행기에서 날 쪽팔리게 하면 차라리 죽고 싶다고 생각하게 만들어줄게." 그가 나지막이 말한다.

창밖에서 부는 폭풍이 아름답고 혼란한 장관을 이룬다.

"손님!" 니콜이 이제는 고함을 지른다. "도움이 필요하십니까?"

"전…… 전……."

"봤죠? 괜찮다잖아요! 왜 계속 괴롭히는 겁니까?"

"손님, 괜찮으세요? 도움이 필요하십니까?"

"지금 뭐 하는 거야?" 백인 승무원이 니콜을 나무란 뒤 토니를 향해 휙 몸을 돌린다. "이봐요! 손님, 물러서라고 말했습니다. 좌석으로 돌아가세요!"

비행기가 뒤흔들린다. 다른 승객에게서 작은 비명이 새어 나온다. 땡 하고 벨이 울린다.

"승무원들, 제자리로 돌아가십시오!"

니콜은 움직이지 않는다. "손님, 도움이 필요하십니까?"

나는 숨을 참고 코리를 바라본다. 그의 눈 속에 깃든 공포를, 한때 내가 사랑했던 그 눈을. 그리고 횡격막으로 숨을 내쉰 뒤 내 꿈을 놓아준다.

"네. 도움이…… 필요해요."

PART 3

57

비트 주스 3

지금

콰쾅 쾅!

"문 열어!"

화장실로 뛰어 들어가 내 얼굴과 손에 묻은 비트 주스를 씻어낸다.

비누가 분홍색 거품으로 변하고, 물이 세면대를 붉게 물들인다. 수건으로 얼굴과 팔, 두 손을 닦는다. 같은 수건으로 세면대도 닦아낸다.

"자, 자, 자." 혼잣말로 중얼거린다. "심호흡해. 횡격막으로 숨 쉬어."

내 셔츠에도 피가 보라색 음료와 함께 묻어 있는 것을 보며 배가 납작해지게 힘을 준다. 손톱이 손바닥을 찌르도록 주먹을 꽉 쥔다.

생각해.

생각을 해.

생각이란 걸 해.

저 사람들은 영장이 없다. 영장 없이는 집 안에 들어올 수 없다. 코리가 종종 했던 말이다. 그는 우리를 안전하게 지켜줄 갖가지 허점을 잘 알았다.

그냥 안에 있자. 저들이 영장을 들고 올 때까지 기다리자.

코리가 정말로 죽었기를 바라며 거실을 가로질러 걸어가는데, 한 목소리가 나를 그 자리에 멈춰 세운다.

"인챈티드? 아빠야. 제발, 우리 딸. 문 좀 열어. 네가 괜찮은지만 알려줘."

58

잠자는 숲속의 공주

그때

중독에서 벗어나는 느낌은 죽어가는 느낌과 똑같다.

먼저, 내 몸은 날씨가 지독하게 춥다고 생각하지만 사실 나는 오븐 안에 있다. 그래서 파자마와 침대 시트가 홀딱 젖도록 땀이 줄줄 흐른다.

그다음, 배 속이 꼬이고, 뒤집히고, 요동친다.

그리고 구토를 한다. 몸 안에 남아 있는 것은 무엇이든 다 나온다. 대개는 걸쭉하고 하얀 내 침 때문에 구역질이 난다.

어린 여동생의 목욕 장난감에 기댄 채 화장실에서 나오지 못한다. 내가 내 토사물에 목이 막혀 질식할까 봐 엄마가 몸을 일으켜 세워주고, 병원에서 몰래 가져온 수액을 잔뜩 주사해준다.

그런 다음에는 마치 죽은 사람처럼 잠에 빠져든다. 마음속으로 정말 죽기를 바라면서.

그러나 마음 한편으로는 왕자의 키스로 끔찍한 악몽에서 깰 수 있길 바라면서.

이어지는 4일간 이 모든 것을 처음부터 다시 반복한다.

"일어나셨네! 우리 잠자는 숲속의 공주! 안 그래도 언제 일어날지 궁금해하던 참이었어."

엄마는 부엌에 있다. 한 시간 전부터 믹서기가 돌아가고 있었기 때문에, 분명 온 동네가 그 사실을 알고 있을 것이다.

"응." 내가 잠긴 목소리로 대답하고 식탁에 앉는다. 목 안이 쓰라리고 욱신거린다. 며칠간 계속된 구토로 목이 다 상했다. 다음 주에는 내 목소리가 얼마나 남아 있을지 모르겠다.

"이거 마셔." 엄마가 걸쭉하고 새빨간 음료가 담긴 유리잔을 식탁에 내려놓는다.

"이게 뭐야?"

"비트 주스!"

"으으. 역겨워."

"티브이에 나온 의사가 말하는 거 봤어. 산소 균형을 맞춰주고 체력을 키워준대. 너 에너지가 많이 필요하잖니. 그……감기랑 싸우느라."

엄마가 재빨리 몸을 돌려서 무너지는 엄마의 얼굴을 볼 순 없지만, 우리 집의 낡아빠진 소파와 가지가 축 늘어진 소나무, 텅 빈 거리를 다시 볼 수 있어서 얼마나 행복한지 모른다. 호텔은 죽을 때까지 다시 보고 싶지 않다.

소파 위에는 아직 침대 시트가 깔려 있다.

"셰이가 또 여기서 잤어?"

"응." 엄마가 말한다. "네가, 음, 악몽을 좀 꿨나 봐. 자다가 비명도 지르고."

정신과의사가 악몽을 꿀 수 있다고 경고했다. 과거의 경험이 되살아나고, 잠들지 못하고, 흠칫 놀라고, 사람을 불신할 수 있다고 했다. 지금 내가 할 수 있는 말은, 문이 닫힌 상황을 견딜 수 없다는 것뿐이다. 심지어 화장실을 사용할 때도 그렇다.

엄마가 내 앞에 쟁반을 내온다. 수프와 크래커, 갓 짠 오렌지 주스 그리고 졸로프트 두 알이다.

"다들 어디 갔어?"

"쪼꼬미들은 학교에 있지. 학교 곧 끝나. 아빠는 피켓라인에 있고. 아빠가 오는 길에 애들 데려올 거야."

엄마가 턱으로 쟁반을 가리키고, 나는 고분고분 알약을 삼킨다.

"오늘 무슨 요일이야?"

"화요일."

"그걸…… 내가 왜 물어보는지 모르겠네." 내가 한숨을 쉰다. "아무 상관도 없는데."

"상관있지. 다 상관있어." 엄마가 얼굴을 찡그리며 측은하다는 듯 미소 짓는다. "오늘은 얘기할 기분이 들어?"

엄마 말은 상담받을 생각이 있느냐는 뜻이다. 나는 집이 흔들릴 만큼 격하게 고개를 내젓는다.

"알았어, 알았어! 그렇게 해! 서두를 건 없어. 그래도 상담 꼭 받아야 하는 건 알지? 그럼 오늘은 신선한 공기를 쐬는 게 어때?"

엄마는 마치 내가 외계인인 것처럼 말한다. 눈을 휘둥그레 뜨고 주저하는 태도로 발을 조심스럽게 내디딘다. 얼마 전에 납치되었다가 돌아온 아이의 부모도 이렇게 행동할 것 같다. 겨우 몇 달 만에 나는 우리 집에서 낯선 존재가 되었다.

"엄마, 나 보살피느라 일 못 나가는 거 아냐?"

엄마가 어색하게 웃으며 이미 두 번이나 닦은 조리대를 다시 한번 훔친다. "엄마 걱정은 하지 마. 모아둔 휴일 많으니까."

그 말이 얼마나 사실인지는 알 수 없지만, 너무 지쳐서 질문을 더 밀어붙이지는 못한다.

"그래서? 좀 걸을래?" 엄마가 또 한 번 가짜 미소를 지으며 재차 묻는다.

나는 소파 쪽을 바라보며 한숨을 쉰다. "나중에."

데스티니가 첫 번째로 문을 쾅 열고 들어와 곧장 식탁으로 달려온다. 그 뒤로 펄과 피닉스, 셰이가 들어오고, 셰이가 등 뒤로 문을 닫는다. 아빠는 집 안에 들어오지 않는다.

"챈티! 챈티! 일어났네."

"안녕, 꼬마들." 내가 힘없이 말한다. "오늘 학교 어땠어?"

데스티니가 고개를 끄덕인다. "좋았어. 몸은 어때? 아직도 배가 아파?"

셰이가 눈알을 굴리며 자기 방으로 걸어 들어간다.

나는 비트 주스를 벌컥벌컥 들이켠다. 이게 비트 주스가 아니라 보라색 음료이길 바라면서.

엄마가 리퍼 핸드폰을 사 주었다. 새 핸드폰을 들고 엄마와 통신 판매점에 갔지만 예전 핸드폰에서 내 사진과 연락처, 메시지를 복구할 수는 없다는 말을 듣는다.

내 방에서 핸드폰 전원을 켜자 화면에 문자메시지가 밀려들고, 핸드폰이 손안에서 마구 진동한다. 코리에게서 온 가장 최근 메시지는 오늘 아침에 보낸 것이다. 음악으로 연결되는 링크다. 어셔의 〈스로우백Throwback〉.

좋은 건 떠난 뒤에야 그리워져

결국 난 깨달았어 네가 필요하다는 걸

내게 돌아와줘

그가 보낸 메시지가 거의 50개나 된다. 전부 노래다.

방 전체가 그의 콜로뉴 냄새로 몽롱해진다. 핸드폰이 벽돌처럼 바닥에 굴러떨어지고, 나는 자리에서 벌떡 일어난다. 심장이 달음박질치고, 한기가 엄습한다.

나는 혼자다. 혼자 있다. 그러나 그가 바로 뒤에 있는 것만 같다.

"엄마! 나 번호 바꿔야겠어."

새 번호로 갭에게 수차례 문자를 보내 나라고, 다음 주부터 다시 학교에 나갈 거라고 말했지만 갭에게선 답장이 없다. 지금쯤이면 갭도 분명히 내 소식을 알 것이다. 〈뉴욕 포스트〉의 가십 기사에는 '2만 피트 상공에서의 악몽'이라는 제목이 붙었다.

제법 영리하다.

코리가 모든 뉴스를 장식한다. 그러나 우리가 생각하는 그 일 때문이 아니다. 음악산업에서 가장 핫한 인물들이 참여한 그의 가스펠 앨범이 곧 발매될 예정이기 때문이다. 그들이 인스타그램 곳곳에서 각종 사진에 그를 태그한다. 그의 새 뮤직비디오는 내일 공개된다. 리치가 제작하는 다큐멘터리도 발표되었다…….

그는 어디에나 존재하며 물처럼 빠르게 퍼지고 밀려든다.

내 근육은…… 전과 같지 않다. 운동과 영양가 있는 음식이 부족했던 것이 가장 큰 이유다. 응급실 의사 선생님이 멍이나 골절, 염좌를 찾지 못한 게 놀라웠다. 찾은 것은 탈수와 코데인 중독뿐이었다.

새로 자란 곱슬머리를 수영모 아래로 힘겹게 밀어 넣는다. 엄마와 코치님이 물 밖에 앉아 조용히 대화를 나눈다.

천천히 차가운 물속으로 들어가서 몸을 뒤집는다. 가만히 천장을 바라보고 깊게 숨을 들이쉬며 안도감이 들기를 기다린다.

물은 모든 상처를 치유할 수 있다고, 언젠가 할머니가 말씀하셨다. 물이 상처 입은 마음도 치유할 수 있을까?

이건 바다에 떠 있는 것과 같지 않다. 이제 이전과 똑같은 것은 아무것도 없는 것 같다. 천천히 물속에 가라앉자 세상이 마침내 고요해진다.

"내가 살을 그렇게 드러내지 말라고 했지!"

코리!

비명으로 가득한 공기 방울이 나보다 먼저 수면으로 올라간다.

나는 괴성을 지르며 허우적대고 고개를 세차게 흔든다.

그가 여기 있나? 그가 왔나?

물 밖에는 엄마와 코치님뿐이다. 두 사람은 이제 자리에서 일어나 있다.

"챈티?" 엄마가 묻는다. "너 괜찮아?"

물 가장자리까지 개헤엄으로 헤엄쳐 수영장 벽에 머리를 기댄다.

삶을 되찾으려고 노력하는 것은 물에 빠져 죽는 것과 무척 비슷하다. 물 위에 떠 있으려고 애쓰지만 옆에서 새로운 정보의 파도가 쓸려 와 나를 미지의 세계로 더 멀리 밀어낸다. 사람들이 구명구를 던지지만 밧줄은 그만큼 길지 않고, 한번 역파도에 발목이 붙들리면 할 수 있는 거라곤 얕은 물가에서도 겨우 버티는 주제에 왜 깊은 곳에 뛰어들어도 괜찮을 거라고 생각했을까 후회하는 것뿐이다.

59

미용실 대화

아빠가 계속 나를 피한다.

처음엔 그냥 내 상상이라고 생각했다. 모두가 내게 공간을 마련해주고 있으니까. 하지만 아빠는…… 아빠의 부재는 노골적이다. 내가 방으로 들어가면 아빠는 나간다. 내가 인사하면 아빠는 작게 중얼거린다. 언제나 시선을 내리깔고 나와 절대로 눈을 맞추지 않는다. 눈이 마주친다 해도 눈빛이 슬프고 멀어 보인다.

엄마와 셰이는 수프에 넣을 채소를 손질하고 있고, 쪼꼬미들은 거실에서 아빠 주위에 모여 〈밤비〉를 보고 있다.

"저기, 아빠?"

내 목소리에 집안 전체가 화들짝 놀란다.

"응?"

내가 바리캉을 내민다. "머리 밀어줄 수 있어?"

아빠가 엄마를 힐끗 바라보고, 둘 사이에 무언의 말이 오간다. 엄마가 아빠를 더욱 날카롭게 노려보자 아빠가 재빨리 몸을 일으킨다.

"물론이지."

나는 언제나처럼 변기 위에 앉고 아빠가 도구를 준비하는 동안 목에 가운을 두른다. 엄마는 부엌에서 고구마 껍질을 벗기며 이쪽을 안 보는 척한다. 셰이는 쪼꼬미들과 놀아주고 있다.

화장실은…… 내 기억보다 비좁다. 손톱으로 손바닥을 찌르면서 숨을 코로 들이쉬고 입으로 내뱉는다. 이 사람은 아빠라고, 스스로에게 몇 번이고 말한다. 아빠와 있으면 안전하다. 나는 집에 있고 안전하다.

안전하다. 안전하다. 안전하다…….

아빠가 가위로 정수리에 난 머리칼을 최대한 짧게 자른다. 곱슬머리들이 떨어져 내리며 어깨에 부딪혀 튕긴다.

"머리 자르는 거 오랜만이네." 아빠가 머뭇거리는 목소리로 말한다. "옷 갈아입을 때 바닥이 깨끗해서 좋았는데."

아빠의 목소리가 너무 단호해서 농담인지 아닌지 알 수가 없다.

"돈은 똑같이 받으세요?"

아빠가 어깨를 으쓱한다. "그동안 인기가 꽤 많아졌거든요. 손님이…… 사라지신 이후로요. 이제는 75달러 받습니다."

나는 안도의 한숨을 내쉰다. "제 이름으로 달아놓으세요."

화장실이 아주 약간 넓어진 것 같다.

"그래서. 월요일에 학교 갈 거니? 너, 음, 그럴 기분이 들어?"

"응. 그냥 일상으로 돌아가고 싶어."

우리는 다시는 일상으로 돌아갈 수 없다는 사실을 아는 채 거울로 서로를 바라본다. 아빠가 가위를 내려놓고 바리캉을 집어 든다. 위잉 하는 바리캉 소리에 내가 몸을 움찔한다.

"괜찮니? 그만할까?"

"아니." 내가 아빠의 옷을 붙잡고 훌쩍이며 말한다. "아니, 계속해줘."

아빠가 숨을 길게 들이쉰다. "가만히 있어, 우리 딸. 상처 나면 안 되니까."

내가 떠난 뒤 아빠는 부쩍 늙었다. 얼굴의 주름이 깊다. 폐가 고장 난 것처럼 숨을 거칠게 쉰다. 파업 때문이라고, 쌓여가는 고지서와 추운 피켓라인 때문이라고 되뇐다. 하지만 그게 정말 무엇 때문인지는 내가 잘 안다.

나. 내가 아빠를 이렇게 만들었다. 내가 아빠에게 스트레스를 줬다. 나도 심한 트라우마를 겪었지만…… 부모님은 전화조차 받지 않는 딸을 걱정하느라 훨씬 힘든 시간을 보냈을 것이다.

그동안 얼마나 오래 참았는지 모를 눈물이 솟구치며 배 속 깊은 곳에 숨어 있던 울음이 터져 나온다. 나는 몸이 경련을 일으킬 만큼 울고 또 운다.

아빠가 바리캉 전원을 끄고 나를 꼭 안아준다. 아빠의 어깨에 얼굴을 파묻는다.

"이제 괜찮아, 우리 딸."

"미안해, 아빠."

"네 잘못은 하나도 없어. 아주 조금도 없어. 다 큰 어른의 행동을 아이가 책임져서는 안 되는 거야."

나는 힘없이 무너지며 아빠 옷에 얼굴을 묻고 훌쩍인다.

"다 괜찮아질 거야. 아빠가 약속할게."

그로운

60

스쿨 데이즈[*]

파크우드고등학교의 복도는 무대 위와 그리 다르지 않다. 모두의 시선이 나를 따라온다. 내가 입을 열고 노래하기를 기다리면서.

하지만 나는 갭을 만날 수 있길 바라며 조용히 고개를 숙이고 서둘러 교실로 향한다. 문자로 누군가와 다시 연결되기란 쉽지 않다. 하지만 직접 만나면 차이가 생길 수도 있다. 갭이 식당에서 점심을 먹는지, 아니면 지금도 우리만의 장소에서 점심을 먹는지 궁금하다.

매켄지와 해나가 짧게 손을 흔들지만 나와 눈을 마주치지는 않는다. 코치님은 수영팀 복귀를 허락하지는 않았지만 내 치료에 좋으니 연습은 해도 된다고 말했다.

복도에서 사람들이 홍해처럼 갈라졌다가 내가 지나가자

---

* 스쿨 데이즈School Daze는 1988년에 개봉한 스파이크 리 감독의 영화 제목. 흑인 대학을 배경으로 인종과 계급 문제를 다루었다–옮긴이.

마자 다시 모인다. 목소리들이 돌멩이처럼 뒤통수를 때린다.

생물 교실로 걸어 들어간다. 갭과 내가 함께 듣는 유일한 수업이다. 하지만 갭의 자리는 비어 있다. 수업이 시작할 때까지도.

수업이 끝난 뒤 다시 갭에게 전화를 건다.

또 한 번.

또 한 번.

내가 감자튀김과 샐러드를 받을 때 갭은 급식실에 없다.

트로피 진열대 근처에 있는 우리만의 장소에도 없다.

코리와 있을 때 갖고 있던 물건 중 유일하게 노래책을 챙겨왔다. 노래책을 꺼내 쓰라린 외로움을 가라앉히려 해본다. 이 모든 상황에서 친한 친구를 잃은 것이 내가 겪은 가장 큰 상실이기 때문이다.

학교 밖에서 엄마를 기다린다. 모두가 나를 쳐다보는 것을 모르는 척하며 선생님들에게 받은 메모를 넘겨 본다. 전부 똑같은 내용이다. 내가 뒤처지고 있다는. 그동안 놓친 학업을 따라잡을 수가 없는데, 그 이유를 사람들에게 설명할 수가 없다. 저들이 판단하는, 아니 추정하는 이유는 내가 그동안 셀럽처럼 호화로운 삶을 살아서 수학 퀴즈나 영어 작문 따위는 신경도 쓰지 않았다는 것이다. 모두에게 무슨 일이 있었는지 말하고 싶지만…… 어디서부터 시작해야 할까? 내가 직면하기 싫은 나의 모습을, 내가 여태껏 얼마나 바보 같았는지를 어떻게 설명한단 말인가?

셰이가 쿵쿵거리며 계단을 내려온다. 얼굴을 잔뜩 찡그리고 있지만 두 눈에는 슬픔이 서려 있다. 양 볼에 하얗게 마른 눈물 자국이 있다.

"학교 어땠어?" 셰이가 내 옆에 털썩 앉자 내가 묻는다.

셰이가 비웃는다. "엉망진창이지. 하지만 언니 삶만큼 엉망은 아냐."

학교에 돌아온 첫날인데 칼날이 매섭다.

"너 왜 그러는데? 내가 정말 이런 상황을 원했다고 생각해?"

셰이가 콧방귀를 뀌며 자기 매니큐어를 살핀다. "난 언니가 정확히 자기가 원한 걸 얻었다고 생각하는데. 누가 다치든 신경도 안 쓰고. 그냥 언니 기대랑 다르게 흘러갔을 뿐이잖아."

입안이 바짝 마르고 속이 뒤틀린다. "하지만…… 난 널 위해 모든 걸 걸었어."

"날 위해?" 셰이가 웃음을 터뜨린다. "언니, 제발."

"진짜야. 나 때문에 네가 계속 학교에 다닐 수 있었어. 코리가 등록금 내줬잖아!"

셰이가 내게 싸늘한 눈빛을 보낸다.

"차라리 학교 관두는 게 나았을 거야." 셰이가 사납게 말한다. "내가 정말 그걸 원했다고 생각해? 1학년에서 유일한 흑인 여자애로 살기도 충분히 힘든데, 언니가 성인 남자랑 사귀

기까지 하다니…… 난 잘 모르겠어. 내가 아는 건 내가 언니 때문에 친구네 집에 못 간다는 거야. 사람들이 언니 얘기할 땐 내 얘기도 해. 나도 늙은 남자를 좋아하느냐고. 사람들이 언니 얘기할 땐 엄마 아빠 얘기도 해. 도대체 어떤 정신 나간 부모가 자기 딸을 다른 남자한테 보내느냐고. 언니는 그 사람 옆에 있고 싶어 했어. 그것 때문에 우리가 어떻게 보이든 간에."

셰이가 내게서 등을 돌린다. 내 기분을 정확히 설명할 단어를 찾을 수가 없다. 충격. 죄책감. 수치심. 내가 뭘 했는지, 내가 자기를 보호하기 위해 어떻게 꿈을 포기했는지 말하면 셰이가 날 용서해줄 거라고 생각했다.

하지만 그걸 셰이의 면전에 던져놓는 건 옳지 않은 행동 같다. 그건 코리가 할 만한 짓이다.

*

"우릴 어떻게 찾았죠?"

엄마의 목소리가 날카롭지만 루이는 그 사실을 알아차리지 못하는 것 같다. 루이는 엄마가 만든 라임에이드를 홀짝홀짝 마시며 벽에 걸린 가족사진을 구경하느라 여념이 없다. 내 과거의 낯선 유물인 루이가 지금 우리 집 소파에 앉아 있다.

"높은 자리에 앉은 친구들이 좀 있죠." 루이가 말한다. "인챈티드, 보기 좋은데요? 그 까까머리 마음에 쏙 들어요."

아빠가 자리에서 벌떡 일어나 고함을 친다. "됐습니다. 이제 나가시죠!"

"잠깐! 잠깐만요! 장난 좀 친 거예요! 챈티, 데릭 알죠? 데릭이 주소를 알려줬어요."

엄마와 아빠가 내 쪽으로 얼굴을 휙 돌리고, 나는 문제없다는 의미로 고개를 끄덕인다.

"괜찮아. 데릭은…… 내 친구야."

루이가 멋쩍은 미소를 지으며 가슴을 부여잡고 안도의 한숨을 내쉰다.

"미안해요. 약간의 유머가 분위기를 가볍게 해줄 거라고 생각했어요. 특히 그런 일을 겪고 나서는요."

내가 자리에서 몸을 꼼지락댄다. "아세요?"

루이가 어깨를 으쓱한다. "음악업계는 좁잖아요. 이런저런 말들을 듣죠."

"그럼 모두 다 알아요?"

루이가 안경을 내려놓는다. "코리와 무슨 일이 있었는지 정확히 아는 건 아니에요. 하지만 그 사람…… 과거 취향에 대해서는 들은 적이 있어요. 모두가 들었죠."

"그런데도 다들 가만히 있었다고요?" 엄마가 양손을 골반에 짚고 말한다.

"코리는 RCA에 수백만 달러를 벌어줬어요. 그 사람들 입장에서는 무슨 말이 나오든 무시하고 묻어버리는 쪽이 편리하죠. 생각해보세요. 그 사람은 록스타라고요! 전 세계가 아는!"

엄마가 역겨워하며 고개를 절레절레 젓는다. "성인 남자가 어린애들을 쫓아다니는 걸 다른 성인 남자들이 그냥 내버려둔 거네요! 비겁한 놈들!"

"전적으로 동의합니다." 루이가 말한다.

"우린 애가 준비되면 경찰서에 가려고 기다리고 있어요." 엄마가 말한다. "지금으로선 아이에게 불필요한 스트레스를 주고 싶지 않아요. 그런데 지금 당장 가야 하는지도 모르겠네요."

"저라면 좀 기다릴 겁니다. 당분간은요."

"왜죠?" 아빠가 쏘아붙인다. "그 자식을 감옥에 넣을 겁니다. 안 그러면 내가 죽이고 싶어질 테니까요."

"진심으로 말씀드리겠습니다. 따님의 꿈은 스타가 되는 거예요. 지금 경찰서에 가면 따님에게 꼬리표가 붙을 겁니다. 그러면 아무 승산이 없을 거예요. 코리 필즈를 비난하는 이름 없는 소녀의 주장이 될 거라고요. 하지만 명성을 쌓으면 그건 인챈티드의 주장이 될 거예요. 영향력이 더 커질 거고요."

의자에 기대앉는데 퍼뜩 상황 파악이 된다. "지금도 제 매니저가 되고 싶으세요?"

루이가 씨익 웃는다. "뭐, 라임에이드 마시러 이 먼 길을 온 건 아니죠. 라임에이드가 무척 맛있긴 하지만요."

"이 모든 일이 벌어진 후에도요?"

루이가 어깨를 으쓱한다. "미친 사람 같을지 모르지만, 나한테도 당신 또래의 딸이 있어요. 난 사람이라도 죽일 수 있습니다…… 우리 애한테 당신 같은 재능이 있다면, 가진 걸 전부 쥐어짜는 한이 있어도 전 세계 사람들한테 그걸 알릴 겁니다."

볼 안쪽을 씹으며 그의 주장을 이리저리 굴려본다. 다시 노래할 수 있다고 생각하니 두려우면서도 기운이 솟는다.

루이가 몸을 앞으로 기울인다. 표정이 진지하다. "인챈티드. 그 개자식이 당신 꿈을 박살 내게 내버려두지 말아요. 성공이 가장 좋은 복수예요." 그가 엄마와 아빠를 바라본다. "우리가 그 새끼를 끌어내릴 겁니다. 쉽진 않겠지만, 제 말을 믿으셔도 좋습니다."

61

찬란하게 빛나는

"좋아요. 이제 다음 순서예요." 루이가 내 어깨를 붙잡는다. "준비됐어요?"

나는 드레스룸의 거울로 내가 직접 한 화장을 만족스럽게 바라보며 고개를 끄덕인다. 나는…… 나처럼 보인다. 깎은 지 얼마 안 된 머리, 립글로스, 약간의 마스카라, 링 귀걸이. 엄마가 작은 사이즈의 드레스와 쇼트 부츠, 가죽 재킷을 빌려주었다.

바깥의 무대에서 음악이 쿵쿵 울린다. 아폴로 극장의 비좁은 그린룸에서는 향수와 다용도 세제 향이 난다.

그러나 나는 그 어디보다 이곳에서 가장 행복하다.

"난…… 이게 좋은 생각인지 모르겠어요." 내 뒤에서 엄마가 히스테리를 일으킬 것처럼 덜덜 떨면서 말한다. "기다리는 게 좋을 것 같아요. 우린 이러면 안 돼요!"

루이의 입이 벌어진다.

화장대 의자에서 벌떡 일어나 엄마의 두 손을 붙잡는다. "엄마, 약속했잖아! 과거가 내 발목을 붙잡지 못하게 하자고."

그로운

"그랬지. 하지만 내 말은 네가 여전히 대학에 갈 수 있단 뜻이었어."

"그건 엄마 꿈이지 내 꿈이 아냐."

엄마가 서 있는 자세를 바꾼다. 크게 뜬 눈이 흐리멍덩하다. "이 모든 게…… 너무 조급해 보여." 엄마의 아랫입술이 미세하게 떨린다. "이제 막 너를 되찾았는데, 다시 너를 스포트라이트 아래로 내보내고 있잖니."

"하지만 여기가 내가 있고 싶은 곳이야." 내가 애원한다.

"작은 쇼케이스예요." 루이가 설득한다. "물에 발만 담그는 거예요. 다시 물에 돌려보내는 거죠. 아티스트 몇 명밖에 안 나와요. 전혀 메이저가 아니에요."

"우리 애는 준비가 안 됐어요!"

"나 괜찮아. 정말이야!"

엄마가 두 팔로 나를 감싸 안고, 엄마의 눈물이 내 재킷 위로 떨어져 흐른다. 엄마가 점점 불안해하는 게 느껴져서 엄마를 더욱 꽉 끌어안는다.

"내 잘못이야, 우리 딸. 내가 무대에 따라다니는 그런 엄마였다면…… 네가 진짜로 원하는 것에 관심을 기울였다면, 내가 너랑 같이 그곳에 있었다면…… 이런 일은 일어나지 않았을 거야. 내가 일을 그렇게 많이 하지 않았거나 더 좋은 엄마였다면. 그럼 어쩌면…… 어쩌면……."

엄마를 꼭 껴안고 귓가에 속삭인다. "엄만 정확히 내가 원한 모습 그대로였어. 나 괜찮아, 엄마. 맹세해."

　엄마가 내 표정을 살핀 뒤 고개를 끄덕이며 내 이마에 뽀뽀한다.

"알았어. 엄마 바로 여기서 기다릴게."

*

　조명이 너무 밝아서 눈이 멀 것 같다. 몇 주나 무대에 서지 못했지만 손이 마이크에 닿는 순간 활기가 돌며 가슴을 짓누르던 2톤 트럭이 사라진다.

　리듬에 따라 손가락을 튕기며 환한 미소를 짓는다.

　바 바 바라, 바 바 바라……

　루이가 처음 비욘세의 곡을 제안했을 때 나는 즉시 거절했다. 하지만 루이의 주장에는 일리가 있었다. 내가 다재다능하고 젊고 음역대가 넓다는 걸 관객에게 보여줄 필요가 있었다. 그래서 옛날 노래 느낌이면서도 기량을 제대로 뽐낼 수 있는 곡인 〈러브 온 탑Love on Top〉을 골랐다.

　나는 빙그르르 돌며 무대 위에서 춤을 추고, 관객들이 노래에 맞춰 박수를 친다. 그 모든 일을 겪은 뒤에도 나는 자유롭다. 다시 하늘을 나는 것 같다. 무대가 그리웠다. 무대 위에서 솟구치는 아드레날린이 그리웠다. 다른 종류의 도취감이 느껴진다…… 그를 발견할 때까지는.

코리다.

시야가 흐릿해져서 눈을 깜박이며 내가 허깨비를 보는 것이길 간절히 바란다. 다시 한 바퀴 돌며 내 뒤에 있는 밴드를 힐끗 바라본다. 그곳에 그가 있다. 드럼을 연주하면서. 선글라스를 쓰고 후드를 걸쳤어도 저 미소를 몰라볼 순 없다.

그가 이곳에 있다. 나와 함께 무대 위에. 또다시.

관객 쪽으로 몸을 돌린다. 나는 어떻게든 노래를 따라가고 있다. 마음속으로는 비명을 지르면서도.

그가 여기 있어 그가 여기 있어 그가 여기 있어 그가 여기 있어 그가 여기 있어.

눈에 경련이 인다. 조명이 너무 밝은데 너무 겁에 질려서 눈을 깜박일 수가 없다. 노래의 마지막 부분 전조를 거의 까먹을 뻔했다가 한 옥타브 올라간다.

베이비, 당신은 내가 사랑하는 바로 그 사람이에요
베이비, 당신은 나에게 필요한 바로 그 사람이에요

두려움이 나를 계속 움직이게 한다. 다시 한 바퀴 돌면서 몰래 뒤를 바라본다. 코리가 활짝 웃으며 무대를 마음껏 즐기고 있다. 그는…… 자랑스러워하는 것 같다.

쳐다보지 마. 그러지 마. 도망쳐!

다음 옥타브로 올라간다. 그리고 그다음. 그리고 그다음. 마지막엔 목소리가 거의 갈라질 뻔한다.

어떻게 여기에 들어왔지? 루이가 초대했나? 이 모든 게 처음부터 함정이었나? 날 데려가면 어떡하지? 만약 그 사람이…… 그 사람이…….

"러브 온 탑!"

우레와 같은 박수가 노래의 끝을 장식하고, 나는 무대 왼쪽의 어둠 속으로, 뒷문을 향해 전력 질주 한다. 두 손이 나를 붙잡아서 비명을 지른다.

"인챈티드! 세상에! 너무 멋졌어요!" 루이가 나를 들어 올리며 환호한다. "관객들 소리 들려요? 저 사람들 좀 봐요!"

이가 딱딱 부딪치고, 나는 고개를 흔든다. 무대에 다시 나갈 순 없다. 그가 여기 있어, 그가 여기 있어, 그가 여기 있어…… 도망쳐! 누군가에게 말해야 하지만 말이 목에 걸려 있다. 입은 움직이는데 소리가 나오지 않는다.

"인챈티드, 봐요! 보라구요! 다들 자리에서 일어났어요."

어깨 너머로 시선을 돌려 무대 위를 바라본다. 밴드 자리는 텅 비었다. 코리는 갔다. 하지만 관객들은…… 나를 연호하고 있다. 작은 희망이 차오른다. 어쩌면 정말 코리 없이도 뭔가를 이룰 수 있을지 몰라.

"왜 그래요? 무슨 문제 있어요?" 루이가 갑자기 심각한 얼굴로 말한다. "유령이라도 본 것 같네. 어머니 모셔 올까요?"

피가 얼음처럼 차가워지고 핏줄에서 맥박이 뛴다. 말해야 할까? 아니다. 엄마는 알면 안 된다. 평생 나를 자기 눈앞에 두려 할 것이다.

그러면…… 다시는 노래할 수 없을 것이다.

62

법률 용어

"코리 필즈가 계약서 사본을 보냈어요."

주간 전략회의를 하러 할렘에 있는 실비아스 레스토랑에서 엄마와 함께 루이를 만난다. 엄마는 내 커리어 결정에 더 깊이 관여하고 싶어 한다. 그런데 루이가 전한 소식에 우리 둘 다 깜짝 놀란다.

"계약이요? 무슨 계약이요?" 엄마가 묻는다.

루이가 한숨을 쉬며 자기 크로스백 안을 뒤진다.

"저도 황당하다고 생각했어요. 제 변호사한테 한편 살펴봐달라고 부탁했는데, 보아하니 인챈티드가 코리의 음반사와 계약한 것 같아요."

엄마와 내가 똑같이 혼란스러운 눈빛을 주고받는다.

"어떤 음반사요? 무슨 말씀 하시는 거예요?"

"서류에 사인한 기억 안 나세요?"

엄마가 어깨를 으쓱한다. "제시카라는 여자가 준 위임장에만 했어요."

"그게 이렇게 생겼나요?"

루이가 엄마에게 서류 한 뭉치를 건넨다. 그 두께를 보자마자 내게 문제가 생겼음을 깨닫는다. 엄마가 종이를 넘겨보며 천천히 고개를 끄덕인다.

"네, 이거 맞아요. 그 여자가 그냥 표준계약서라고 했어요. 학교에서 부모에게 보내는 견학 허가서의 긴 버전 같은 거라고요."

루이가 자기 얼굴을 문지른다. 두 눈썹에 주름이 진다.

"코리가 자기 음반사인 '필드 오브 드림스 레코즈'에 사인하게 한 거예요."

"코리한테 자기 음반사가 있어요?" 내가 묻는다. "언제부터요?"

"RCA 산하에 있는 임프린트예요. 생긴 지 얼마 안 된. 이번 가을에 발표하려고 했을 거예요. 떠오르는 신인 아티스트 명단과 함께요."

"그래서 RCA에서 이걸 당신한테 보낸 거예요?" 엄마가 묻는다. "그럼 지금쯤 그 회사도 그 사람이 우리 애한테 어떻게 했는지 알겠네요!"

"알죠. 그리고 이건 우리 입을 막으려는 첫 번째 시도예요." 루이가 엄마 손에 놓인 종이 뭉치를 세게 쿡쿡 찌른다. "이 계약서에 따르면 코리는 인챈티드가 향후 3년간 만드는 모든 곡을 소유하게 되어 있어요."

마지막 일격처럼 느껴진다. 내 인어 꼬리를 토막 내는 최후의 공격. 그는 나를 어떻게 썰어버릴지, 어디가 가장 고통스러울지를 잘 알았다.

"하지만 내 노래는…… 몇 년 동안 만든 거예요. 제 거라고요."

루이가 고개를 젓는다.

"미안해요, 인챈티드. 이 계약을 파기하지 않는 한 우리가 할 수 있는 건 별로 없어요."

63

자동차 여행

"10대 콘퍼런스에 딱 맞춰서 누가 돌아왔는지 봐." 말리카가 눈알을 굴리며 투덜거린다. "정말 편리하지 않니."

말리카 에번스가 사는 대저택은 우리 집 근처에 있는 외부인 출입 제한 커뮤니티에 있다. 우리가 이렇게 가까이 살면서도 상상할 수 있는 모든 면에서 다르다는 사실이 늘 놀랍기만 하다.

우리 윌앤드윌로우 회원들은 이번 주말에 열릴 전국 10대 콘퍼런스에 참여하기 위해 말리카의 집 진입로에 모여 밴에 짐을 싣고 있다. 말리카와 아이샤의 어머니가 보호자 역할을 하기로 했다. 두 사람이 억지 미소를 지으며 셰이와 나에게 의심의 눈초리를 던진다.

"안녕, 아가씨들. 시간 딱 맞춰 왔네." 에번스 부인이 말한다.

"잘 지냈어, 슈퍼스타?" 숀이 윙크하며 말한다. "우리 같은 일반인이랑 같이 놀아줘서 고마워! 이번에 우리한테 술 한 병씩 돌릴 만큼 떼돈 번 거, 맞지?"

목 주변의 핏줄이 뻣뻣해지고 나는 가짜 미소를 지어 보인다. 말리카가 눈알을 굴린다. 셰이가 내 팔을 붙잡는다. 내가 우리 가방을 자동차 트렁크에 넣는다.

"정말 이게 좋은 생각 같아?" 셰이가 작은 목소리로 말한다.

"이미 참가비 냈어." 내가 받아친다. "엄마가 몇 달 동안 갚았다고. 그러니까 가야 해."

"그건 알아. 하지만 아빠가 같이……."

"아빠는 엄마가 일하는 동안 쪼꼬미들 돌봐야 해. 그리고 파업 진행되는 거 보니까 우리 내년엔 월앤드월로우 활동 아예 못 할지도 몰라."

셰이의 몸이 딱딱하게 굳고, 깨달음이 셰이를 강타한다. "하지만…… 언니 괜찮겠어?"

"난 괜찮아." 내가 밀어붙인다. "진짜야. 게다가, 난 안전할 거야…… 너랑 있으면."

셰이의 입이 살짝 벌어지고 눈빛이 부드러워진다. 꼭 나한테 미안한 것처럼. 셰이가 내게 미안해하는 건 절대 참을 수 없지만, 나한테 화를 내는 것보단 낫다.

"알았어." 셰이가 수긍한다.

"다시 돌아와서 좋다." 우리가 자동차에 올라타자 아이샤가 웃으며 말한다. "셀럽이 있으니 우리가 지부에서 가장 잘 나가는 애들이 될 거야."

크레이턴이 온순한 미소를 지으며 인사를 건네고 자동차 앞자리에 올라탄다.

"안녕, 크레이턴." 내가 말한다. "주식 클럽은 잘되어가?"

크레이턴이 수줍게 웃으며 내 쪽을 돌아본다. "응, 좋아. 지난 분기에 5000달러 벌었어."

크레이턴을 용서하기로 마음먹었다. 크레이턴은 멍청한 행동을 했다. 하지만 코리가 한 행동보다는 훨씬 덜 끔찍하다. 게다가 크레이턴은 데릭을 내게 보내서 나를 구해주었다. 그게 아니었다면 지금도 그 집에 있었을지 모른다.

"야, 인챈티드도 참가비 냈어. 지난 몇 달 동안 회의에 참여 안 한 게 뭐가 대수야?" 숀이 날카롭게 말한다. 자동차에 탄 모두가 고개를 돌려 진입로에서 싸우고 있는 숀과 말리카를 쳐다본다. "잘난 척 좀 하지 마. 인챈티드는 우리랑 같이 갈 거니까!"

윌앤드윌로우 전국 10대 콘퍼런스는 거대한 10대 모임과 비슷하다. 1년에 한 번, 미국 전역의 지부가 지정된 도시에 모인다. 여름방학 전의 클라이맥스다. 우리 지부는 보스턴 항구 근처에 있는 르네상스 호텔에서 머문다. 이 호텔에서 세 블록 떨어진 곳에 있는 컨벤션센터에서 소규모 회의와 토론, 연설이 진행된다. 회원들은 전문직 종사자처럼 비즈니스캐주얼 차림이어야 한다. 치마 정장과 블레이저, 넥타이, 하이힐, 구두.

하지만…… 짙은 회색 정장을 입고 호텔 방에서 네발로 기어 다니는 지금, 나는 딱히 숙녀처럼 보이지 않는다.

"지금 뭐 해?" 셰이가 딱딱거린다.

"귀걸이 마개가 없어졌어. 여기 어디에 떨어뜨렸어."

핸드폰 플래시를 켜서 침대 밑을 확인한다.

"우리 10분 진에 이미 1층에 내려갔어야 해!"

"알아. 하지만 귀걸이 없인 못 가. 다들 나보고 남자애 같다고 할 거라고!"

호텔 방 전화기가 울린다.

"으으, 아마 에번스 부인이 우릴 찾는 걸 거야." 셰이가 징징거리며 그쪽으로 다가간다.

"받지 마." 셰이가 수화기를 들기 전에 내가 셰이의 손목을 붙잡으며 외친다. "우리가 아직 여기 있는 걸 아시게 될 거야. 그냥…… 엘리베이터 타고 가서 에번스 부인한테 나는 화장실에 있다고 해. 아래층에서 만나!"

셰이가 짜증을 꿍 내고는 수화기에서 손을 떼고 밖으로 나간다.

다시 바닥에 엎드려 방 안을 샅샅이 뒤진다. 전화기가 또다시 울리는 와중에 침대와 탁자 사이의 좁은 공간을 손으로 쓸어본다. 반짝이는 금빛이 시야에 들어온다.

"찾았다!" 내가 환호한다.

전화기가 귀 바로 옆에서 또 한 번 울린다. 나는 신음을 내며 수화기를 집어 든다.

그로운

"알았어요, 알았어. 지금 나가요!"

"밖으로 나와."

그의 목소리에 목구멍이 막힌다.

코리다.

나는 자리에서 벌떡 일어난다. 근육이 잔뜩 긴장해 있다. 저 멀리 있는 문을 바라본다.

"너 거기 있는 거 알아, 브라이트 아이즈. 밖으로 나와."

널빤지처럼 뻣뻣하게 굳은 채 텅 빈 호텔 로비로 조금씩 들어선다. 볼 안쪽을 씹어서 피 맛이 난다. 다른 사람들은 전부 저녁 기조연설을 들으러 이미 컨벤션센터로 가는 중이다.

전화를 한다 해도 나를 구할 만큼 빨리 달려올 수 있는 사람은 아무도 없을 것이다.

회전문 밖으로 튕겨 나오자 항구에서 불어오는 짭짤한 바닷물 냄새가 난다. 컨벤션센터는 몇 블록 거리에 있다. 어쩌면 도망칠 수 있을지도 모른다. 바다에 뛰어들어 집까지 헤엄쳐 가는 것이다.

"인챈티드."

또 다른 익숙한 목소리. 토니다.

셰이에게 전화할까 생각해보지만 코리나 토니가 동생에게 접근하는 건 싫다. 그러느니 차라리 내가 죽겠다.

"이쪽으로." 토니가 나를 한 블록 아래에 있는 검은 차에 태운다. 자동차가 모퉁이를 돌아 지하 3층 주차장으로 내려간다.

처음 보는 차 한 대가 엔진이 도는 채로 저 안쪽 깊숙한 곳에 서 있다.

토니가 뒷문을 열고 나를 차 안에 밀어 넣는다. 순식간에 나는 코리의 품 안에 있고, 내 몸은 돌처럼 굳는다.

"브라이트 아이즈." 그가 달콤한 목소리로 속삭인다. "이런, 네가 너무 보고 싶었어."

나는 그를 밀쳐내고 붉은색 가죽 시트 위를 미끄러져 문에 바싹 달라붙는다.

코리는 검은색 후드에 달린 모자를 쓰고 있다. 뒷좌석이 캄캄한데도 나의 이런 행동에 그가 상처받았음을 알 수 있다.

"여기서…… 뭐 해요?"

"난— 난 네가 날 보면 행복해할 줄 알았어. 나 왔어, 이번에도 널 구하러."

말문이 막힌다. 코리는 망가지고 부서지고…… 더 나이 들어 보인다. 그를 사랑했던 내 심장 한구석이 점점 더 두근거린다. 그러지 않으려고 애를 쓰는데도.

그가 고개를 푹 숙인다.

"넌 나를 떠났어." 그가 중얼거린다. "절대 날 떠나지 않겠다고 약속했으면서."

"코리, 제발." 내가 몸을 덜덜 떨며 애원한다. "날 보내줘요."

"우린 함께였어. 기억 안 나? 타미와 마빈처럼."

"타미는 죽었어요."

"마빈도 죽었지. 그게 네가 원하는 거야? 내가 죽는 거?"

순간 발끈해서 그렇다고 대답할 뻔한다.

"그냥…… 제발 가줘요. 여기 있으면 안 돼요."

"좋아. 하나만 더 물어볼게. 그런 다음엔…… 널 귀찮게 하지 않을게."

나는 마른침을 삼킨다. "알았어요."

"날 사랑하긴 했어?"

나 또한 지난 몇 주간 자문했던 질문이다. 그는 날 사랑하긴 한 걸까? 왜냐하면 나는 그를 사랑했으니까. 우리의 사랑은 바다보다 더 깊고 무한하고 아름다웠다.

"네. 하지만…… 이제는 더 이상 함께 있을 수 없어요."

그가 나를 다시 자기 품속에 끌어안는다. "미안해, 내 사랑. 우리…… 우리 다시 시작하자. 이번엔 다를 거야. 난 변했어. 저번에 네가 노래하는 거 봤어. 정말 아름답더라."

그가 그곳에 있었다. 그럴 줄 알았어!

"저…… 이제 가야 해요."

"브라이트 아이즈, 너 이제 열여덟 살이야. 이전에 얘기한 것처럼 우리 함께할 수 있어."

"제발, 코리." 내가 문 손잡이를 부여잡고 흐느끼며 말한다. "그럴 수 없어요."

그의 얼굴이 어두워진다. "또다시 날 떠나면 후회하게 될 거야. 넌 원래 있던 곳으로 되돌아와야 해."

배 속에서 작은 불꽃이 깜박인다. 익숙하지 않은 일이다. 물과 불은 섞이지 않는다. 하지만 지금 내 안에는 두 개가 다 있다. 나는 빠르게 머리를 굴리며 내 핸드폰을 들어서 지도 앱을 켠다.

"너 뭐 하는—"

그의 얼굴에 핸드폰을 들이민다. "내 핸드폰에 내가 지금 어디 있는지 알려주는 위치 추적 앱이 있어요. 전 10분 전에 이미 연회에 참석했어야 해요. 날 보내주지 않으면 사람들이 나를 찾으러 올 거예요. 바로 여기로요."

코리가 화면을 봤다가 다시 나를 바라본다.

컨벤션센터에 도착하자 셰이가 로비에서 팔짱을 끼고 서 있다.

"도대체 어디 있었어? 계속 전화했다구!"

"미안해." 내가 중얼거린다. 내 거짓말이 먹혔다는 걸 아직도 믿을 수 없다.

셰이가 얼굴을 찡그린다. "언니 괜찮아?"

"응." 내가 가는 목소리로 말한다. "저녁 먹을 준비 됐어?"

출구 세 개, 창문 없음. 화장실은 왼쪽에.

저녁 환영회는 컨벤션센터 연회장에서 열린다. 허접한 디제이와 번쩍이는 조명이 있는 또 한 번의 댄스파티. 그러나 이번에는 천여 명의 부잣집 출신 흑인 청소년이 어두운 곳에서 서로 달라붙어 있다. 셰이는 아이샤와 함께 스냅챗 셀카를 찍는 중이다. 숀은 구석에서 마이애미 지부에서 온 여자애와 춤추고 있다. 크레이턴은 연회장 제일 끝의 자기 자리를 지키고 있다.

출구 세 개, 창문 없음. 화장실은 왼쪽에.

어떻게 이렇게 아무 감각이 없으면서도 원자 하나하나가 내 몸속을 떠다니는 게 느껴질 수 있지?

더욱 최악은, 보라색 음료가 간절하다는 거다. 좋지 않다.

다른 윌앤드윌로우 회원 몇 명이 나를 알아본다. 아니, 내 얘기를 들어서 알고 있다. 하지만 머리를 짧게 깎아서 나는 더 이상 코리와 함께 있던 여자애처럼 보이지 않는다. 나는 과거의 나, 그러나 어째서인지 새로운 나로 돌아왔다.

출구 세 개, 창문 없음. 화장실은 왼쪽에.

한 방향을 오래 쳐다볼 수가 없다. 모든 문을 다 살펴야 한다. 그가 나타나서 또다시 깜짝 공연을 펼치면 어떡하지? 이미 여기 와 있으면? 그가 셰이부터 먼저 찾으면?

"셰이." 나는 숨을 헐떡이며 사람들 사이에서 셰이를 찾아 헤맨다. 그때 내 눈이 연회장 저편에 있는 익숙한 얼굴에 초점을 맞춘다. 가슴이 조여온다.

데릭이 가볍게 손 인사를 하고, 나는 안도의 웃음을 터뜨리며 사람들을 뚫고 나아간다. 우리는 서로에게 다가가다 중간에서 만난다.

"여기 있었네! 진짜 너구나. 투어 중에 만났던 여자애가 아니고."

"응. 그런데 네가 만난 그 여자애는 아직도 텔레비전 프로그램 취향이 지독해." 내가 씨익 웃으며 받아친다.

데릭이 고개를 끄덕인다. "만나서 반갑다."

"내가 여기 있어서 놀랐어?"

"아니. 그래도 기뻐! 요즘…… 좀 어때?"

"괜찮아. 지금은."

"내가 뭘 알겠냐마는, 네가 정말 자랑스러워. 그거…… 정말 힘들었을 거야."

입술이 떨리지 않도록 입을 앙다문다. "고마워." 내가 갈라지는 목소리로 말한다.

"있지, 저 크레이턴이란 애." 데릭이 턱으로 크레이턴 쪽을 가리키며 말한다. "쟤가 너희 둘 사이에 있었던 일 모두한테 다 털어놨어?"

"뭐? 네가 그걸 어떻게 알아?"

데릭이 눈을 굴린다. "저 멍청이가 내 친구한테 다 털어놨어. 죄책감이 심한데 월앤드윌로우에서 쫓겨날까 봐 무섭다고. 그래서 쟤가 널 도우려 했던 거야."

"아, 뭐, 그러거나 말거나. 어쨌든 크레이턴이 실제로 코리한테서 도망칠 수 있게 도와줬잖아. 너를 나한테 보내서."

데릭의 표정이 심각하게 변하고, 목소리가 단호해진다.

"인챈티드, 너한테 일어난 일이 알아서 해결될 거라 믿고 계속 숨기려 해선 안 돼. 네 목소리는 노래에만 쓰는 게 아니야, 알아? 말을 해야지. 너를 위해서, 그게 아니라면 네 다음 사람을 위해서. 널 아프게 하고도 벌을 피할 수 있다고 생각하게 내버려두면 또 다른 피해자가 생길 거라고."

죄책감이 등줄기를 타고 올라온다. 내가 고개를 끄덕인다. "네 말이 맞아."

데릭이 안도의 한숨을 내쉬고, 다시 두 눈이 반짝 빛난다. "야! 너 지난주 에피소드 봤어?"

이내 분위기가 바뀌고 우리는 다시 〈러브앤드힙합〉 뉴욕 편이 더 좋은지 애틀랜타 편이 더 좋은지를 두고 싸우며 시답잖은 대화를 나눈다. 난 항상 뉴욕 편을 제일 좋아하지만 애틀랜타 편에도 재미있는 인물들이 등장한다. 몇 달 만에 처음으로 웃음을 터뜨린다. 가슴 전체로 웃는 진짜 웃음이다. 기분이 좋다. 거의 일상으로 돌아온 것 같다.

시야 끝에서 말리카가 보인다. 연회장 한가운데에서 혼자 춤을 안 추고 있어서 보지 않기가 힘들다. 핸드폰 화면의 밝은 불빛이 말리카의 얼굴에 반사된다. 말리카는 손을 입에 갖다 대고 공포에 휩싸여 입을 떡 벌리고 있다. 그러다 고개를 들어 나를 뚫어지게 쳐다본다.

불편한 느낌이 온몸을 휘감는다.

말리카가 연회장을 가로질러 숀에게로 뛰어간 뒤 자기 핸드폰을 숀의 얼굴에 들이민다.

내가 두 사람을 쳐다보는 동안 데릭은 계속 자기 이야기를 한다. 그때 데릭의 핸드폰이 울린다. 데릭이 핸드폰을 확인하고 몸을 움찔한다.

"이런 미친." 데릭이 눈을 휘둥그레 뜨고 중얼거린다.

"왜 그래?"

주변에서 핸드폰이 마구 울리고 진동한다. 온 세상이 우리의 유튜브 영상을 본 날과 똑같다. 그러나 이번에는 그 내용이 우리 노래만큼 무해하지 않은 것 같다. 모두의 충격받은 얼굴을 보니 뭔가…… 더 심각한 일이 벌어졌다는 걸 알겠다.

"그게…… 그게…… 시발." 데릭이 내 손을 붙잡는다. "우리 지금 가야 돼."

그 짧은 순간 나는 코리가 전에 말한 대로 정말 자살한 건 아닐까 생각한다. 어쩌면 주차장에서 자살했을지도 몰라. 정말 그랬다면 다 내 잘못이다.

일단 로비로 나간 뒤 더 이상 긴장감을 참을 수 없어서 데릭의 손을 뿌리친다.

"무슨 일인지 그냥 말해주면 안 돼?" 내가 화를 내며 말한다.

데릭이 어쩔 줄 모르는 얼굴로 주먹을 물어뜯는다. "그게, 영상이 하나 풀렸어…… 섹스 비디오야. 코리가 나오는."

그로운

배 속이 마구 요동친다. 천천히 눈을 감았다 뜬다. "무슨……
비디오라고?"

데릭이 내 옆에 서서 핸드폰으로 영상을 재생한다. 발가벗
은 코리가 나오는 흐릿한 영상이다…… 그의 집이고 어떤 여
자와 함께다…… 애틀랜타에 있는 집이고…… 내가 쓰던 방
이고…… 여자도 옷을 다 벗었다.

데릭이 나를 뜯어본다. 데릭의 얼굴에 슬픔이 번질 때 마침
내 상황이 파악된다. 나는 복부 깊은 곳에서 미친 듯이 웃음
을 터뜨린다.

"아, 저 여자가 나라고 생각해? 아냐, 저거 나 아냐."

데릭이 어금니를 꽉 깨물고 심각한 얼굴로 계속 나를 쳐다
본다.

나는 고개를 젓는다. "아냐, 데릭. 저거 나 아냐!"

64

단체 채팅

[윌앤드윌로우 채팅방(존스 자매는 없음)]

말리카   절대 잊을 수 없는 10대 콘퍼런스였어.

숀   얘들아, 아니 이게 도대체 무슨 일이야!

아이샤   댄버리 지부에 있는 어떤 여자애가 그랬는데 이제 우리

        지부는 포르노 중심지로 불린대.

말리카   정말 역겨워.

숀   어쨌거나 진짜 문제는…… 그 사람이 진짜 인챈티드냐

        는 거야.

말리카   너 진짜로 묻는 거야?

아이샤   그게 정말이야?

크레이턴   완전 웃기네!

아이샤   하나도 안 웃기거든!

숀   나도 그 영상 봤어. 인터넷에서 찾을 수 있는 것들만. 거

        짓말은 하지 않을게, 그 여자 놀라울 만큼 인챈티드랑 비

        슷해.

아이샤   정말로?

그로운

말리카	당연히 인챈티드겠지! 다들 눈이 멀었니? 화질이 그렇게 구리고 뒷모습만 보여도 난 그 여자가 인챈티드인 거 딱 알겠더라.
크레이턴	근데 그 여자는 머리가 길었어.
아이샤	가발이야.
숀	코리가 인챈티드를 뒤집는데도 가발이 안 벗겨지다니 놀랍다.
크레이턴	대박 웃겨! 야, 너 미쳤구나!
숀	야, 영상 안 본 척하지 마.
말리카	너도 봤어?
크레이턴	우리 축구팀에 있는 애가 로커룸에서 틀었어.
말리카	넌 안 말렸고?
숀	너도 보고 싶어? 나 링크 있어.
크레이턴	아냐, 우리 인챈티드한테 그러지 말자. 그동안 충분히 힘들었을 거야.
아이샤	얘들아, 너네 부모님도 전국 위원회에서 이메일 받아어?
말리카	응. 존스 자매를 우리 지부에 가입시키다니, 본인들이 도대체 무슨 멍청한 짓거리를 저질렀는지 의아해하고 계셔.

65

섹스 비디오

뉴스를 보니 코리의 홍보 담당자가 그의 콘도 앞에서 발표를 하고 있다. "제 의뢰인은 누군가가 자신의 개인적이고 사적인 재산을 훔쳐 간 것에 극도로 분노하고 있습니다. 우리는 그게 누구든 발각되어 막대한 처벌을 받을 것이라 믿습니다."

셰이는 공격을 피하려고 학교에 가지 않았다. 왜 그러는지 모르겠다. 그 사람은 내가 아닌데.

루이는 잠자코 숨어 있으라고 한다. 미디어의 보도가 알아서 사그라들게 두자는 것이다. 루이는 그 사람이 나라고 생각한다. 하지만 그 사람은 내가 아니다.

엄마는 전화로 변호사와 대화를 나누고 있다. 왜 그러는지 모르겠다. 그 사람은 내가 아닌데.

아빠도 그 영상을 봤다…… 그리고 이제 나를 쳐다보지조차 않는다. 아빠도 그 사람이 나라고 생각한다. 하지만 그 사람은 내가 아니다.

내가 아니다.

내가 아니다.

혼자 이 말을 너무 많이 되풀이해서, 이젠 귓가에 저절로 울린다.

나는 꼭 가을 같다.

나는 죽은 낙엽 더미다. 검게 변하고, 축축하고, 곰팡내가 난다. 썩어가는 사과, 죽어가는 잔디, 태양을 몰아내는 이른 어둠.

누군가가 그 영상의 스크린숏을 인쇄해 내 사물함에 붙여놓았다. 심지어 수위 아저씨들도 미심쩍은 눈으로 나를 노려본다.

고급영어 교실에 들어가자 워커 선생님의 얼굴이 빨개진다. 선생님도 그 영상을 봤다. 원래 영어는 나의 최애 과목이었다. 이 수업에서 가장 멋진 가사들을 썼다. 이젠 쓸 단어가 단 하나도 떠오르지 않는다.

내가 아니다, 라는 말밖에는. 내 노래책에 이 말을 휘갈겨쓰고 또 쓴다.

내가 아니다.

내가 아니다.

내가 아니다.

꿈을 좇는 일이 악몽으로 변해버렸다.

창밖을 보니 잔디 언덕 너머로 흰색 깃대 높이 매달린 깃발이 바람에 나부끼고 있다. 워커 선생님의 교실은 교정의 북

쪽, 학생 주차장 근처에 있다. BMW와 아우디 사이에서 필사적으로 갭의 차를 찾는다. 부잣집 애들의 차라고, 갭이 농담을 했었다. 갭은 자신의 도요타 코롤라를 자랑스러워했다. 갭도 그 영상을 봤을 거라고 생각하니 당혹스럽다. 어쩌면 제이와 함께, 제이가 다니는 대학 캠퍼스의 기숙사 방에서, 다른 학생들과 함께 봤을지도 모른다.

다른 학생 몇 명에게 갭에 관해 물었지만 내가 누구를 말하는지 아무도 모르는 것 같았다. 갭은 생물 수업의 유일한 졸업반이었다. 어떻게 갭을 모를 수 있지?

주차장 맨 뒤에서 선팅한 창문이 햇빛을 받아 반짝인다. 익숙한 검은 메르세데스가 출구 근처에 서 있다. 내가 알아차릴 수 있을 만큼 가깝지만, 누구도 다시 쳐다보지 않을 만큼 멀리 있다. 저 새까맣고 화려한 자동차는 몰라볼 수가 없다.

코리다.

선팅한 창문 안을 볼 수는 없지만 안에 코리가 있다는 건 안다. 엔진을 켜둔 채 그 안에 앉아 나를 바라보며 기다리고 있다. 나를 데려가려고, 나를 함정에 빠뜨리려고.

나를 죽이려고.

도망쳐!

갑자기 전율이 일어서 자리에서 벌떡 일어난다. 내가 최선을 다해 복도로 달려 나가는 동안 워커 선생님이 뒤에 대고 뭐라 말한다. 계속 달린다. 다리가 아프고, 내 몸이 죽은 것들로 가득하더라도. 달린다. 그대로 쭉 달려서 체육관 로커룸으로 들어간다.

이제 어떡하지? 내가 그에게서 벗어날 수 있을까?

게다가…… 셰이가 한 말처럼, 이게 다 내 잘못이라면? 내가…… 그에게 어레사 프랭클린 음악을 보냈다. 내가 소셜미디어에서 그를 팔로우했다. 내가 저지에서 그에게 전화를 걸었다. 내가 스튜디오에서 섹시한 상의를 입었다. 내가 그에게 키스했다…….

"챈트?"

비명이 새어 나와서 두 손으로 입을 틀어막는다. 텅 빈 로커룸에 내 목소리가 메아리친다.

셰이가 세면대 옆에 서 있다가 불안해하며 뒷걸음질 친다. "여기서 뭐 해? 언니가 우리 교실 옆으로 달려가는 거 봤어."

누가 셰이를 따라오진 않았을까? 셰이가 문을 닫았나?

"그 사람이 여기 있어." 내가 속삭인다. "코리가. 밖에, 자기 차에 있어."

셰이가 이마를 찡그린다. "언니가 봤어? 확실해?"

몸을 덜덜 떨며 고개를 끄덕인다. 누군가에겐 말해야 한다. 내가 살아서 도망치지 못할 수도 있으니까.

"그 사람이 날 따라오고 있어."

셰이의 눈이 점점 커진다. "언니. 언니가 그러니까 무섭잖아." 셰이가 정말 냉정한 말투로 말한다. 내 말이 안 믿긴다는 듯이.

"그 사람 10대 콘퍼런스에도 왔었어. 댄스파티에 가기 전에 만났어."

"뭐라고? 왜 엄마한테 말 안 했어?"

"난…… 내가 처리할 수 있을 거라고 생각했어. 내가 막을 수 있다고……."

"어떻게 그런 사람을 자기가 처리할 수 있다고 생각한 거야? 그 사람은 코리 필즈야! 슈퍼스타라고! 언닌 그냥…… 언니야. 우린 엄마한테 말해야 돼."

셰이가 옳다. 코리에겐 돈이 있다. 권력이 있다. 나는…… 그냥 나다.

66

비트 주스 4

지금

"챈티? 딸? 괜찮은 거야?"

"아빠?" 내가 속삭인다. 아빠가 여기서 뭘 하는 거지?

다른 목소리들. 오른쪽을 보니 복도 저편의 벽에 뭔가가 튀어나와 있다. 숨겨진 문이 마치 책처럼 열려 있다. 안을 들여다보자 유리문으로 이어지는 짧은 철제 계단이 있다. 한층 아래에 있는 스튜디오로 연결될 것이다. 전에는 이 통로를 본적이 없다.

우리가 어젯밤에 음악 작업을 했던가? 그럴 수도.

생각을 해.

생각을.

내 발 옆에 스테이크 나이프가 있다. 부엌 조리대 위의 나무 서랍에 세트로 들어 있을 법한 칼이다. 그러나 이 칼은 비트 주스가 묻은 채로 바닥에 떨어져 있다.

부엌이 어디인지도 모르겠다. 그래도 누가 들어오기 전에 치워야 한다. 그가 몹시 화를 낼 것이다.

허리를 굽히는데 현관문 도어록에서 찰칵 소리가 나면서

문이 활짝 열린다.

"꼼짝 마!"

67

심문 #1

그때

[녹취록 – 5월 13일]

플레처 형사   안녕하세요, 존스 부인, 인챈티드. 저는 플레처 형사입니다. 제 동료 형사인 실버먼하고는 이미 만나셨죠. 이렇게 뵙게 돼서 반갑습니다!

인챈티드 존스   안녕하세요.

라토야 존스   네, 안녕하세요.

플레처   실버먼이 저한테 참여해달라고 부탁했습니다. 시작하기 전에 먼저 말씀드리고 싶어요. 사실 최근에 여신 쇼케이스에 갔었습니다. 아폴로 극장에서 열렸던 거요.

인챈티드 존스   정말요?

플레처   네, 제 딸도 가수가 꿈이거든요. 목소리가 정말 좋던데요!

인챈티드 존스   감사합니다.

형사 실버먼   확인차 여쭤보겠습니다, 코리 필즈를 공갈, 폭행, 강간 그리고…… 스토킹으로 신고하고 싶으시다고요? 제 말이 맞습니까?

인챈티드 존스   음, 네.

라토야 존스   더 빨리 신고하고 싶었는데 인챈티드가 충분히
            기운을 차릴 때까지 기다리는 게 좋겠다고 생각
            했어요. 하지만 코리 필즈가 우리 딸을 스토킹하
            고 있어서 우선 그걸 막아야 해요.

실버먼   섹스 비디오가 공개됐을 무렵에 일어난 일이라
        고요?

인챈티드 존스   영상에 나오는 사람은 제가 아니에요. 우린 섹스
            한 적 없어요.

실버먼   확실합니까? 코리 필즈가 자주 약을 먹였다고 하
        지 않았습니까?

인챈티드 존스   우린…… 같이 뒹굴었어요. 그렇게는 말할 수 있
            겠네요. 하지만 섹스는 아니었어요.

플레처   오럴섹스도 섹스로 간주됩니다. 법에 따르면요.

실버먼   그럼 둘이 친밀한 사이였던 것은 인정하십니까?

인챈티드 존스   어, 네.

실버먼   필즈 씨에게 오럴섹스를 해줬습니까?

인챈티드 존스   어, 네.

실버먼   자발적으로 그랬습니까?

라토야 존스   이봐요, 우리 애는 이미 다 말했어요. 애가 자기
            가 아니라잖아요. 이게 그 사람이 우리 애를 스토

킹하는 거랑 무슨 상관이 있는지 모르겠네요!

플레처　　　수사를 하려면 상황을 전면적으로 파악해야 합니다. 존스 부인, 인챈티드가 코리 필즈와 같이 투어를 다녀도 된다고 허락하셨다고요.

라토야 존스　네. 위임장에 사인했어요. 뭐, 그 사람들은 그걸 위임장이라고 부르더군요. 음반사에서 아이를 감독하는 성인 보호자를 고용해서 항상 아이를 지켜보고 학업에 뒤처지지 않게 보장한다고 했어요. 그게 우리의 허락을 얻어낼 유일한 방법이었죠. 하지만 제시카는 코리만큼 나쁜 인간이었어요. 전화나 문자에 절대 답하지 않았어요. 음반사와 접촉하려 했지만 꼭 미로 같았어요. 이 사람에서 저 사람으로 끊임없이 떠넘기기만 했다고요!

실버먼　　　하지만 투어를 떠나기 전에 이미 관계가 시작되었다는 말이죠?

인챈티드 존스　네.

실버먼　　　그 관계의 성격이 어땠습니까? 같이 데이트를 했습니까?

인챈티드 존스　어, 아니요. 그 사람 스튜디오에서 같이 녹음을 했어요. 그 사람이 저한테 문자를 보냈고요. 엄청 많이요.

실버먼　　　그 문자들을 갖고 있습니까?

인챈티드 존스   아니요. 그 사람이 제 핸드폰을 가져갔어요. 새 핸드폰을 샀는데…… 그 사람 핸드폰에 문자가 남아 있을 거예요. 서로 노래를 주고받았어요.

실버먼   인챈티드가 연락하는 걸 알고 계셨습니까?

라토야 존스   아니요. 몰랐습니다.

플레처   코리 필즈가 따라다닌다는 게 무슨 뜻이죠? 더 자세히 말씀해주시겠습니까?

인챈티드 존스   어, 네. 처음에는 보스턴에서 열린 윌앤드윌로우 연례 콘퍼런스에서 저를 따라왔어요. 절 근처에 있는 주차장으로 데려갔어요. 제가 다니는 학교 건물 밖에도 있었고요. 그 사람 차를 제가 봤어요.

실버먼   본인이 더 이상 관계 유지를 바라지 않는다는 걸 코리 필즈도 인지하고 있었고요? 그 사람에게 분명하게 알리셨습니까?

라토야 존스   계속 관계라고 표현하시네요. 우리 애는 열일곱 살이었어요. 성인 남성하고 아이는 관계를 맺을 수 없습니다.

실버먼   물론 그렇죠. 맞는 말씀이십니다. 하지만 이런 상황에서는 관계라고 하는 게…….

라토야 존스   그건 제 알 바 아니에요! 그 남자가 우리 딸을 납치했다고요.

실버먼   그게, 그걸 납치라고 할 순 없습니다. 본인 의지로 딸을 보내셨잖습니까.

라토야 존스 그렇죠. 그리고 그 사람은 우리 딸의 의지에 반해서 애를 감금했고요!

실버먼 애틀랜타에 있는 코리 필즈의 집에 경찰들이 안전을 확인하러 갔을 때 말입니다. 인챈티드, 왜 그때 그 집을 나오지 않았습니까?

인챈티드 존스 전…… 전 겁에 질렸어요! 그렇게 하면 무슨 일이 벌어질지 몰랐으니까요.

플레처 인챈티드, 말씀하신 사건들이, 그러니까 코리 필즈가 따라왔다는 게…… 우연일 수는 없을까요? 예를 들면, 코리 필즈가 우연히 같은 시간에 보스턴에 있었을 수도 있지 않습니까.

인챈티드 존스 아니에요. 그럴 리 없어요. 그 사람은 제 쇼케이스에도 왔었다고요! 저랑 같이 무대 위에 있었어요.

플레처 같이 무대 위에요?

인챈티드 존스 네. 밴드에서 연주하면서요.

플레처 밴드요?

인챈티드 존스 네.

플레처 쇼케이스에 밴드는 없었는데요.

인챈티드 존스 네? 아니에요, 있었어요.

플레처 음. 알겠습니다. 저희가 확인해보겠습니다.

실버먼 투어 이전에 이미 관계가 있었다는 걸 확인해줄 다른 사람은 없습니까?

인챈티드 존스   있어요, 제 친구 갭이요.

라토야 존스   딸, 누구라고?

인챈티드 존스   가브리엘라 가르시아. 학교 친구예요. 그 친구가
               알아요. 제가 코리를 만나려고 학교를 빠졌을 때
               갭이 저 대신 둘러댔어요. 갭이랑 얘기해보시면
               돼요.

68

대학 방문

갭은 제이가 대학교 컴퓨터실에서 일한다고 말했었다. 일단 메트로노스 철도역 근처에 있는 포덤대학교 캠퍼스에 도착하니 컴퓨터실을 손쉽게 찾을 수 있다.

제이의 얼굴을 기억한다. 갭이 핸드폰 화면으로 설정해두었기 때문이다.

제이가 컴퓨터실을 돌아다니며 컴퓨터를 확인하고 의자를 가지런히 정리한다. 웃는 얼굴이 갭이 장담했던 것처럼 귀엽다.

"제이 맞아요?"

"네. 무슨 일이시죠? 뭘 도와드릴까요?"

"저는…… 가브리엘라 친군데요."

그가 말을 멈춘다. 갑작스럽다기보다는 천천히, 무슨 말인지 모르겠다는 듯 나를 빤히 쳐다본다.

"누구요?"

"가브리엘라요. 아니면 갭이거나요. 그쪽 여자친구 말이에요."

제이가 콧방귀를 뀌고는 웃음을 터뜨린다. "여자친구요? 아이고, 저런. 사람 잘못 보셨어요."

제이의 곱슬한 갈색 머리와 부드러운 이목구비, 키를 훔쳐본다. 이상하다. 그럴 리 없다. 이 사람은 제이가 맞다.

"가브리엘라요. 정말 모르는 거 맞아요? 저 갭 친구 인챈티드예요."

사진을 한 장이라도 인쇄해 올 걸 아쉬워하며 최선을 다해 갭의 외모를 묘사한다.

"죄송합니다. 누굴 얘기하는지 모르겠네요."

내 눈이 가늘어진다. "거짓말."

제이가 나를 뚫어지게 바라본다. "뭐라고요? 이봐요, 여기 학생이에요? 경비원이 신분증 확인했어요?"

나는 뒷걸음질 치다 급히 컴퓨터실에서 나와 그대로 메트로노스 철도역까지 달려간다.

집으로 향하는 다음 열차에 올라타자마자 모르는 번호로 문자가 온다.

하룻밤만 같이 있어 줘. 그러면 이 모든 게 끝날 거야.

가슴 위에 벽돌 더미가 쌓인다. 그는 절대로 나를 내버려두지 않을 것이다. 절대로.

69

윌앤드윌로우 회의록

[윌앤드윌로우 어머니들의 긴급 회의 기록]

마샤 패트릭   다들 무슨 일 때문인지 아시리라 생각합니다.
박사 (숀의 어머니)

라토야 존스   전 모르겠는데요. 그러니 좀 알려주시죠?

패트릭 박사   코리 필즈 논란과 관련해서 우리 지부를 둘러싸
             고 많은 일이 있었습니다. 전국 위원회도 크게 염
             려하고 있어요. 그리고…… 당분간 존스 가족의
             회원 자격을 정지하는 게 좋다고 판단했습니다.

존스 부인   와. 이렇게 갑자기요?

캐런 에번스   지금 이 문제와 결부되는 거 말이에요, 우리 애들
(말리카의 어머니) 한테 좋지 않아요.

존스 부인   잠깐만요! 우리 가족이 처음 여기로 이사 왔을 때
             는 모두가 다 한 가족이라고 우리를 설득했잖아
             요. 위기 상황에서 가족은 하나로 뭉쳐야 하고요.

에번스 부인   이 문제는…… 달라요.

니콜 우즈   전 라토야 말에 동의해요. 이건 어리석은 짓이에

(아이샤의 어머니)	요! 왜들 이러세요! 아이들을 돌보고 지켜보는 단체가 되어야죠. 아이 한 명을 키우는 데는 온 마을이 필요하다는 게 우리 모토잖아요.
존스 부인	우리 딸은 성인 남자한테 스토킹과 괴롭힘, 폭행을 당했어요. 지금이야말로 마을이 가장 필요한 때라고요.
에번스 부인	글쎄요…… 그게 정말 사실인가요.
존스 부인	무슨 말이에요?
우즈 부인	오오, 주님.
에번스 부인	정확히 말하면 스토킹당한 건 아니죠. 안 그런가요? 자기 발로 그 사람 집에 들어갔잖아요.
존스 부인	우리 애는 세뇌됐던 거예요.
에번스 부인	여자애들은 똑똑해요. 자기가 무슨 행동을 하는지 잘 알죠.
존스 부인	여자애들이 자기가 무슨 행동을 하는지 잘 안다고 생각할 순 있죠. 하지만 그 사람은 성인이에요. 우리 애보다 더 현명했어야죠.
패트릭 박사	저도 그렇게 생각합니다. 어른스러운 결정을 내린다고 해서 성인이 되는 건 아니에요.
토니아 스티븐스 (크레이턴의 어머니)	그럼 하나 여쭤봐도 될까요? 인챈티드를 왜 보내신 거예요?
존스 부인	약속을 받았어요. 그 사람은 약속을 하나도 안 지

켰고요. 하지만 우리 애는 성인이 아니에요. 그냥 아이일 뿐이에요. 제 딸이라고요.

에번스 부인   인챈티드는 이제 열여덟 살이에요.

존스 부인   그 사람이 처음 접근했을 땐 열일곱 살이었어요. 그리고 솔직히, 주변에서 지켜보지 않아도 본인의 열여덟 살 난 자식이 스스로 결정을 내릴 수 있을 만큼 똑똑하다고 생각하세요?

에번스 부인   무슨 말을 하고 싶으신 거예요?

우즈 부인   오오, 주님.

존스 부인   그냥 물어보는 거예요. 당신 딸이 스물아홉 살을 만나도 괜찮으시냐고요?

에번스 부인   아뇨. 우리 딸은 절대 그런 짓을 할 애가 아니에요. 내가 잘 알아요.

존스 부인   저도 마찬가지예요. 하지만 애들은 여전히 한 명의 개인이에요. 계속해서 한계를 시험할 거고, 우린 애들 옆에 24시간 붙어 있을 수 없어요.

에번스 부인   죄송하지만요, 우리 애는 그런 짓을 할 애가 아니에요. 다른 사람이 자기 애를 어떻게 키우는지는 모르지만, 난 우리 딸을 잘 알아요.

존스 부인   당신이 어렸을 때 한 행동을 당신 어머니가 전부 알았다는 말인가요?

에번스 부인   그건…… 달라요.

스티븐스 부인	인챈티드가 그 사람한테 열여덟 살이라고 말하지 않은 게 확실해요?
존스 부인	지금 우리가 거짓말을 하고 있다는 거예요?
스티븐스 부인	아뇨! 저는⋯⋯ 그게, 우리 모두 그랬던 적이 있잖아요. 젠장, 저도 고등학교 다닐 때 나이 많은 남자친구가 있었어요. 제 몸은 열여섯 살짜리 같지 않았고요. 그러니까, 인챈티드가 살짝 거짓말을 했어도 이해한단 말이에요.
우즈 부인	오오, 스티븐스 부인, 충격이에요! 뭐, 다 자기 얘기를 하는 거라면, 저도 어렸을 때 그렇고 그런 행동을 했었어요. 정말⋯⋯ 신났었죠! 어제 일처럼 생생하네요.
스티븐스 부인	맞아요⋯⋯ 무서워서 남자친구에게 진실을 말하진 못했지만 엄마가 우리 사이를 알아낼까 봐 매일 두려움 속에 살았어요.
패트릭 박사	이게 정말 지금 우리가 나누는 대화가 맞나요?
존스 부인	하지만 보세요. 이건 달라요. 부인한테 남자친구가 있었고, 그 사람이 부인보다 나이가 많았던 것도 맞아요. 네, 심지어 나이를 속이셨을 수도 있죠. 하지만 하나만 여쭤볼게요⋯⋯ 그 사람들이 부인한테 손을 댔나요? 납치했나요? 방 안에 가뒀나요? 굶겼나요? 어머니와 갈라놨나요? 빌어

먹을 양동이에 오줌을 싸게 했나요?

패트릭 박사   라토야, 내 생각엔······.

존스 부인   이건 충격적인 한때의 일탈이 아니에요! 그 사람은 자기 돈과 권력을 이용해서 우리 딸을 숨겼어요. 자기 힘을 남용했어요. 왜냐하면 그럴 수 있으니까요. 그 사람이 유명인이 아니었다면 지금쯤 벌써 감옥에 갇혔을 거예요!

에번스 부인   유죄가 입증될 때까진 무죄로 추정해야죠.

우즈 부인   그 작은 규칙이 흑인 여성에게 유리하게 작용한 경우가 몇 번이나 있었죠?

존스 부인   제가 하고 싶은 말은, 그 사람은 성인이라는 거예요. 우리 모두 성인이에요. 우리 아이들이 얼마나 똑똑한지, 우리가 과거에 어떤 규칙을 어겼는지는 제 관심사가 아니에요. 지금은 우리가 더 성숙해야죠.

패트릭 박사   알겠어요. 무슨 말씀인지 이해해요. 그래서, 어떤 도움이 필요하시죠?

심문 #2

[녹취록 – 5월 18일]

플레처   갑작스럽게 연락드렸는데 들러주셔서 감사합니다. 저희가 코리 필즈와 얘기를 나눠봤습니다.

라토야존스 그렇군요. 그래서 어떻게 됐죠? 아직 체포하진 않았나요? 그 사람 음반사하고도 얘기해봤어요?

플레처   먼저, 후속 질문을 몇 개 드려야겠습니다…… 절차대로 꼼꼼하게 확인할 필요가 있어서요. 코리는 수사에 기꺼이 참여하고 있습니다. 이 혐의들을 심각하게 받아들이고 있고요. 저희도 마찬가지입니다.

실버먼   코리는 섹스 비디오를 유출한 사람이 인챈티드일지 모른다고 말하더군요.

인챈티드 존스 뭐라고요?

라토야존스 우리 애가 왜 그러겠어요?

실버먼   명성을 얻으려고요. 코리 필즈의 평판을 망치고 돈을 뜯어내려고요.

인챈티드 존스　제가 그럴 리가요. 제가 어떻게 그러겠어요?

실버먼　코리 필즈는 당신이 자기 집을 마음껏 돌아다닐 수 있었다고 했습니다. 본인이 어디에 카메라를 두는지도 당신이 다 알았다고요.

인챈티드 존스　아니에요! 전…… 제 방을 떠난 적이 없어요. 화장실도 못 갔다고요! 그래서 양동이에 오줌을 쌌고요.

라토야 존스　믿을 수가 없네요. 우리 애는 자기 방에 갇혀서 양동이에 소변을 눠야 했다고 말하는데, 당신네들은 그 인간의 끔찍한 섹스 비디오나 걱정하는 건가요?

인챈티드 존스　그 사람이 절 따라다닌다고요! 스토킹한다고요!

플레처　그럼 그 얘기를 해봅시다. 코리 필즈가 고등학교 건물 바깥에 와 있었다고 했죠?

인챈티드 존스　네!

실버먼　저희가 학교로 찾아가서 확인해봤는데, 보안 카메라에 따르면 코리가 학교로 찾아온 건 지난 10월 축제 때 딱 한 번뿐입니다. 코리는 당신이 자기를 초대했다고 하고요.

인챈티드 존스　아니에요! 전 초대 안 했어요! 맹세코 안 했어요!

라토야 존스　보스턴에서는요?

실버먼　아직 보안 카메라 영상을 기다리고 있지만, 코리가 그때 보스턴에 있었다는 그 어떤 기록도 없습니다. 열차나 비행기 티켓도 안 끊었고, 통행료나 호텔 예약 기록도 없어요. 주차 위반 기록조차 없습니다.

인챈티드 존스 (눈물을 흘리며) 하지만 토니도 같이 있었는데요.

플레처 토니도 저희에게 핸드폰 사용 기록을 전부 제출했습니다. 전화 통화를 하거나 문자메시지를 보낸 기록이 전혀 없어요. 하지만 존스 부인과 연락한 내용은 무척 많았습니다.

라토야 존스 제가 우리 딸을 찾아 헤매고 있었을 때를 말하는 거예요? 그래요, 내가 그 사람 핸드폰을 폭파해 버렸어요.

인챈티드 존스 분명히…… 다른 번호로 전화했을 거예요. 다른 핸드폰으로요.

라토야 존스 그러니까, 우리 애가 말을 전부 지어내고 있다고 생각하는 거예요? 어떤 정신 나간 사람이—

인챈티드 존스 쇼케이스! 그때 그 사람이 밴드에 있었어요!

플레처 코리는 그 쇼케이스에 없었습니다. 드러머도 없었어요. 디제이뿐이었죠.

인챈티드 존스 뭐라고요?

플레처 코리가 쇼케이스에 있었을 리가 없습니다. 코리는 그때 라스베이거스에서 자기 아내와 함께 있

그로운

었어요.

인챈티드 존스   자기…… 아내요? 무슨 말씀을 하시는 거예요?

플레처   코리와 아내가 나이트클럽에 있는 영상이 있습니다. 공연이 있었던 바로 그날에요.

인챈티드 존스   (눈물을 흘린다)

플레처   존스 부인, 무대 위에서 밴드를 본 기억이 있습니까?

라토야 존스   음, 아니요…… 아이가 무대 아래를 얘기하는 거라고 생각했어요. 전 드레스룸에 있었거든요. 전…… 그러니까 아마…….

인챈티드 존스   거짓말하는 거 아니에요! 정말이에요! 가브리엘라가 제 핸드폰을 봤어요! 그 사람이 저한테 문자 보내는 걸 봤다고요!

실버먼   드디어 마지막이네요. 학교에 가서 확인해봤는데, 가브리엘라 가르시아라는 이름의 학생은 없습니다.

인챈티드 존스   뭐라고요?

실버먼   가브리엘라 가르시아의 기록이 없다고요. 그쪽이 저희한테 준 핸드폰 번호는 화이트플레인스에 사는 마틴 앤더슨이라는 사람의 번호입니다. 서른다섯 살이고요.

인챈티드 존스   아니에요. 그건…… 그건 불가능해요.

플레처	존스 부인, 가브리엘라를 만나신 적이 있습니까?
라토야 존스	(잠시 말이 없다) 아뇨. 아니요. 만난 적…… 없어요.
플레처	존스 부인…… 당신 어머니께서 정신병을 앓고 계시죠, 맞습니까?
라토야 존스	그— 그걸 어떻게 아셨죠? 그리고 그게 인챈티드랑 무슨 상관이죠?
플레처	따님이 정신감정을 받은 적이 있습니까?
인챈티드 존스	엄마?
라토야 존스	인챈티드, 더 이상 한마디도 하지 마! 여기선 더 이상 할 말 없다.

71

가브리엘라는 누구인가?

"셰이, 솔직히 말해줬으면 좋겠어. 갭이나 가브리엘라라는 이름 가진 사람 알아?"

엄마 아빠가 셰이와 부엌 식탁에 앉아 있는 동안 나는 내 방에서 잠든 척하고 있다. 하지만 벽은 두께가 얇다.

"마지막으로 말할게. 엄마가 누굴 말하는지 모르겠어."

"셰이, 이거 심각한 문제야." 아빠가 울화가 치민 목소리로 말한다.

"나도 알아. 그렇다고 내가 아는 게 바뀌진 않아!"

"가브리엘라." 엄마가 다시 한번 말한다. "스페인계 여자애. 그런 사람이 많을 리가 없어."

"안다니까. 백인처럼 보이는 스페인계 여자애. 그리고 졸업반이랬지? 그건 사막에서 바늘 찾는 거랑 똑같아. 난 나랑 같이 수업 듣는 애들도 잘 모른단 말이야."

내가 문자를 보낸다.

가브리엘라! 내 연락 그만 씹어!

지금 심각해!

"좀 물어보고 다니면 안 돼?"

"내 친구들 지금 아무도 나랑 얘기 안 하거든. 그래서 안타 깝게도 물어볼 수가 없네." 셰이가 쌀쌀맞게 말한다.

"우리가 직접 학교에 가서 물어보면 안 될까?" 아빠가 묻는다.

"학교 측에서 학생 정보를 내줄 것 같지가 않아." 엄마가 대답한다. "제발, 셰이. 네 언니가 다른 사람이랑 있는 거 봤을 거 아냐."

"아니! 본 적 없다고. 언닌 보통 혼자 다녔어. 점심도 식당에서 안 먹었고. 내 입으로 언니를 찐따라고 하기엔 좀 그렇지만……."

가브리엘라, 제발!

"아가, 네 언니한테 문제가 생겼어." 엄마가 조곤조곤 말한다. "우리가 도울 수 있는 일은 뭐든지 다 해야 해."

셰이가 한숨을 쉰다. "애들한테 물어볼게. 이제 자러 가도 돼? 늦었잖아."

"그래, 우리 딸."

셰이가 우리 방으로 들어온다. 나는 벽에 머리를 붙인 채 두 눈을 질끈 감고 눈물을 감춘다.

문자가 핸드폰 화면을 밝게 비춘다. 가브리엘라다.

이봐요, 마지막으로 말하는 겁니다.

번호 잘못 아셨어요!!!

그로운

"인챈티드가…… 누구라도 얘기하는 거 들은 적 없어?" 아빠가 작은 목소리로 말한다.

"기억이 안 나." 엄마가 한숨을 쉰다. "아니, 어제 일도 가물가물한데, 하물며 6개월 전이 기억이 나겠어. 우린 내내 일하느라 너무 바빴고…… 인챈티드가 한 말 중 기억 나는 건 수영팀 팀원들 얘기밖에 없어. 젠장, 난 세상에서 가장 못난 엄마야! 처음엔 애한테 노래하지 말라고 했고, 그다음엔 같이 투어에 못 갔고, 이제는 애 친구가 누군지도 몰라. 난 그저…… 인챈티드를 걱정해야 된다고 생각한 적이 없어. 항상 괜찮아 보였으니까."

"당신 잘못 아니야." 아빠가 조심스럽게 말한다. "하지만 당신 생각에……."

"몰라 나도. 자기야 제발, 우선은…… 그 얘기 하지 말자."

72

삶을 되찾는 방법

전화번호가 부엌 화이트보드에 여전히 선명한 빨간색으로 커다랗게 적혀 있다. 엄마가 말하길, 나를 찾아 헤맬 때 하루에 대여섯 번씩 전화를 걸었다고 한다. 엄마가 벌인 싸움의 증거가 집 안 전체에 널려 있다. 영수증, 투어 스케줄, 기사, 티켓, 콘서트 사진……. 지금 엄마는 윌앤드윌로우 어머니들에게 추천받은 또 다른 변호사와 통화하고 있다.

코리에게서 벗어날 방법은 없다. 그는 어디에나 있다. 나는 또다시 문 잠긴 그의 집 안에 갇혔다. 그리고 이번에는 내 가족과 친구들을 데리고 왔다.

핸드폰에 전화번호를 입력하고 몰래 화장실로 들어온다. 소리를 감추기 위해 샤워기를 튼다.

"제시카, 저 인챈티드예요."

전화기 반대쪽에서 짧은 침묵이 흐른다.

"아, 너구나." 제시카가 분노를 억누르는 목소리로 말한다. "원하는 게 뭐야?"

"코리랑 대화해야 해요."

다시 긴 침묵. 웅얼거리는 소리. 제시카가 다른 사람에게 이야기하고 있다.

"글쎄…… 지금 옆에 없어. 코리는 지금 뉴욕에 있거든."

제시카가 통화를 스피커폰 모드로 바꿨다. 분명 코리가 옆에 있을 것이다.

"저도 알아요. 그 사람이 절 스토킹하고 있어요." 내가 쏘아붙인다. 이 말이 그를 자극하길 바라면서.

"하! 또 망상을 하네."

"그게 무슨 뜻이에요?"

"아무것도 아냐. 그럼 나한테 왜 전화했어?"

"당신이 코리랑 연락할 방법을 아니까요."

"그래서?"

"그러니까 코리한테 전해줘요…… 당신이 원하는 걸 주겠다고."

정적. 무슨 차에 타고 있는지는 모르겠지만 고속도로를 달리는 중인 것 같다.

"메시지…… 전달할게."

찰칵.

삶을 되찾으려면 몇 가지 단계를 밟아야 한다.

먼저, 집에서 도망쳐야 한다.

그다음, 얼마 없는 돈으로 메트로노스 철도역에서 어퍼웨스트사이드까지 택시를 타고 간다.

그다음, 스튜디오 바로 위층에 있는 악마의 펜트하우스에서 그를 만나야 한다.

그리고, 다가올 일에 대비해 몸에 단단히 힘을 줘야 한다.

*

그곳은 애틀랜타에 있는 그의 집과 판박이라서, 꼭 블랙커피 위에 올린 크림 같다. 나는 그가 가장 좋아하는 옷차림을 했다. 탱크톱과 청바지, 머리 위에 올린 멀리사. 이런 모습의 날 보면 그가 마음을 누그러뜨릴지도 모른다. 나는 곧 무릎을 꿇고 내 삶을 돌려달라고 애원하게 될 것이다. 생각만 해도 구역질이 난다.

"네가 가장 좋아하는 걸로 준비했어." 그가 자기 손에 있는 스티로폼 컵을 어르듯 내게 건네며 말한다.

보라색 음료의 달콤한 향기에 목이 바짝 마른다. 마치 목마른 상태로 평생을 살아온 것 같다. 주저 없이 두 손으로 컵을 움켜쥔다. 이 음료에서 나오는 용기가 필요하다.

한 모금. 또 한 모금. 음료는…… 내 기억보다 독하다. 거대한 텔레비전 화면에선 비디오게임이 정지해 있다.

"베이비, 네가 와서 정말 기뻐. 오늘 아름답네. 집 소개해줄게."

집 구경은 빨리 끝났다. 거실에서 광대한 그의 침실까지 순식간에 걸어간 게 다다. 천장부터 바닥까지 전부 크림색이다.

은은한 무드 조명. 넷플릭스를 켜놓은 또 다른 텔레비전. 서랍장 위의 플라운더.

"아직 갖고 있네요." 내가 놀라서 말한다.

"응…… 맞아. 저 때가 내 인생에서 가장 좋은 시절 중 하나였어."

그를 올려다본다. 마음이 녹는 것이 느껴져서, 그러지 않으려 애쓴다.

"그래서, 뭐 보고 싶어?" 그가 침대 위에 털썩 앉으며 묻는다. "〈로빈슨 가족〉? 〈마이티 덕스〉? 〈포카혼타스〉는 어때?"

음료를 한 모금 더 마신다. "저…… 뭐 하나 물어봐도 돼요?"

"뭐든 물어봐."

"제가 갭 얘기하는 거, 들은 적 있죠?"

코리가 웃는다. "응. 너랑 정반대인 친구라고 했었잖아."

다들 들었죠? 난 미치지 않았어요. 목구멍까지 올라온 외침을 삼키며 음료를 또 한 모금 마시고 그의 침대를 바라본다……. 내가 뭘 해야 할지 생각하니 눈물이 고인다.

코리가 달려들어 나를 두 팔로 껴안는다.

"그냥 내 말 듣지 그랬어." 그가 멀리사를 어루만지며 속삭인다.

낚싯바늘이 내 등을 꿰뚫고, 나는 낚싯줄을 단 채로 그에게서 도망친다. 그의 다리가 비틀거린다. 이렇게 빨리 술에 취한 모습은 본 적이 없다. 하지만 내 눈도 지금 시원치 않다.

"정말 말도 안 되는 일들이 일어났지?" 그가 킬킬 웃는다. "비디오 봤어? 자, 여기서 같이 보자."

그가 커다란 평면 스크린의 재생 버튼을 누른다. 영상은 내가 블로그에서 본 것들보다 더 선명하다. 원본이다. 고개를 옆으로 기울이고 화면 가까이 다가간다.

왜곡이 없으니 확실히 저 사람은 내가 아니다. 하지만…… 익숙한 사람이다.

그의 추잡한 웃음에 속이 메스꺼워져서 그를 빤히 쳐다본다.

"당신 역겨워." 내가 졸린 사람처럼 어눌한 발음으로 말한다. 방 안이 점점 흐릿해진다.

코리가 내게 가까이 다가와 온몸을 주무른다.

"이러지 마요."

"쉿…… 그냥 긴장 풀어."

"싫어요." 내가 끙끙거린다. 두 팔이 무겁다.

"내가 아직 너네 부모 대출금 갚아주고 있어." 어디선가…… 그가 내게 속삭인다. "아직 학교 등록금 내주고 있고. 셰이가 좋은 학교 다녔으면 좋겠지?"

그의 입으로 셰이의 이름을 들으니 배 속이 꼬인다.

"나한테서 떨어져." 그를 밀어내며 소리친다. 아니, 소리쳤다고 생각했다. 정신을 차리고 보니 내 컵이 바닥에 떨어져 있다. 옷이 축축하다. 그가 나를 때리고, 또 때린다. 카펫이 얼굴에 닿은 뒤 방 안이 어두워진다.

그로운

PART 4

비트 주스 5

지금

"먼저 애를 병원에 데려가야 합니다…… 좀 기다릴 수 있지 않습니까. 애가 겁을 먹었다고요. 저기, 잠시만요! 그렇게 거칠게 할 필요 없잖습니까!"

수갑이 차갑다. 이게 내가 처음 알아차린 것이다. 손목에 꼭 끼는 차디찬 얼음 조각. 내 청바지 주머니 위를 두드리는 손들. 내 얼굴에 밀착된 석고보드의 맛.

"거칠게 할 필요 없잖아요! 어린아이라고요! 애한테 꼭 그렇게 할 필요가 없어요!"

근처에서 아빠가 애원하는 소리를 어렴풋이 인지한다. 내가 유일하게 초점을 맞출 수 있는 것은 내 맨발이다. 나는 지금 플립플롭을 신고 있다. 내 신발이 아니다. 코리의 아내 건가? 그 생각은 하지 말자.

누군가가 소리친다. "다수의 자상."

그럴 것 같았다. 그렇게 많이 흘러나온 피만이 방을 붉게 물들일 수 있다.

*

[라토야 존스와 나눈 대화 녹취록 – 5월 21일]

아널드 형사   아널드 형사. 살인사건. 여기 앉으시죠.

라토야 존스   우리 딸은 언제 볼 수 있죠?

아널드   따님이 범죄 현장에서 발견된 유일한 사람이라는 거 아십니까?

라토야 존스   자기가 그런 게 아니랬어요. 사람들이 애를 여기로 데려올 때 그 애 눈 보셨어요? 약에 취한 게 분명했어요. 무슨 일이 있었던 거예요.

아널드   어젯밤에 어디 계셨죠?

라토야 존스   진심이에요? 전 일하고 있었어요!

아널드   근무 기록이 있습니까?

라토야 존스   출근 기록계를 안 찍었어요. 도착하자마자 5등급 화재 사건의 피해자들이 쏟아져 들어오고 있었거든요.

아널드   당신을 본 사람들이 있습니까?

라토야 존스   당연하죠. 같이 근무하는 다른 간호사들이 봤어요.

아널드   친구분들을 말씀하시는 거네요.

라토야 존스   동료들이죠.

아널드   이것들이 직접 보낸 문자메시지가 맞습니까?

라토야 존스   (긴 침묵) 네.

아널드	참고로, 존스 부인은 코리 필즈 씨에게 보낸 문자 메시지의 복사본을 바라보고 있음. 따옴표 열고, "내 딸을 돌려주지 않으면 네 엉덩이에 총알을 박아버릴 거야." 따옴표 닫고. 이 문자메시지들의 내용은 무척 과격함.
라토야 존스	전 화가 나 있었어요! 그 사람이 제 딸을 납치했다고요.
아널드	하지만 플레처 형사와 나눈 인터뷰에 따르면 딸에게 코리 필즈를 따라가도 된다고 허락했던데요.
라토야 존스	투어를 해도 된다는 허락을 해준 거고, 여러 약속을 했어요. 그 사람이 그 약속들과 우리의 신뢰를 저버린 겁니다!
아널드	조지아 주 디캘브 카운티의 경찰에게 수차례 안전 확인을 요청하셨습니다. 맞습니까?
라토야 존스	네. 그것밖엔 할 수 있는 게 없었어요.
아널드	그리고 원하는 결과를 얻지 못하셨을 땐…….
라토야 존스	전화를 하고 또 했어요. 제 말 듣고 계신 거 맞아요? 그 애는 제 아이예요. 우리 애를 되찾을 수만 있다면 불 속에라도 뛰어들 거예요.
아널드	하지만 안전 확인이 이뤄질 때마다 인챈티드는 자신이 안전하다고 알렸습니다. 자발적으로 코리 옆에 있는 거라고요.

라토야 존스	세뇌된 거예요. 아이의 정신과 주치의한테 물어보세요. 그때 우리 애는 자기가 뭘 하는지 몰랐어요.
아널드	이 모든 게 기대했던 돈 때문이 아닌 것이 확실합니까?
라토야 존스	하! 제발요! 그 사람이 우리한테 준 돈 영수증 좀 보여주시죠. 우린 땡전 한 푼 안 받았으니까요!
아널드	이건 재미있는 일이 아닙니다. 한 남자가 살해당했습니다! 존중하는 태도를 좀 보이시죠.
라토야 존스	당신들은 우리한테 언제 존중하는 태도를 보일 건데요? 경찰을 찾아가서 그 사람을 신고했더니, 형사들은 우리 애한테 3급 살인 혐의를 씌웠어요. 마치 그 괴물이 아니라 우리 애가 무슨 짓을 저지르기라도 한 것처럼요!
아널드	존스 부인, 톨게이트 자동 결제 시스템 기록에 따르면 부인의 차가 오후 11시 14분경 헨리허드슨 파크웨이 하행선으로 진입하는 톨게이트를 통과했습니다. 코리 필즈가 살해당하기 약 한 시간 전이죠. 해명하실 수 있습니까?
라토야 존스	뭐라고요? 전…… 그건 제가 아니에요.
아널드	아니라고요? 그럼 누굽니까?
라토야 존스	(긴 침묵) 제…… 남편이 그날 밤 제 차를 썼어요. 남편이 애들 데리러 가면서 차를 바꿨어요.

아널드   남편분이 왜 도심으로 가셨죠?

라토야 존스   제 생각엔…… 인챈티드를 찾으러 간 것 같아요.

74

피터 팬

월앤드윌로우의 엄마들이 세스 풀리라는 이름의 실력 좋은 변호사를 소개해줬다. 풀리 씨는 머리카락이 새까만 반곱슬이며 눈이 새파랗고 혀가 짧다. 풀리 씨가 책상 위에서 종이와 서류를 정리하는 동안 나는 체인으로 의자에 묶인 수갑을 조심스레 잡아당긴다. 형광등 때문에 눈이 부시다.

"무슨 일이 벌어지고 있는 거예요?" 내가 묻는다. "바깥에서요. 아무도 저한테 말을 안 해줘요."

풀리 씨가 한숨을 쉰다. "바깥세상은 이 일을 무척 심각하게 받아들이고 있습니다. 자신들이 가장 사랑하는 슈퍼스타가 살해당했으니까요. 다들 애도 중입니다. 하지만 저라면 당분간 그 걱정은 하지 않겠어요."

코리를 추모하는 뉴스 기사를 상상할 수 있다. 인스타그램의 사진 콜라주와 트위터의 인기 토픽도.

"다들 절 싫어하겠네요." 내가 의자에 풀썩 기대며 말한다. "다들 전혀 모를 거예요. 그 사람이 어떤 사람인지. 아니, 어떤 사람이었는지."

풀리 씨가 볼펜 하나를 꺼낸다. "거짓말하지 않을게요, 인 챈티드." 그리고 단도직입적으로 말한다. "당신은 지금 공공 의 적 1순위예요."

눈을 감고 붕 떠올라서 방 밖으로 나가려고 노력한다. 하지 만 눈을 뜨면 나는 여전히 쇠막대로 둘러싸인 새장 안에 있을 것이다. 이 새장은 애틀랜타에 있던 내 방과 그리 다르지 않 고, 죄수복은 그가 입게 했던 운동복만큼 헐렁하다. 공포가 내 뼈를 갉아 먹는다. 또다시 덫에 갇혔다.

이건 꿈이 아니다.

"좋은 뉴스는, 이제 거의 48시간이 지났다는 겁니다." 풀리 씨가 서류를 읽으며 말한다. "그 말은, 정식으로 구속 영장을 신청할 만큼 증거가 충분하지 않으므로 오늘 저녁쯤 여기서 나가게 될 거라는 뜻이죠. 하지만 저쪽에서 모으고 있는 증 거는 정황증거 이상이에요. 범죄 현장에 있었고, 무기에 지 문 일부가 묻었고, 자상의 횟수를 볼 때 아마 칼을 무척 세게 움켜쥐어야 했을 겁니다. 그 밖에 확인 중인 발자국도 있습니 다. 경찰은 당신이 혼자서 범행을 저질렀다고 생각하지 않아 요. 다음 주 초반엔 정식 기소가 가능할 만큼 증거가 쌓일 수 있습니다."

혀가 너무 바짝 말라서 덜덜 떨리는 갈라진 입술을 축일 수 가 없다.

"제가 죽인 게 아니에요. 맹세코 저 아니에요! 제가 그랬을

그로운

리 없어요."

풀리 씨가 내 손을 토닥인다. "알아요. 하지만 우선은 걱정하지 맙시다. 먼저 기억나는 걸 나한테 전부 말해주는 게 어때요?"

*

오늘 밤에 볼 영화는 〈피터 팬〉이다.

쪼꼬미들이 소파 반대편에 앉아 셰이를 붙잡고 몇 초에 한 번씩 나를 힐끗힐끗 쳐다본다. 언론이 우리 집 주소를 알아내 한때는 조용했던 거리를 점령하고 상어처럼 집 주변을 빙빙 돌기 시작한 이후로 동생들은 줄곧 집 안에 갇혀 있다.

부엌에서는 엄마 아빠가 우리에게 등을 돌리고 식탁에 앉아 서류를 자세히 뜯어보는 중이다. 엄마가 말없이 흐느낀다.

"너에게 필요한 건 믿음과 신뢰 그리고 약간의 요정 가루뿐이야."

피터 팬을 보니 코리가 떠오른다. 더없이 행복한 생각에 잠겨 하늘 높이 날아다니던 그는 결코 성장하지 않아도 괜찮았고 영원히 아이로 남고 싶어 했다. 그 역시 잘 잊었고 자기중심적이었고 스스로를 위험에 빠뜨릴 만큼 오만했으며 그러면서도 아무 문제 없이 거듭 승승장구했다.

한편 나는 빨리 성장하고, 그를 열렬히 사랑하고, 전 세계

를 돌아다니며 노래할 수 있기만을 바랐다. 하지만 어른들의
세상은 나를 널빤지 아래로 떠밀어 악어들의 먹잇감으로 만
들었다.

어쩌면 코리의 생각이 쭉 옳았는지도 모른다.

핸드폰이 울린다. 모르는 번호다.

갭인가?

"여보세요?"

"넌 이제 죽었어, 이 쌍년아!"

"뭐— 뭐라고요?"

"넌 이제 뒤졌다고! 내 눈에 띄면 네 목을 썰어줄게, 이 쥐
새끼 같은 잡년아."

전화가 뚝 끊기고 내가 셰이를 쳐다본다. 목소리는 셰이가
들을 수 있을 만큼 컸다.

셰이가 나를 가만히 바라보다 한숨을 쉬고는 다시 영화로
시선을 돌린다.

75

천 마디 말보다 한 장의 사진

코리의 어렸을 적 사진이 너무나도 많다. 모든 언론매체에서 그의 사진을 거푸 내보낸다.

"코리 필즈가 악보를 전혀 못 읽었다는 사실을 아시나요? 그는 마치 시각장애인처럼 오직 귀만을 이용해 자기 앞에 놓인 악기를 전부 연주할 수 있었습니다."

스크롤을 내리며 수많은 피드를 본다. 엄마가 뉴스를 멀리 하라고 했지만 어쩔 수가 없다. 어린 코리를 보니 내가 안다고 생각했던 코리가 간절히 그립다. 성인 남자의 몸속에 갇힌 커다란 아이.

코리가 리치 옆에 서 있는 사진을 발견한다. 그 당시 코리는 키가 리치의 가슴팍에 겨우 닿았고 머리카락은 화려하게 여러 가닥으로 땋아 내렸으며 헐렁한 옷을 걸치고 있다. 사진 밑에는 "그래미 뒤풀이. 영원히 사랑해, 코리 필즈!"라고 적혀 있다. 그가 내게 첫 섹스를 했다고 말했던 바로 그 파티다. 다음 사진으로 넘어가는데, 코리 옆에 서 있는 여자를 보고 입이 떡 벌어진다. 코리의 깡마른 팔이 그 여자의 얇은 허리를 감싸고 있고, 코리의 머리가 딱 여자의 가슴 높이다. 여자의 헤어스타일은 지금과 달리 핑거 웨이브를 넣은 금발이다. 여자의 얼굴도 지금과 다르다. 하지만 나는 알아볼 수 있다.

제시카다.

다른 사람에게 이 사진은 아무 문제도 없어 보일 것이다. 하지만 제시카가 어린 코리의 얇은 팔에 기대고 있는 모습을 보니 속이 뒤틀린다. 또 다른 링크를 클릭하자 거의 300개에 달하는 댓글이 달린 페이스북 게시물로 넘어간다.

그의 죽음을 애도하는 사람은 소아성애자를 애도하는 거야!

ㄴ 소아성애자? 그 여자는 다 큰 성인이었어.

ㄴ 이봐, 열일곱 살은 다 큰 성인이라 할 수 없지

ㄴ 열일곱 살처럼 안 보이던데. *어깨를 으쓱한다*

ㄴ 하지만 일단 그 여자가 열일곱 살인 걸 알았다 쳐. 그래도 그 여자랑 잘 거야?

그래서 그냥 바로 그 여자 말을 믿는다고?

ㄴ 코리는 다른 여자들도 학대했어!

ㄴ 증명된 건 없어. 합의가 많았을 뿐이지.

ㄴ 어린애들은 하지 말아야 할 짓을 하다가 걸리면 거짓말을 해! 그 여자들도 그러는 거야!

ㄴ 서로 모르는 어린애들이 전부 거짓말을 하는 건 말이 안 돼. 그

런 걸 패턴이라고 하는 거야. 그것만으로도 이미 증거가 충분하다고!

모든 이야기엔 세 가지 측면이 있는 거 알잖아. 여자 쪽, 남자 쪽 그리고 진실.

∟ 사실이라는 것도 있지. 그리고 그 어떤 남자도 열일곱 살짜리 여자애랑 자선 안 된다는 게 바로 사실이야! 논쟁의 여지 없음!

∟ 그 여자 몸 봤어? 꽉 끼는 드레스 입고 걸어 다녔잖아. 코리를 유혹하고 있었던 거야. 자기가 다 큰 줄 아는 또 한 명의 여자애였던 거지.

∟ 왜 '다 큰 줄 안다'라는 이유로 어린 흑인 여자애/여성을 비난/모욕하는 거야? 그 사람들은 그저 자기 자신으로 존재했을 뿐인데? 그냥 존재했을 뿐이라고.

∟ 어떤 여자가 뭘 입거나 입지 않았다고 해서 그 여자를 만질 권리가 생기는 건 아냐.

글쎄, 코리의 어린 시절이 힘들었던 거 알잖아. 엄마에게 버려졌고, 친아빠가 누군지 모르고, 할머니 손에 키워졌고 이제 그 할머니는 돌아가셨지.

∟ 우리 모두가 여러 힘든 일을 겪지만 그게 여자를 학대할 구실이 되진 못해.

∟ 이런 빠순이들이 어떤지 알잖아. 한 건 올리려고 했다가 자신이

원한 걸 얻지 못하니까 이제 오빠 목을 자르러 왔다고. 그들이
원한 건 돈이야!

└ 돈이 있다고 해서 그 사람들을 동물처럼 대해도 되는 건 아냐.

그 여자애 아마 파탄 난 가정에서 자랐을걸. 살면서 본보기로 삼
을 진짜 남자를 못 만난 거야.

└ 아는 게 겨우 그거야? 그 여자 윌앤드윌로우 회원이고 결혼한
　 부모님 있어.

└ 파난 난 가정에서 자란 여자는 막 대해도 돼? 다들 왜 이 모양이
　 야?

같이 가도 된다고 허락해주고 코리한테 돈을 받은 그 여자 부모한
테는 왜 똑같이 화를 안 내는지가 내 유일한 의문이야. 자기 딸을
보호하는 게 그 사람들 의무 아냐? 그러니까 내 말은, 그 사람들도
비난해야 한다는 거야. 그 사람들이 포주니까.

└ 실제로 범죄를 저지른 사람이 있는데, 왜 다들 탓할 수 있는 다
　 른 사람을 찾느라 이렇게 열심이야?

└ 코리 밑에서 일하는 사람 모두가 그 여자애들이 너무 어리다는
　 걸 알았어. 그러고도 용인했지.

└ 만약 그 여자가 내 딸이었다면 내 손으로 그 자식을 죽였을 거야.

성당 신부들의 추문이 터졌을 때 사람들이 이만큼 분노했어? 하

비 와인스타인 때는? 제발 정신 좀 차려! 머리가 어떻게 된 게 분명한 백인 남자가 지금 백악관에 앉아 있는데, 우리는 같은 흑인 욕만 하고 있잖아.

└ 난 걸으면서 동시에 풍선껌 씹을 수 있는데.

└ 그래도, 어떤 여자애들이 한 말 때문에 감옥에 간 흑인 남자가 얼마나 많은지 알아?

└ 상관없어. 검은색이든 흰색이든 파란색이든 오렌지색이든 다들 감옥에 넣어야 해.

└ 이봐, 모든 목숨이 소중하단 말all-lives-matter로 논점 흐리지 마. 다른 문제가 문제가 아니라고 말하는 게 아냐. 지금 우린 흑인 여성의 권리에 대해 말하고 있다고. 그게 다야. 집중 좀 해!

└ 그 여자애들이 백인이었으면 코리의 시체를 불태워서 하수도에 버렸을걸.

나는 열여섯 살에 당시 스무 살이던 남편을 만났어. 더 나이 많은 남자랑 데이트하는 게 뭐가 문젠지 모르겠어.

└ 그래, 하지만 네 남편은 널 학대하지 않았지. 양동이 하나만 주고 너를 방에 가두지도 않았고.

└ 너희 다 아무도 본 적 없는 섹스 던전을 상상하고 있어.

└ 그래서 그 여자들 말로는 안 충분해? 도대체 사람들은 왜 여자 말을 안 믿어?

└ 왜 자기 발로 나오지 않았을까?

ㄴ 세뇌돼서 그래.

ㄴ 세뇌? 헛소리.

ㄴ 사이비 종교 집단 얘기 못 들어봤니? 너 어제 태어났어?

ㄴ 가짜 뉴스!

이봐, 맬컴 엑스의 멋진 말이 있어. "미국에서 가장 무시받는 사람은 흑인 여성이다. 미국에서 가장 보호받지 못하는 사람은 흑인 여성이다. 미국에서 가장 방치되는 사람은 흑인 여성이다."

그 여자

코리의 아내는…… 예상과 다르다.

그녀는 키가 아주 조그맣고 아담한 여자다. 너무 작아서, 텔레비전으로 방송되는 기자회견 중에 단상의 마이크 높이를 낮춰야 한다. 그녀는 피부가 희고 밝은 녹갈색 눈동자를 가졌으며 검은색 바지와 얌전한 니트 스웨터 차림이다. 그중에 내가 깜짝 놀랄 만한 특징은 없다. 내가 멈칫한 건 그녀의 적갈색 숏컷 헤어스타일 때문이다.

멀리사 때문에 두피가 간질거리던 느낌을 떠올린다. 내가 고개를 돌릴 때마다 멀리사가 끈적이는 립글로스에 달라붙던 것. 접착제로 멀리사를 이마에 붙이고, 칫솔을 이용해 젤로 멀리사의 가장자리를 정리하던 것. 멀리사가 단 한 가닥만 삐져나와도 코리의 분노가 일었다.

코리는 머리가 긴 여자들을 좋아했다. 이 여자가 그의 아내일 리 없다.

하지만 그녀는 토니의 부축을 받고 눈물을 흘리며 마이크 앞으로 올라와 인쇄해 온 연설문을 소리 내어 읽는다.

"보통의 저라면 기자회견을 열지 않았을 것입니다. 저는 언제나 빛이 남편을 향하도록 했습니다. 하지만 이제 그이는 가고 없습니다. 누군가가 몰상식하고 잔인한 폭력을 저질러 우리에게서 그를 빼앗아 갔습니다."

그녀가 텔레비전을 뚫고 나를 직시하며 브로드웨이 배우처럼 대사를 말하고 목소리를 앞으로 던진다…… 코리가 내게 가르쳐준 것처럼. 등이 뻣뻣하게 굳는다. 나는 거실을 힐끗 돌아본다.

"코리가 유부남이었던 거 알았어요?"

루이가 이마를 찡그리며 텔레비전을 응시한다. "아뇨. 아무도 몰랐던 것 같아요. 아주 가까운 친구들만 알았어요. 난 저 여자 처음 봐요. 그런데 꼭 이걸 봐야겠어요?"

나는 고개를 끄덕인다. 그녀를 봐야 했다. 그 여자를 봐야만 했다.

카메라 셔터 소리가 마치 떼 지어 들끓는 벌레 소리 같다. 그녀가 턱을 치켜든 채 눈물을 참느라 눈을 깜박이자 극적인 정적이 흐른다.

"코리는 다정하고 헌신적이고 충실한 남편이었습니다. 뛰어난 작곡가이자 가수였습니다. 살아 있는 전설이자 자선가였습니다. 그이에게 제기된 이…… 역겨운 혐의들을 용서할 수 없습니다. 지금은 그이가 자신을 변호할 수 없으므로 더욱 그러합니다. 그이의 명성을 더럽히고자 하는 사람들이 있습니다. 그러나 그이가 한 것이라곤 자신의 팬들을 열렬히 사랑한 것뿐입니다."

"어떤 혐의요?" 내가 루이에게 묻는다. "지금 무슨 얘기 하는 거예요?"

"여자들 몇 명이 나서서 코리에게 학대당했다고 주장하고 있어요." 루이가 나를 바라본다. "당신이 혼자가 아니었다는 말이에요."

이 말을 들어도 기분이 나아지지 않는다. 더욱 화가 날 뿐이다.

"마침내 정의가 실현되어 진정한 괴물이 영원히 감옥에 갇히기를 바랍니다."

그녀는 내가 괴물이라고 생각한다. 그러면서도 코리를 잘 안다. 그것도 아주 친밀하게. 우리는 몇 달이나 그 집에 살며 몇 주씩 투어를 다녔다. 그러는 동안 단 한 번도 그녀를 본 적이 없다. 어떻게 저 여자가 모를 수 있었을까?

코리의 아내가 기자회견을 마무리할 때 나는 그림자 속에서 있는 제시카를 훔쳐본다. 두 볼이 움푹 파였고, 새까만 선글라스에 까만 정장 차림이다. 입이 마치 삐뚤빼뚤하게 휘갈긴 선 같다. 이 모든 일이 일어난 뒤인데도 제시카에게 안쓰러움이 느껴진다. 코리는 제시카가 매일 공전하던 지구였다. 이제 그는 사라졌고, 제시카는 우주 깊은 곳에서 길을 잃었다.

사실 이건 내가 매일 느끼는 기분이다. 그러나 나는 우주가 아닌 바다 위를 떠다니며 나를 붙잡아줘야 할 해안가에서 점점 더 멀리 떠내려가고 있다.

이제야 실감이 된다. 코리는 정말 가고 없다. 산호 모양의 거친 덩어리가 목구멍에 박힌다.

"잠시만요." 나는 코를 훌쩍이며 화장실로 달려간다. 가슴이 무너져 내린다.

어떻게 그가 죽을 수 있지? 우린 영원히 함께 노래해야 했다. 그는 나를 사랑했다. 그의 심장은 몸에 비해 너무 커서 폐 속으로 새어 들어갔고, 그 덕분에 꿀이 뚝뚝 흐르는 목소리를 얻었다. 열정적으로 노래했고, 모두가 무엇이든 될 수 있다고 믿게 했던 사람. 이제 세상은 다시는 그의 목소리를 들을 수 없을 것이다.

지금 난 행복해야 하지 않나? 내가 알았던 유일한 사랑이 나를 가장 잔인하게 고문한 사람이었다는 생각에 가슴이 찢기고 무너지는 대신 안도해야 하지 않나?

그는 사랑이 복잡한 것이라고 말하곤 했다. 하지만 사랑은 아파선 안 된다. 그리고 마음속 깊은 곳에서 나는 알고 있다. 내가 그날 밤 그가 변했기를 바라며 그의 아파트로 향했음을. 나는 항상 그가 변하기를 바랐다. 하지만 누군가가 본인이 아닌 다른 사람이 되기를 바라거나 소망해서는 안 된다.

핸드폰이 울린다. 또 다른 모르는 번호다. 전화를 받아서 나를 죽이겠다고 협박하는 그 여자의 목소리를 듣고 싶다. 나는 그런 대접을 받아도 싸다.

뉴스 앵커가 내 생각을 끊는다.

"용의자의 아버지인 테리 존스가 살인이 일어난 날 밤 코리 필즈의 아파트 밖에서 찍힌 영상을, 저희 뉴스가 단독으로 입수했습니다."

내가 화장실 문을 벌컥 연다. "잠깐만요, 뭐라고요?"

루이가 자리에서 일어나 텔레비전의 볼륨을 높인다. 코리의 건물 밖이 멀찍이 보이는 흐릿한 흑백 영상이 나온다. 영상 속에서 아빠가 밤 11시 반에 건물 안으로 뛰어 들어간다.

"후아." 루이가 중얼거린다. "도대체 어디로 가시는 거지?"

77

진정한 영웅

시간이 흐를수록 점점 더 또렷하게 알게 된다. 내가 사라졌을 때 아빠가 무슨 일을 겪었는지를, 아빠의 말 없는 고통이 사실은 그리 조용하지 않았다는 것을.

우리가 샬럿에서 머물던 호텔 밖에서 찍힌 아빠의 영상이 있다.

토니와 폭력배들이 호텔 주차장에서 아빠를 봉제 인형처럼 던져버릴 때 아빠가 발로 차고 고함을 치는 영상.

컬럼비아의 호텔 로비에서 아빠가 전화기를 들고 내가 밖으로 나오기를 바라며 동반 자살 신고를 하는 영상.

경찰이 또 한 번 안전 확인을 하는 동안 아빠가 코리의 저택 밖에서 기다리는 영상.

미디어는 맥락을 왜곡한다. 사람들은 코리를 스토킹하는 아빠의 모습을 본다…… 나는 내내 나를 구하려고 애썼던 아빠의 모습을 본다.

아널드 형사　지난 5개월간 실직 상태이셨던 것 압니다.

테리 존스　실직이 아니에요. 노동조합에서 파업 중인 겁니다.

아널드　그래서 남쪽으로 내려갈 시간이 많으셨던 거고요.

테리 존스　네. 똑같은 일이 벌어지면 또 그렇게 할 겁니다. 그 남자가 내 딸을 데리고 있었어요.

아널드　딸을 보호하지 못해서 본인이 남자답지 못하다고 느끼셨습니까?

테리 존스　뭐라고요? 그거밖에 할 말이 없습니까?

아널드　알겠습니다. 살인이 일어난 날 밤에 무슨 일이 있었는지 말씀해주시죠.

테리 존스　정문에 있던 경비원이 날 돌려보냈습니다. 내 딸이 저 안에 있다고 말했지만 들여보내주지 않았어요.

아널드　그때 경찰한테 전화하신 거고요?

테리 존스　맞습니다. 하지만 경찰은 자기들이 할 수 있는 게 없다고 하더군요. 인챈티드가 열여덟 살이라서요. 그때 그 여자가 왔습니다. 제시카인가 뭔가 하는.

아널드　그러니까 아파트 안으로 전혀 못 들어갔다는 건가요?

테리 존스　기회만 있었다면…… 내가 죽이진 않았겠지만 그 자식은 평생 절뚝거리며 살아야 했을 겁니다.

문 두드리는 소리

플레처　저, 방해해서 미안한데 메리어트 호텔로 가봐야 할 것 같아. 지금 당장!

아널드　　무슨 일인데? 한창 심문하던 중이었어!

테리 존스　무슨 문제라도 생긴 겁니까? 인챈티드는 괜찮은 겁
　　　　　니까?

플레처　　인챈티드가 공격당했습니다.

78

기자회견

타임스퀘어에 있는 메리어트 호텔의 연회장 전체가 기자들로 가득 찼다. 루이가 좌석 제한이 있을 거라고 했지만 그 규칙은 이미 깨졌다.

루이와 풀리 씨는 부정적인 여론에 맞서고 루머를 멈추고자 기자회견을 열기로 했다.

"난 보통 이런 걸 제안하지 않아요." 풀리 씨가 호텔 방에서 말한다. "하지만 도움이 될 거라고 생각해요. 게다가, 코리가 당신을 학대했다는 우리의 주장을 다른 피해자들이 확증해줘야 해요. 내가 발언 내용을 써 왔어요. 당신이 학생이고, 수영팀에서 활발히 활동했으며, 윌앤드윌로우 회원이고, 가수이자 작곡가가 되고 싶어 했다는 걸 사람들에게 상기시킬 겁니다. 당신이 피해자라는 것도 상기시키고요."

두 사람은 나를 카메라 앞에 세워서 내가 그저 아이일 뿐임을 보여주면 사람들의 동정과 이해를 받는 데 도움이 될 뿐만 아니라 살해 위협도 멈출 수 있을지 모른다고 생각한다. 똑같은 여자에게서 계속 전화가 온다. 엄마한테 말해야 한다는 걸 알지만, 그러면 엄마는 내 전화번호를 또 바꿀 수 있고……
나는 어떻게든, 어떤 식으로든 갭에게서 전화가 오리라는 희
망을 아직 버리지 않고 있다.

"존스 씨가 자기 딸을 이용해 필즈 씨를 죽이려 했다는 건
말도 안 되는 생각입니다. 존스 씨는 몇 개월이나 감금된 딸
을 구하려고 했습니다." 풀리 씨가 무대의 작은 연단 위에서
발언한다. 우리는 무대 옆에 서서 풀리 씨가 기자들을 상대
하는 모습을 지켜본다. 엄마가 내 뒤에서 내 어깨를 부드럽게
움켜쥔다.

"이제 인챈티드 양이 나와서 필즈 씨와 함께했던 시간이
어떠했는지 직접 이야기하도록 하겠습니다."

관중이 들어찬 무대 위로, 나를 멍하니 바라보는 시선들과
카메라 앞으로 걸어 나가는 건 익숙하다. 하지만 이번에는 따
뜻한 박수 소리가 없다. 환호성도 없다. 실제로 방 안의 온도
가 내려간다. 모두가 단체로 숨을 참는다.

"음. 안녕하세요." 내가 인쇄한 연설문을 꼭 쥐고 작은 목
소리로 말한다.

반응이 전혀 없다. 완벽한 정적. 방 안은 얼어붙은 조각상
들로 가득하다. 한 사람은 예외다. 어떤 여자가 무대로 점점
다가오고 있다. 순간 나는 당황하며 여자가 이곳 직원일 거라
고 생각한다.

"이 씨발년아!"

여자가 손에 든 뭔가를 무대 쪽으로, 내 쪽으로 던진다.

"인챈티드!" 엄마가 비명을 지르고 나는 고개를 홱 숙인다. 벽돌이 내 머리 위로 날아간 뒤에 떨어진다. 내가 고개를 들자마자 여자가 칼을 들고 내게 손을 뻗는다.

온몸의 피가 발에 몰리고, 나는 허둥지둥 도망치려 하지만 떨어진 벽돌에 발이 걸려 무릎으로 넘어진다. 여자가 단번에 내 옆구리를 발로 찬다.

"빌어먹을 잡년 같으니." 여자가 윽박지른다.

갈비뼈가 불타오른다. 난 죽게 될 것이다. 여기, 내가 늘 오르고 싶었던 무대 위에서. 눈을 감고 다가올 고통에 대비한다. 내 주변에서 발들이 실랑이를 벌이고, 경비원들이 몰려든다.

"인챈티드!" 엄마가 나를 붙잡고 무대 아래로 끌고 내려온다. "아가, 괜찮아? 어디 다쳤어?"

연회장은 순식간에 난장판으로 변하고, 여기저기서 카메라가 찰칵댄다.

"내가 죽일 거야, 이 개 같은 년! 코리는 널 사랑한 적 없어, 빌어먹을 브라이트 아이즈!"

브라이트 아이즈?

나는 그 순간 뒤를 돌아본다. 고래고래 소리를 지르며 연회장에서 끌려 나가는 여자의 사나운 눈이 내게 단단히 고정되어 있다. 여자는 아파 보일 만큼 말랐고 키가 크며…… 멀리사와 비슷한 가발을 쓰고 있다. 목소리가 익숙하다. 얼마 지나지 않아 저 여자가 익명의 발신자임을 깨닫는다.

하지만…… 내가 브라이트 아이즈인 걸 어떻게 알았지?

"저 여자 여기서 끌어내!" 우리가 반대쪽 복도로 우르르 나가는 동안 루이가 어디선가 고함을 친다.

여러 몸이 내게 부딪친다. 보안 요원. 공포. 대혼란. 제복을 입은 한 금발 여자. 여자가 내 눈을 바라보고 있다. 이 여자도 나를 죽이려는 건가?

"무슨—"

"이거 받아요." 여자가 나직이 말하며 내 주머니에 뭔가를 쑤셔 넣고 재빨리 지나간다. 너무 빨라서 엄마도 알아채지 못한다. 나는 곧 엘리베이터에 실려 내 방으로 올라온다.

엄마가 잔뜩 흥분한 상태로 아빠와 전화 통화를 하고, 나는 몰래 화장실로 들어와 수첩에서 뜯긴 종이를 주머니에서 꺼낸다.

421 브로드웨이에서 열리는 KA 모임에서 만나요.

금요일 오전 10시예요.

피해자들이 더 있어요.

당신은 혼자가 아니에요.

장례식

비가 세차게 내리며 지붕을 두드리고, 잿빛 안개 사이로 번개가 친다. 돌발홍수 경고가 뜬다. 식당 안에 있는 모든 핸드폰이 시끄럽게 울려댄다.

데릭의 핸드폰도 마찬가지다.

"날 만나러 목숨 걸고 여기까지 와줘서 고마워."

데릭이 빙긋 웃는다. "뭘 하든 지금 집에 있는 것보단 나아."

데릭과 나는 시내에 있는 한 식당의 칸막이 테이블에 앉아 초콜릿 밀크셰이크를 홀짝이고 있다. 바 자리가 있고 테이블 위에 작은 주크박스가 놓여 있으며, 실내 장식이 1980년대 이후로 바뀌지 않은 전형적인 미국식 식당이다. 자주 오는 곳은 아니지만 여기 피쉬스틱과 고구마튀김이 꽤 맛있다. 학교가 끝나고 갭과 함께 와서 먹은 적이 있다. 사람들이 내 상상 속 인물이라고 말하는 바로 그 갭 말이다.

창문 너머로 비가 싱그러운 봄꽃을 때리고 물웅덩이가 호수로 바뀌는 모습을 바라본다.

장례식을 치르기 완벽한 날이다.

"오늘 함께 있을 친구가 필요할 거라 생각했어." 데릭이 낡은 텔레비전을 힐끗 바라본다. 머리를 정수리에 동그랗게 묶은 여자가 계산대 앞에 서 있고, 그 위에 달린 텔레비전 채널이 CNN에 맞춰져 있다. 채널을 돌려달라고 부탁할 이유가 없다. 거의 모든 방송사가 같은 화면을 보여주고 있으니까.

코리 필즈의 장례식은 도시에서 가장 큰 컨벤션센터인 매디슨스퀘어가든에서 열리는 대규모 초호화 행사다. 새벽 5시도 되기 전부터 줄이 길게 늘어서기 시작했다.

"관을 금으로 짰대. 마이클 잭슨처럼." 데릭이 빈정댄다.

"꽤 잘 어울리지 않니?"

"어이쿠, 벌써 농담을 하네."

내가 씨익 웃으며 고구마튀김 하나를 데릭에게 던진다. "장례식 가고 싶지 않았어?"

"아빠는 내가 갔으면 했어. 하지만…… 그러느니 유리 조각으로 내 눈을 찌를래. 내가 그 개자식 인생을 추모할 일은 절대 없을 거야."

"우리 같은 사람은 소수야."

데릭이 어깨를 으쓱한다. "상관없어."

"그래서 살인 용의자랑 같이 다녀도 아무렇지 않아?"

"야, 네가 진짜로 그 사람을 죽였대도…… 난 널 비난하지 않을 거야. 난 그 집에서 널 봤잖아. 다른 사람은 아무도 못 봤어도 나는 봤어."

그로운

우리는 말없이 서로를 쳐다본다.

"난 그 사람이 죽어서 기뻐." 데릭이 고백한다.

"왜?"

"널 아프게 했잖아. 다른 여자들한테도 그랬고. 그 사람은…… 모두를 상처 입혔어."

데릭이 육즙이 흐르는 거대한 치즈버거를 한 입 깨문다. 갭도 이곳 햄버거를 좋아했다. 그 생각을 하니 입맛이 사라지고 우리의 추억이 반복 재생된다. 갭의 웃음소리를 누가 지어낼 수 있을까? 갭의 미소는? 우리가 만났던 모든 사람에게 다가가 '갭 기억 안 나요?'라고 묻고 싶다. 하지만 내게는 갭이 실존 인물임을 증명할 사진 한 장조차 없다.

"다들 내가 미쳤다고 생각해."

"흠, 사실이야?" 데릭이 묻는다.

빨대로 내 밀크셰이크를 휘젓는다. "이런 순간들이 계속 생겨…… 나한테는 너무 선명한 기억이고 나는 내가 무슨 말을 하는지 정확히 아는데, 사람들은 내가 틀렸대."

데릭이 희미한 미소를 짓는다. "우리 엄마가 자기 사무실에 걸어놓은 사진이 떠오르네. 진짜 멋진 사진이야. 언제 보여줄게."

"내가 너희 집에 가면 너희 아빠가 별로 안 좋아할걸."

데릭의 얼굴이 어두워진다. "글쎄. 아빠 지금은 우리랑 안 살아."

"왜?"

"자기 아랫도리 간수를 못 해. 항상 그래."

"아, 어떡하니."

"상관없어. 지금도 가끔 자기 물건 가지러 오는데, 계속 아빠한테 예의 바르게 굴어야 해. 내가 대학 졸업하고 이 업계에 뛰어들 수 있는 유일한 기회가 우리 아빠거든."

코리가 떠오른다. 그 없이 나 혼자서 이름을 떨칠 방법은 없다고 느꼈었다. 이제 나는 유명하다. 내가 바라던 식은 아니지만.

"분명히 다른 방법을 찾을 수 있을 거야." 내가 말한다.

"무슨 일이 벌어졌는지 알고 나서 아빠가 집에 왔었어. 정신이 나가서 덜덜 떨면서. 그날 아빠랑 코리랑 같이 있었거든." 데릭이 자기 햄버거를 쳐다보며 말하고는 텔레비전으로 시선을 돌린다. "호랑이도 제 말 하면 나타난다더니."

화면을 보니 리치가 무대 위에 서 있다. 진한 회색 정장과 검은 선글라스 차림으로 연설하는 중이다. 텔레비전 소리가 꺼져 있어서 내용은 알 수 없다. 고개를 돌리려는데 조명이 특정 각도로 리치의 손목을 비춘다…….

"맙소사." 내가 헉하고 숨을 멈춘다.

"왜?"

자리에서 벌떡 일어나 텔레비전 앞으로 다가간다. 내가 본 게 맞다. 그 시계다. 코리의 시계.

"왜 그러는데?" 데릭이 묻는다. "무슨 일 있어?"

생각이 쏜살같이 달리고 코리가 했던 말이 떠오른다.

"세상에 단 하나뿐이야……."

데릭이 걱정스러운 눈빛으로 내 옆에 서 있다. 하지만 데릭에게 말할 순 없다. 데릭도 화가 나 있긴 하지만…… 데릭의 충성심이 어디를 향해 있는지 잘 모르니까.

"아, 아무것도 아니야."

무대에서 내려온 리치가 제시카 옆에 앉는다. 그리고 둘 사이에 이상한 것이 오간다. 두 사람이 몇 초간 손을 붙잡는데, 맞잡은 손을 떼기까지 시간이 다소 오래 걸린다.

나는 데릭도 그 사실을 알아챘는지 확인한다. "제시카에 대해 아는 거 뭐 있어?"

데릭이 어깨를 으쓱하며 계산을 한다. "아마 제시카가 아빠랑 가장 오래 일한 사람일 거야. 원래는 노래를 했었어. 아빠가 텍사스에서 열린 무슨 대회에서 제시카를 발견하고 코리한테 소개했어. 아빠 늘 제시카를 위해서라면 뭐든 할 거라고 해."

데릭은 모른다.

바깥에 나오니 빗줄기는 약해졌지만 구름은 여전히 검고 험악하다.

80

세상에 단 하나뿐인

"그런 짓을 하고 감히 나한테 전화를 해?"

제시카가 매섭게 화를 낸다. 나도 제시카가 전화를 받은 게 놀랍다. 그래서 제시카가 전화를 끊기 전에 먼저 질문을 던진다.

"내가 보낸 사진 봤어요? 시계 말이에요. 알아보겠어요?"

"난 살인자랑 대화 안 해." 제시카가 이를 갈며 말한다.

내 얼굴에 묻은 신랄한 단어를 닦아낸다. 누가 나를 대놓고 살인자라고 부른 것은 처음이다.

"시계요. 제가 캡처한 사진에서요. 그거 코리 시계 맞죠? 그날 밤 저랑 만났을 때 코리가 그 시계를 차고 있었어요. 코리는 절대 그 시계를 풀지 않았어요. 아시잖아요. 가운데에 코리 할머니의 다이아몬드가 박힌 시계요."

"코리가…… 너한테 그 말을 했어?" 제시카가 도저히 믿을 수 없다는 듯 중얼거린다.

"네. 그런데 어떻게 리치가 그 시계를 갖고 있어요?"

침묵.

"뭐라고?"

"리치한테 코리 시계가 있어요. 장례식에서 그 시계를 차고 있었다고요."

이어지는 침묵. 이어지는 호흡.

"제시카, 제발요. 그냥 말해줘요. 어떻게 리치가 코리 시계를 갖고 있어요?"

"내가 너한테 그걸 왜 말해줘야 해? 지금까지 벌어진 일 전부 너 때문이야. 네가 떠나고 코리는 정신이 나갔어. 먹지도, 자지도, 곡을 녹음하지도 못했다고. 코리는 널 사랑했어. 그 누구보다. 너 그거 알았어? 코리는 널 위해 최선을 다했어."

"코리가 애를 사랑하는 게 옳다고 생각해요?"

"넌 애가 아니었어! 네가 뭘 하고 있는지 정확히 알았잖아."

"난 그 사람이 시키는 대로 하고 있었던 거예요." 내가 받아친다. "하지만 그건 이제 하나도 안 중요해요, 제시카. 코리는 죽었어요. 난 코리를 죽이지 않았고요. 기억은 많이 안 나지만, 그날 밤 코리가 그 시계를 차고 있었다는 건 알아요. 그러니까 어떻게 리치가 그걸 갖고 있냐고요?"

제시카가 숨을 한 번 깊이 들이마시며 자신을 추스른다.

"네가 무슨 말을 하는지 모르겠다." 그리고 믿기 어려울 만큼 차분한 목소리로 말한다. "다시는 나한테 전화하지 마."

전화가 딸깍 끊긴다.

81

기소

"저쪽에서 구속영장을 발부할 충분한 증거를 모았어요." 풀리 씨가 자기 책상 앞에 앉아서 말한다. 이미 재판에 진 것처럼 얼굴이 축 늘어졌다. "이제 열여덟 살이니까 성인으로서 재판을 받게 할 수 있고요."

엄마가 아랫입술을 파르르 떨면서 눈물을 흘린다. 아빠가 엄마의 어깨를 다독인다.

눈물이 목까지 차오른다. "제가 죽인 거 아니에요, 풀리 씨. 맹세코 아니에요."

"저도 알아요. 정말이에요. 하지만 전략을 고민해야 해요. 검사 사무실에 연락해서 금요일 아침에 자수하겠다고 했어요."

풀리 씨가 우리의 선택지를 설명하며 전문가 증인과 정신감정, 나의 PTSD 진단이 변호의 핵심이라 말한다. 머릿속에 질문이 떠다녀서 거의 익사할 뻔하다 숨을 가쁘게 들이마신다.

"코리한테서 뭘 발견했는지 기록한 보고서 갖고 계세요?" 내가 불쑥 묻는다.

풀리 씨가 한쪽 눈썹을 치켜올린다. "그게 무슨 뜻이죠?"

"그러니까, 코리의, 그, 시체에서 발견한 물건 목록 같은 거요."

"그게 왜 알고 싶은 거야?" 엄마가 묻는다. 아빠는 아직도 엄마의 손을 붙잡고 있다.

풀리 씨가 이상하다는 눈빛을 보내고 자기 파일을 뒤진다.

"네, 있죠. 여기 있네요."

물품이 적힌 목록을 쭉 훑어본다. 시계는 없다. 하지만 나는 분명 시계를 봤다. 그가 나를 때리기 전에 불빛이 시계에 반사되었던 것을 기억한다. 아니면 내가 애틀랜타에서 있었던 일과 혼동하나? 모든 게 뒤죽박죽이다…….

"뭘 찾는 거예요?"

방 안에 있는 어른들이 전부 나를 바라본다. 서류철을 붙들고 내가 가진 선택지들을 저울질한다. 내 생각을 말하면 내가 정말 미쳤다고 생각할지도 모른다. 내 생각이 말이 되는지조차 확신할 수 없고, 엄마를 속상하게 하는 건 싫다. 코리가 그 시계를 차고 있었다는 걸 증명할 방법만 있다면.

"음, 아무것도 아니에요."

풀리 씨가 눈살을 찌푸린다. "인챈티드, 나한테 하고 싶은 말 있어요?"

나는 고개를 젓는다.

"알았어요. 그럼…… 자수까지 이틀 남았어요. 제 생각엔…… 가족과 함께 시간을 보내는 게 좋겠어요. 그리고 한번 죽기 살기로 싸워봅시다!"

82

손님

태양이 떠오르며 새들이 짹짹 우는 그때, 낡고 오래된 엔진이 털털거리며 진입로에 멈춰 서는 소리가 들려온다. 내가 절대 모를 수 없는 소리다. 덧문이 삐걱거리며 열렸다가 쾅 닫힌다. 그리고 엄마의 땍땍대는 목소리가 아침의 평화를 방해한다.

"여기서 뭐 해요? 게다가 아침 시간에!"

"나 아직 뉴스 본다." 여자가 받아치고, 나는 가슴이 답답해진다.

둘 사이에 침묵이 흐른다.

"알았어요, 들어오세요." 엄마가 소리친다. "한번 들어봅시다!"

"뭘 들어?" 여자가 재미있다는 듯 말한다.

"'내가 그럴 줄 알았다'는 말이요. 하세요. 그래서 여기까지 오신 거 아니에요?"

"네가 이미 아는 걸 또 말할 필요는 없지."

여자의 말이 가슴을 후벼판다. 두 사람은 늘 그랬다.

"자, 내가 우리 손녀딸을 볼 수 있는 거니, 아니면 온종일

그로운

날 여기 붙잡아둘 거니?"

"우린…… 내일 법정에 출두해야 해요." 엄마가 눈물을 흘리며 코를 훌쩍인다.

"그러면 오늘은 내가 손녀딸과 시간을 보내게 해주렴."

멀리서 푸른색 물이 소용돌이치며 파도를 이루고 순식간에 이쪽으로 밀려온다. 나는 잠시 제자리에서 헤엄을 치다가 파도가 돌변하기 전에 힘껏 발차기를 해서 파도를 양옆으로 가른다.

모래사장에 닿은 파도가 흰색 거품을 일으킨다. 근처 물속에서 할머니가 불쑥 나타난다.

"어우…… 오늘은 물이 영 별로야. 피부가 데워지는 것 같지 않아."

어떤 각도에서 보면 할머니는 〈인어공주〉에 나오는 우르슬라 같다. 눈처럼 새하얗고 짧은 부스스한 머리카락, 보랏빛이 도는 피부, 동그랗게 나온 배, 거칠고 사나운 웃음소리. 할머니는 일시에 사방으로 촉수를 뻗어서 나와 쪼꼬미들을 붙들어 맬 수 있다.

우리가 침묵하며 물에 둥둥 떠 있는 동안 멀리서 또 다른 파도가 인다. 내가 파도 쪽으로 헤엄치고, 할머니가 내 뒤를 따라온다. 할머니는 연세가 많으신데도 수영 실력이 출중하다. 예측 불가능하고 폭력적인 바다의 성향에 대해 내가 아는 내용은 전부 할머니에게 배운 것이다. 그 가르침들은 땅 위에서 길을 잃었다.

지금 바다에 있는 사람은 수영과 서핑에 열정을 바치는 몇 명뿐이다. 6월 초반의 바닷물은 아직 겨울의 냉기가 살짝 남아 있어서 따뜻한 목욕물 같은 여름 바다와는 다르다. 바닷물이 차가운 이빨을 우리 몸에 박아 넣지만 나는 그래도 괜찮다.

"그래서. 우리 언제까지 여기에 떠 있을 거니? 해가 지고 있어. 이제 가야 하지 않겠니? 집에 가는 길에 파파이스에서 먹을 것 좀 사고. 새우튀김 어때?"

짭짤한 바닷물 때문에 목구멍이 따갑다. 근처에 비닐봉지 하나가 떠 있다. 나는 그게 해파리라고 생각한다. 그가 쏜 침, 그가 날 때리던 힘, 그의 눈 속에 일던 분노, 얼음통이 생생하게 느껴진다…….

몸을 돌려 다음번 파도를 기다린다.

할머니가 빙긋 웃는다. "아직은 아닌 것 같네."

"조금만 더요." 내가 마침내 입을 뗀다.

언제 또 이렇게 시간을 보낼 수 있을지 모른다.

할머니의 아파트에서는 식사가 불가능할 만큼 고약한 썩은내가 난다.

할머니가 부엌에서 코코아를 타는 동안 나는 범인을 찾아 오래된 신문이 들어찬 상자들과 다 쓴 플라스틱 병을 모아둔 봉지들, 천장까지 쌓여서 노을빛을 가로막는 레코드 상자들을 뒤진다. 구석에 쌓아둔 또 다른 상자들 뒤에 낡고 텅 빈 수조가 있다. 그 끔찍한 내부를 들여다본다.

"어, 할머니…… 거북이가 죽은 것 같아요."

할머니가 코웃음을 친다. "아가, 그렇지 않단다. 그냥 바보처럼 구는 거야. 얼른 오려무나, 코코아 다 식기 전에."

숨을 참고 수조의 뚜껑을 닫은 다음 창문을 열어 숨 막히는 악취를 내보낸다. 우리는 어두컴컴한 거실에 앉아 우스꽝스러울 만큼 낡은 리모컨을 들고 할머니의 오래된 브라운관 텔레비전을 본다. 아빠가 아마존 셋톱박스를 설치해놨지만 할머니는 오로지 기본 채널만 본다.

할머니의 집이 줄었거나 내가 커졌거나, 둘 중 하나다. 언제나 이곳이 성처럼 느껴졌는데, 이제는 이곳의 진짜 모습을 알겠다. 할머니가 금속 탐지기를 이용해 해변에서 닥치는 대로 모은 물건들이 어지럽게 흩어져 있다. 포크, 숟가락, 반으로 쪼개진 장신구. 할머니는 인간이 버린 쓰레기에 마음을 빼앗겼다. 에리얼과 똑같다. 셰이가 즐겨 보는 쓰레기집 프로그램에 나오기 딱 좋은 집이다.

어떻게 우리 가족이 여기서 다 같이 살았을까?

"할머니?"

"응, 아가?"

"할머니가 아프다는 걸 알고 나서 어땠어요?"

할머니가 웃는다. "얘야, 난 안 아프단다. 그게 문제야. 내 눈은 아주 또렷해. 다른 사람들이야말로 자기 눈앞에 있는 걸 못 보지. 사람들은 언제나 자기가 보고 싶은 것만 본단다."

나는 컵에 든 코코아를 식히며 고개를 끄덕인다.

할머니가 자기 옆에 있는 의자를 힐끗 쳐다본다. "안 돼, 애는 그러기 싫을 거야."

나는 아무도 없는 의자를 쳐다봤다가 다시 할머니를 바라본다. "뭘 하기 싫어요?"

할머니가 킬킬 웃으며 손사래를 친다. "아, 아무것도 아니야. 애들이 네 목소리를 좋아하잖니. 그게 다야. 네가 노래해주면 좋겠대."

아무도 없는 의자는 말이 없다.

"어, 저 노래해도 돼요, 할머니. 못 할 이유가 뭐가 있겠어요?"

할머니가 의자를 향해 고개를 끄덕인다. "우리 손녀딸 정말 대단하지? 다들 고맙다고 해. 이 집에 슈퍼스타가 오는 건 매일 있는 일이 아니라고."

오래된 레코드판이 든 상자들에는 2년 치 먼지가 쌓여 있다.

"자, 그럼 휘트니나 어레사가 좋으세요?"

"아니, 고전을 들어야지! 방금 바다에서 돌아왔잖니! 애들이 그게 듣고 싶대!"

"인어공주요?"

"그래! 바로 그거야."

"알았어요, 할머니." 내가 웃음을 터뜨린다.

나는 〈네 세상의 일부Part of Your World〉를 부른다. 언제 불러도 즐거운 곡이다. 한동안 무반주로 노래한 적이 없다. 내 목소리는 거칠고 심지어 불안정하다. 내 목소리를 발견한 곳으로 다시 돌아와 노래를 부르니…… 무언가 느낌이 다르다.

할머니는 내 노래를 들으며 천천히 몸을 흔들고, 중간중간 빈 의자를 바라보며 동의한다는 듯 고개를 끄덕이다가 내가 노래를 마치자 박수를 친다.

"내가 왜 그 영화를 좋아하는지 아니?"

"제 노래를 좋아하시고, 제가 수영을 좋아한다는 걸 아셔서요?"

"하! 뭐 그것도 사실이지. 하지만 아냐. 내가 그 영화를 좋아하는 건 공주가 스스로를 구했기 때문이야."

"아녜요, 에리얼은 스스로를 구하지 않았어요. 왕자인 에릭이 구해줬죠. 아빠인 왕하고요."

"아냐, 아냐." 할머니가 웃음을 터뜨린다. 텔레비전 빛이 할머니의 까만 피부에 반사된다. "그 얼빠진 왕자가 굼뜨게 찾아오기 훨씬 전에 공주가 바다에서 스스로를 구했어. 자기 삶을 꼭 붙잡고서 누가 뭐라 생각하고 말하든 개의치 않았지. 다들 공주가 미쳤다고 생각할 때도 공주는 자기가 원하는 걸 했고, 다른 인물들은 그저 따를 수밖에 없었어. 네가 네 머리카락을 잘랐을 때처럼 말야. 너도 다른 사람 상관하지 않고 그냥 저질러버렸잖니! 넌 늘 배짱이 있었어. 그건 네 외가에서 물려준 거란다."

할머니가 뜨거운 코코아를 한 모금 마신 뒤 윗입술 위에 콧수염처럼 묻은 초콜릿 우유를 그대로 둔다. 나는 방을 다시 둘러보며 렌즈의 초점을 다시 맞춰 이곳의 옛날 모습을 떠올린다. 이곳은 경이로운 물건들이 가득 든 보물 상자다.

"할머니…… 저 문제가 생겼어요."

할머니가 고개를 끄덕인다. "안다, 아가야. 정말 그래."

"뭘 어떻게 해야 할지 모르겠어요."

"저런. 에리얼이라면 어떻게 할 것 같니?"

"아마 집에서 도망치겠죠?" 내가 빙그레 웃는다. "자기 목소리를 다리랑 바꾸고요."

할머니가 어깨를 으쓱하고 콧노래를 부르며 채널을 돌리다 〈E! 뉴스〉 프로그램에서 멈춘다. 리치다. 곧 개봉할 코리의 다큐멘터리를 설명하고 있다. 손목에 시계가 없다. 분명 제시카가 귀띔했을 것이다. 제시카가 자기도 사건에 연루될 걸 알면서 가져갔을 것 같지는 않다. 제시카는 리치보다 똑똑하다. 분명히 없애버리라고 했을 것이다. 하지만 리치는 시계를 버리지 않았을 것이고, 전당포에 맡길 만큼 멍청할 리는 없다. 그러니 리치는 아직 시계를 갖고 있다…… 어딘가에.

"할머니, 저 가봐야겠어요."

"왜?"

내가 씨익 웃으며 후드의 지퍼를 올린다. "저를 구하려고요."

할머니가 미소 짓는다. "그래, 아가. 좋은 시간 보내렴."

83

가장 중요한 것은 가족

"어이! 전화 받고 정말 놀랐어." 데릭이 어퍼웨스트사이드에 있는 자기 아파트에서 양쪽으로 열리는 복숭앗빛 격자의 유리문을 열며 말한다.

"근처에 올 일이 있었어." 내가 거짓말을 한다. 퀸스에서 맨해튼까지 이동하는 한 시간 남짓한 시간은 데릭에게 어떤 거짓말을 할지 떠올리기 충분했다.

"어쨌든 네가 와서 기뻐. 기소됐다는 얘기 들었어. 정말······ 유감이야, 인챈티드."

데릭이 내 양어깨를 토닥이고, 나는 데릭의 따뜻한 손에 몸을 맡긴다. 누군가가 붙잡아주는 기분이 좋다. 그리웠다······ 코리가 이렇게 해주던 것이.

가슴에 공포가 들이닥쳐서 원을 그리며 뒤로 물러선다.

그는 여기 없어, 인챈티드. 코리는 여기 없다고. 너는 안전해.

"인챈티드, 너 괜찮아?" 내가 정신을 차리려고 애쓰며 양쪽 관자놀이를 문지르자 데릭이 묻는다.

"응, 괜찮아. 그래서, 너희 아빠 곧 오셔?"

"아니, 그리고 엄마는 출장 가셨어. 우리 둘밖에 없어."

데릭의 눈 속에 있는 갈망이 나를 초조하게 한다.

"음, 나한테 무슨 사진 보여주고 싶다고 하지 않았어?"

"아! 맞다! 따라와. 저 안에 있어."

데릭의 집은 호화롭다. 높은 천장에 크리스털 샹들리에가 달려 있고, 금빛과 장밋빛 가구들에 화분도 온실이 부럽지 않을 만큼 많다. 음악업계의 별의별 유명인과 함께 찍은 리치의 사진이 빈 벽을 가득 채우고 있다.

우리는 침실 세 곳을 지난다. 그중 하나에 쌍여닫이문이 달려 있고 금색 사자 그림이 그려져 있다.

저 방이 주 침실일 것이다.

"여기야." 데릭이 분홍색과 표범 무늬로 장식한 서재가 있는 왼쪽으로 급히 방향을 틀며 말한다. 액자에 끼운 거대한 흑백 사진이 한쪽 벽에 걸려 있다. 뒷모습만 보이는 사진 속의 흑인 여성이 한 손으로는 철제 물 주전자를, 다른 한 손으로는 플라스틱 통을 들고 그 안에 든 물을 밖으로 쏟아버리고 있다.

아래 쓰인 글을 읽는다. "그녀는 그가 강가로 사라지는 것을 보았다. 사람들은 그녀에게 무슨 일이 있었냐고 물었지만, 결국에는 그녀의 기억을 무시했다."

시선을 사로잡는 단순함이 내 멱살을 잡고 나를 끌어당긴다. 전하는 메시지가 너무 많다. 도저히 눈을 뗄 수 없고, 너무…… 정확하다.

"로나 심슨의 〈물 나르는 사람Waterbearer〉이라는 작품이야. 엄마가 대학에서 이 작가를 연구했나 그럴 거야. 엄마가 예술을 정말 사랑하거든. 그래서 집 여기저기에 작품이 많은데, 이게 내가 가장 좋아하는 거야."

"왜?"

데릭이 어깨를 으쓱한다. "뭐, 난 흑인 여성은 아니지만, 조금은 이해할 수 있어. 아무도 너희 흑인 여성들을 믿어주지 않잖아."

바이올린의 현이 뜯기듯 내 신경이 뜯기고, 그 소리가 귓가에 울린다.

"우리 영화 같은 거 볼래?" 내가 제자리에서 폴짝 뛰며 묻는다.

"좋지! 그동안 못 본 〈러브앤드힙합〉 봐도 좋고."

"그거 좋다!"

우리는 드넓은 데릭의 방에 자리 잡는다. 영화관처럼 커다란 프로젝터 스크린과 가죽 리클라이너가 갖춰져 있다. 나는 최소 15분 정도 기다렸다가 자리에서 일어난다.

"어, 화장실 어디 있어? 좀 급한데."

데릭의 눈이 휘둥그레진다. "아아아, 저 복도로 쭉 걸어가면 나와."

화장실에 들어가 수도를 튼 다음 문을 열고 나온다. 화분들 뒤로 몸을 숨기며 데릭의 방 앞을 살금살금 지난다. 재빨리 복도를 달려 주 침실로 들어가다가 호랑이 가죽으로 만든 러그에 발이 걸려 작은 스툴에 발가락을 찧는다.

"이런 망할." 조용히 읊조리며 주먹으로 입을 막아 고통을 삼키고, 절뚝거리며 커다란 벽장 안으로 들어간다. 신속하게 움직여야 한다.

서랍을 열어 리치의 바지 주머니, 재킷, 신발, 양말을 전부 들춰본 뒤 리치의 아내 쪽으로 넘어가서 바지와 수백만 켤레는 될 법한 신발, 보석 상자를 뒤진다. 아무것도 없다.

뒤에서 데릭의 낮은 목소리가 들려온다. "챈트!"

외마디 비명과 함께 뒤를 홱 돌아본다. 침실에는 아무도 없고, 문은 여전히 닫혀 있다. 나 혼자다. 내가 환청을 들었나?

"벽에 인터콤 있어." 데릭이 지직거리는 소리로 말한다. "대화 버튼 눌러봐."

인터콤? 방 안을 훑어보다가 문 옆에 달린 상자로 달려간다. 여전히 데릭 어머니의 스웨터를 들고 있다. 가쁜 숨을 참으며 대화 버튼을 누르고 잠긴 목소리로 말한다. "데릭?"

침묵. 계속 이어지는 침묵. 잠깐, 내가 자기 부모님 방에서 통화 중인 걸 아나? 날 찾으러 오고 있나? 어떡하지…….

"미안." 데릭이 말한다. "방금 아빠한테 문자가 와서 답장하느라. 어쨌거나 중국 음식 좀 시키려는데 뭐 먹고 싶은 거 있어?"

얼어붙었던 뇌가 다시 작동하기 시작한다. "아, 응. 새우 볶음면으로 시켜줘."

"너 괜찮아? 뭐 필요한 거 없고?"

"응, 나 괜찮아." 내가 새된 목소리로 말한다. 심장이 쿵쿵 뛴다. "금방 갈게."

무릎에서 힘이 빠지며 벽 쪽으로 쓰러진다. 중국 음식으로 최소 3분은 더 벌 수 있을 것이다. 시계는 분명 이곳에 있다.

그런데 리치가 갑자기 들르면 어떡하지?

재빨리 바구니와 서랍, 여행 가방을 뒤진다. 이제 포기하려는 바로 그때 협탁 옆에 있는 또 다른 서랍을 발견한다. 첫째 칸에는 서류. 둘째 칸에는 속옷. 속옷들 틈을 비집으니 손가락에 무언가 딱딱한 것이 닿는다. 서랍을 더 잡아 뺀다.

눈앞에서 코리의 시계가 째깍대고 있다.

탁자 위에서 티슈를 한 장 뽑아 시계를 감싸 드는 순간 침실 문이 활짝 열린다.

"너 지금 뭐 해?"

데릭이 충격에 말문을 잃고 입을 떡 벌리고 있다. 나타난 사람이 리치가 아니라 데릭이라는 사실에 순간 안도한다. 데릭이 내 손에 매달린 시계를 바라봤다가 다시 나를 쳐다본다.

"데릭…… 네가 생각하는 그런 거 아냐……."

내가 상황을 설명하자 데릭의 얼굴에서 핏기가 사라진다. 데릭이 눈을 두 번 끔뻑거리더니 고개를 젓는다.

그로운

"아냐. 아빠랑 코리는…… 알고 지낸 지 엄청 오래됐어. 코리는 아빠한테 남동생이나 다름없어! 아빠가 그랬을 리 없어."

"제시카를 위해서 그런 거야. 제시카를 위해서라면 못 할 게 없었을 테니까. 네가 나한테 말했잖아."

깨달음이 서서히 데릭의 피부에 스며들며 데릭을 무겁게 짓누른다. 힘이 빠진 데릭이 문에 몸을 기댄다.

"이봐." 데릭이 낮은 목소리로 말한다. "경찰을 부르고 싶진 않아…… 그러니까 네가 찾은 거 전부 내려놓고 나가."

"하지만 데릭, 난 이 시계가 필요해. 내가 죽인 게 아니란 걸 증명해야 한다고!"

"그러니까 너 대신 우리 아빠를 범인으로 몰겠다고?"

"아냐, 그게 아냐. 범인으로 모는 게 아냐…… 코리가 이 시계를 차고 있는 걸 내가 봤어."

데릭의 낯빛이 어두워진다. "네 말 믿는 사람 아무도 없을 거야."

등 뒤로 식은땀이 흐른다. "데릭, 난 네가 내 친구라고 생각했어."

"시계 내려놔, 인챈티드." 데릭이 차가운 목소리로 말한다. "시계를 가져간다 해도 충분한 증거가 되진 못해. 아빤 그냥 코리한테서 받았다고 하면 돼. 그날 같이 있었으니까. 손쉬운 알리바이지."

자유의 열쇠가 내 손안에서 째깍거린다.

"하지만 난⋯⋯."

"다 끝났어, 인챈티드. 우리 아빠를 같이 끌어내리지 마."

그 순간 깨닫는다. 내가 뭐라고 말하든 데릭은 내가 아닌 자기 아빠를 선택하리라는 것을. 나는 시계를 떨어뜨린다. 내 희망과 함께.

"어쨌거나 내 아빠야." 내가 옆을 지나갈 때 데릭이 바닥에 대고 말한다. "너라도 가족을 구하기 위해서라면 뭐든 하지 않겠어?"

마지막으로 데릭을 한 번 쳐다보고 집에서 나온다.

데릭. 나무에서 멀리 떨어지지 못한 또 하나의 사과.

84

떠오르는 해를 보는 방법

[KA에서 보내는 공개서한]

코리 필즈라는 이름으로 대중에게 알려진 남자는 2000만 장의 앨범을 팔고 전 세계에서 공연하고 라디오와 스트리밍 서비스에서 음악이 수억 번 재생되었습니다. 슈퍼스타로 발돋움하는 동안 그는 최소 세 개의 주에서 최소 네 명의 여성에게 성범죄와 의제강간, 가중처벌이 적용되는 폭행, 불법 감금, 미성년자에게 불법 약물을 제공한 혐의로 고소당했습니다.

우리는 코리 필즈의 유산과 관련된 단체들에게 그의 불법 행위를 계속 조사함으로써 흑인 여성들을 보호하고 그들의 말을 신뢰할 것을 요구합니다. 흑인 소녀와 여성들의 가치를 낮잡는 행위를 함께 끝냅시다.

우리는 인챈티드 존스를 비롯해 코리 필즈에게 폭행당한 수많은 여성을 지지합니다.

코리 필즈의 학대 피해자는 우리 단체를 찾아주십시오. 당신은 혼자가 아닙니다.

— 코리 어나니머스Korey Anonymous

할머니는 언제나 해가 동쪽에서 뜨고 서쪽에서 진다고 하셨다. 떠오르는 해를 볼 수 있으리라는 생각에 이스트강 옆에 있는 벤치에 자리를 잡고 앉았다. 하지만 강의 방향이 생각과 다르다. 그래도 이곳은 내 마지막 자유의 밤/아침을 보내기 좋은 장소다.

엄마는 분명 발을 동동 구르며 걱정하고 있을 것이고, 아빠는 아마 나를 찾아 거리를 샅샅이 뒤지고 있을 것이다. 엄마 아빠에게서 끝없이 전화가 온다. 하지만 생각할 시간이 필요했다. 고요히 머물기 위해서. 공개서한을 읽고 또 읽기 위해서. 서한에는 '당신은 혼자가 아닙니다'라고 적혀 있다. 다른 피해자들이 있다.

하지만 감옥에 가는 사람은 나 혼자다. 내가 저지르지 않은 일 때문에. 게다가 내가 할 수 있는 건 아무것도 없다. 아니 그리고, 어떻게 피해자가 그렇게 많을 수 있지? 코리가 그들 모두와 사랑에 빠졌을 리는 없다. 우리 모두를 똑같이 대했을 리 없다.

그럴 수 있나?

내 지갑 속에서 구겨진 종이를 꺼낸다.

421 브로드웨이에서 열리는 KA 모임에서 만나요.

금요일 오전 10시예요.

피해자들이 더 있어요.

그로운

당신은 혼자가 아니에요.

*

후드를 뒤집어쓰고 붐비는 차이나타운에 있는 과일 가판대와 정육점을 지나 낡은 사무실 건물로 들어가며 시간을 확인한다. 핸드폰 배터리가 5퍼센트 남았다.

오전 10시다. 계획대로라면 두 시간 전에 경찰서에 도착했어야 했다. 하지만 내가 모임 장소에 걸어 들어가서 사건의 전말을 알게 될지 누가 알겠는가. 이 마지막 기회를 잡아야 한다. 어쩌면 누가 제시카나 리치의 정보를 알고 있을지 모른다. 내게 도움이 될 수 있는 정보 말이다.

복도는 쓰레기 봉지와 버려지고 먼지 쌓인 사무용 가구로 가득하다. 8M호의 문을 열어젖히자 끼익 소리가 난다. 방 안은 눅눅하고 캄캄하며, 블라인드가 창문 끝까지 내려와 있다.

"오셨군요!"

기자회견 때 내게 몰래 다가온 여자는 오늘 달라 보인다. 어쩌면 다른 게 아니라 이게 원래 모습일지도 모른다. 여자는 긴 갈색 머리카락에 금발이 드문드문 섞여 있고 팔 전체에 문신이 있으며 입술에 피어싱을 했다.

"네. 그런데 오래는 못 있어요." 내가 힘없이 말한다. "그게…… 오늘 자수해야 하거든요."

여자가 고개를 끄덕인다. "들었어요. 전 신디예요. 정식으로 만나게 되어서 반가워요. 이쪽은 우리 사립 탐정 중 한 명인 던이에요."

던은 시나몬색 피부를 가진 여성으로, 구릿빛 머리카락을 얇게 땋은 드레드록스 헤어스타일에 팔근육이 무척 탄탄하다.

"만나서 반가워요, 인챈티드."

약 여섯 명의 여성이 회의실 안에 흩어져 서서 커피를 마시고 공 모양 도넛을 우물거리고 있다. 내가 후드를 벗자마자 이들의 담소 소리가 뚝 끊긴다.

"아, 이 사람들이 다는 아니에요. 혹시 그렇게 생각하실까 봐." 던이 말한다. "뉴욕까지 못 오는 사람들도 있어요. 순전히 겁먹은 사람들도 있고요."

"아직도 코리를 무서워한다고요?"

"코리만 무서워하는 게 아니에요. 그 사람을 둘러싼 시스템도 무서운 거예요. 대부분은 여전히 트라우마의 영향으로 씨름하고 있어요. 우울, 불안, 편집증, 불면, 심지어 망상까지 겪고 있죠." 신디가 나를 커피 테이블로 안내한다. "우리는 약 1년 전부터 이 여성들과 함께하고 있어요. 부디 마음껏 드세요! 이제 곧 시작할 거예요."

나를 빤히 쳐다보는 사람들의 시선이 내 머릿속을 꿰뚫는 듯하다.

할머니가 늘 그랬던 것처럼 긴장을 가라앉히려고 차를 준비한다. 꿀을 섞은 페퍼민트 차다.

"안녕."

여자의 발소리가 너무 작다. 옛날 그 집에서처럼. 조용한 아기 쥐다.

"앰버?"

앰버가 고개를 끄덕이고 나를 껴안는다. 포옹에 힘이 없고, 두 눈이 거무칙칙하고 퀭하다. 살이 빠졌고 한때는 풍성했던 머리카락이 군데군데 휑하다.

"너 괜찮아?" 앰버가 묻는다.

"음, 응. 그런 것 같아." 내가 중얼거린다. 손에 든 컵이 뜨겁다. "너는?"

앰버가 어깨를 으쓱한다. "난 지금…… 친구 집에서 지내. 엄마는 아직 날 안 받아줄 거야. 네가 다 큰 성인처럼 굴고 싶어 했으니 계속 그렇게 살라고 하셨어."

"집에서 언제 나왔어?"

"내가 나온 게 아냐." 앰버가 떨리는 목소리로 말한다. "제시카가 날 절대 그 집에 두려고 하지 않았어."

*

"와주신 모든 분께 감사드립니다." 신디가 등 뒤에 문을 두고 네모난 테이블의 제일 끝에 서서 모임의 시작을 알린다.

"어렵고 힘든 일이라는 거 압니다. 용기를 내주셔서 감사드립니다."

시선들이 여기저기 오가며 서로를 평가하고 공통점을 찾는다.

"다시 한번 말씀드리겠습니다. 이 방에서 벌어진 일은 밖에 발설하지 마십시오." 던이 경고한다. "여러분이 모두 안전할 수 있도록 이 장소를 골랐습니다."

그다음 모두가 번갈아 자기소개를 하고 신디가 조사의 현재 진행 상황을 알려준다. 내가 코리를 만나기 훨씬 전에 시작된 조사다.

"코리는 죽었는데 이제 어떻게 되는 거예요?" 릴리라는 이름의 여자가 묻는다.

신디가 펜으로 테이블을 톡톡 두드리며 한숨을 쉰다.

"그게 우리가 기대한 결과는 아닙니다. 우리는 코리가 유죄 선고를 받길 원했어요. 하지만 지금도 우리 목소리로 진실을 밝히고 검사들에게 수사를 진행하라고 촉구할 수 있습니다."

"네, 그리고 우릴 믿는 사람은 아무도 없을 거예요." 로빈이라는 이름의 여자가 코웃음을 친다. "이제 이러는 건 무의미해요."

"목소리를 내는 것은 절대로 무의미하지 않아요! 지금도 코리가 남긴 유산과 음반사를 뒤쫓을 수 있습니다. 손해배상

소송을 제기하고 책임을 묻는 겁니다. 직원들은 코리가 무슨 일을 벌이는지 알면서도 그 짓을 사주하고 일조했어요. 그냥 넘어가서는 안 됩니다."

"코리 취향이 어린 여자애들이었다는 걸 알았다는 거죠?" 릴리가 신디의 말을 바로잡는다. 릴리의 신랄한 태도에 향수 냄새가 뒤섞여 있다.

"좋아요. 그냥 솔직히 말할게요." 디온이라는 이름의 여자가 내 쪽으로 몸을 돌리며 말한다. "코리가 당신을 선택한 걸 보고 거의 기절할 뻔했어요. 그 사람은 보통 머리가 길고 헤어스타일이 예쁜 여자를 좋아하거든요."

다른 여성들이 고개를 끄덕인다. 다들 머리카락이 어깨뼈까지 내려온다. 머리를 숏컷으로 자른 사람은 방 안에 한 명도 없다.

"그리고 코리랑 같이 노래도 했잖아요…… 무대 위에서."

"인챈티드는 목소리가 정말 좋아요." 앰버가 바닥을 쳐다보며 말한다.

"아, 난 안 그럴 것 같아요?" 릴리가 쏘아붙인다.

"이제 그만해요, 릴리." 던이 경고한다. "아무도 그런 말 안 했어요."

"사람들 말로는 신경쇠약이 왔다던데." 디온이 말한다. "그 점은 이해해요. 그 집에 살았다면 그럴 만하죠. 하지만, 정말 그 사람을 꼭 죽여야 했어요?"

피가 차갑게 식는다. "제가 안 죽였어요."

방 안이 웅성거린다.

"그 사람이 아직도 그러고 있었다니 믿을 수가 없어요." 테사라는 이름의 여자가 말한다. "아직도 어린 여자애들을 쫓아다닌다니요. 합의가 몇 번이나 있었는데도."

"왜 합의해준 거예요?" 앰버가 묻는다.

테사가 어깨를 으쓱한다. "변호사들이 유죄판결이 나올 가능성은 절대 없다고 했어요. 내가 할 수 있는 최선은 나를 돌보는 거였고요. 게다가 그 사람이 나를 생매장했어요. 연락오는 매니저나 소속사, 프로듀서가 아무도 없었죠. 내 커리어는 시작되기도 전에 끝났어요."

"나도 합의해줬어요." 디온이 말한다. "경찰들이 나를 비협조적인 증인 취급하면서 수사를 끝내려고 했어요. 내가 감기에 걸려서 심문을 못 받았거든요. 사실대로 말하자면, 난 너무 무서웠어요. 그 모든 살인 협박과 전화들이요."

"솔직히 나는 합의를 해주면 그 사람이 뭔가 깨달을 거라고 생각했어요." 테사가 고개를 젓는다. "그런데 지금 생각하면 그냥 힘을 더 실어준 것 같아요. 자기가 저지른 죄에서 빠져나갈 수 있다는 걸 깨닫고 더 과감해진 거예요."

"우리 엄마한테 편지가 왔어요…… 코리가 찍은 내 사진이랑 같이요." 로빈이 눈물을 참느라 눈을 깜박이며 말한다. "입을 다물지 않으면 이 사진들을 공개하겠다고 하더라고요."

그로운

"당신을 위협한 거예요." 신디가 말한다. "증인 협박 전략이죠. 피해자에게 겁을 주고 생존자를 침묵시켜서 앞으로 나서지 못하게 만드는 거예요."

"아마 내가 코리와 가장 오래 함께한 사람일 거예요." 디온이 작은 목소리로 말한다. "5년간 만났어요."

"그럼 언제 끝났어요?" 릴리가 묻는다.

디온이 자기 컵 안을 들여다본다. 얼굴이 잿빛이다. "코리가 내 목을 졸라서 정신을 잃었을 때요."

누구도 깜짝 놀라지 않는다. 나를 제외한 그 누구도. 모두가 그의 어두운 면에 너무나 익숙해진 것 같다. 그때 나는 깨닫는다…… 나는 그 어둠의 표면만 살짝 스쳤다는 것을.

"당신이 가장 오래 함께한 사람 아니에요. 악마 같은 여자 제시카가 있잖아요."

방 안에 있는 사람 전체가 동의하며 고개를 끄덕인다.

"그 사람 목적이 뭔지 아는 분 계세요?" 내가 정보를 노리며 묻는다.

디온이 어깨를 으쓱한다. "문을 닫아건 요새 같은 년이에요. 내가 아는 건 그 여자도 잠깐 이 업계에 발을 담갔다는 것뿐이에요."

"그럼 그 사람 몇 살이에요?"

모두가 어깨를 으쓱한다.

"다들 알다시피 그 여자는 절대 안 늙는 뱀파이어예요."

코리와 제시카가 그래미 뒤풀이에서 찍은 사진이 머릿속에 떠오른다. 테이블을 꽉 붙잡자 내 손등 관절이 하얗게 변한다.

"섹스 비디오에 있는 여자가 누군지 아는 사람 있어요?" 테사가 묻는다.

"인챈티드처럼 생겼던데요." 릴리가 빈정댄다.

나는 고개를 젓는다. "저 아니에요."

방 안의 눈들이 나를 빤히 쳐다보고, 몇 명은 가슴 앞으로 팔짱을 낀다.

"맹세해요. 저 아니에요." 내가 덧붙인다.

"그게 중요해요?" 디온이 코웃음을 친다. "우리 중 누가 나와도 이상하지 않았을 거예요. 그 새끼는 매번 영상을 찍었어요. 나와 섹스하는 장면을 찍고, 내가 화장실을 쓰는 것도 찍었죠. 오히려 그런 영상 중 하나만 풀린 게 놀라울 정도라니까요."

"그 사람…… 우리가 다른 여자들이랑 같이 섹스하는 것도 찍었어요." 테사가 말한다. 목소리가 수치심으로 가늘게 떨린다.

릴리가 피식 웃는다. "나는 육아용 홈캠으로 녹화했어요. 그런 거 있잖아요, 곰 인형 속에 넣어서 아기방에 숨겨놓는. 믿을 수가 없었어요. 전혀 몰랐으니까요!"

육아용…… 홈캠?

차를 담은 컵이 내 손에서 미끄러져서 바닥에 요란하게 떨어진다.

"인챈티드, 괜찮아요?" 신디가 말한다.

책상을 짚고 자리에서 일어난다. 심장이 마구 뛴다. "저— 저 가봐야겠어요."

신디가 이마를 찡그린다. "간다고요? 방금 시작했는데."

"저…… 죄송해요."

내 뒤에서 릴리가 거짓말쟁이라고 중얼거리는 소리가 들린다.

건물 밖으로 뛰쳐나가자 햇빛에 눈이 멀 것만 같다. 상행선 기차역으로 향하며 2프로 남은 핸드폰 배터리를 이용해 전화를 건다.

"인챈티드!" 풀리 씨가 목소리를 낮게 깔고 소리친다. "지금 어디예요? 다들 찾고 있어요. 우린 세 시간 전에 경찰서에 도착했어야 한다고요."

"풀리 씨, 보안 카메라 영상 확인한 사람이 있나요? 코리는 애틀랜타 집 전체에 카메라를 설치해뒀어요. 아마 자기 아파트에도 그렇게 해놨을 거예요."

풀리 씨가 한숨을 쉬고, 뒤에서 문 닫는 소리가 들린다. "네, 경찰이 확인했어요. 그런데 보안 시스템은 꺼져 있었어요. 10시 전에요."

제시카다. 보안 시스템에 접근할 수 있고 전원을 내리는 방

법을 아는 사람은 제시카뿐이다. 게다가 제시카는 내가 언제 그곳에 있을지도 알았다. 사실상 나를 호랑이 굴로 들여보낸 것이다.

"코리 방에서 카메라 못 찾았대요?"

"네, 아마 경찰 쪽에서도 그것부터 찾으려 했을 거예요."

그 말은 카메라가 아직 거기 있다는 뜻이다…….

"인챈티드, 빨리 오는 게 어때요?" 풀리 씨가 부드러운 목소리로 권한다. "이 얘기 전부 직접 만나서 할 수 있잖아요. 다들 몹시 걱정하고 있어요. 혼자 돌아다니는 거 위험해요."

지금은 절대 그럴 수 없다. 무엇이 날 구할지 정확히 알게 된 지금은.

손 하나가 나를 붙잡아 줄지어 걷는 사람들의 흐름에서 끄집어낸다. 나는 비명을 지르며 얼어붙는다.

"인챈티드!" 풀리 씨가 전화기 너머에서 소리친다. "괜찮아요? 말 좀 해봐요!"

말할 수가 없다. 숨조차 제대로 쉴 수 없다.

그 사람은 대충 동그랗게 묶은 머리카락을 후드 안에 깔끔하게 밀어 넣었다. 내가 입은 것과 똑같은 후드다.

"안녕." 그 사람이 겸연쩍은 목소리로 말한다.

갭이다.

85

재회

갭은 KA에서 그리 멀지 않은 곳에 있는 건설 쓰레기 처리장 뒤에 차를 댄다. 우리는 차 안에 앉아 창문이 뿌옇게 변할 때까지 흐느껴 운다.

"미안해! 정말 정말 미안해, 챈트!"

갭을 꼭 붙잡는다. 갭이 다시 사라질까 봐 무섭고, 안도감에 어안이 벙벙하다.

"계속 전화하고 문자 보냈어." 내가 눈물을 닦으며 훌쩍인다.

갭이 백미러를 확인하며 후드를 단단히 당겨 쓴다. "전화번호 바꿨어." 그리고 어깨 너머를 두 번 돌아보며 말한다. "날 쫓아다녔거든."

"누가?"

"코리 필즈. 그리고 부하인지 뭔지 하는 놈들이."

"뭐라고?"

갭이 다시 등 뒤를 돌아보며 자기 자리에서 몸을 웅크린다. "코네티컷에서 열린 네 공연에 갔었어." 갭이 내 눈을 쳐다보며 말한다. "그러니까, 맞아, 그땐 널 무시하고 있었어. 그런데 제이가 더 이상 쩨쩨하게 굴지 말라고 날 설득하더라. 그래서 공연에 가서 깜짝 놀라게 해주려고 했어."

"공연에 왔었어? 그런데 왜—"

갭이 내 손을 붙잡는다. "끝까지 들어봐. 공연장에 늦게 도착해서 네가 남겨둔 VIP 티켓을 받고 무대 뒤로 들어갔는데…… 네가 소파에 기절해 있는 거야. 널 도저히 깨울 수가 없었어. 네가 뭘 먹었는진 모르지만…… 어쨌든 널 그렇게 두고 갈 순 없었어. 널 질질 끌고 밖으로 나오려고 했어. 그런데 그때 눈앞에 코리 필즈가 나타난 거야. 그리고 널 건드리면 날 죽이겠다고 했어! 경찰을 부르려고 했는데 말도 안 되게 덩치 큰 남자가 내 핸드폰을 부숴버렸어. 난 도망쳤고, 그 거구가 내 차까지 쫓아오더라. 그러고는 내가 그날 밤 본 걸 입밖에 내면 날 죽이겠다고 했어."

가슴을 부여잡은 내 손가락에 힘이 잔뜩 들어간다.

"그런 다음엔 어떻게 됐어?"

"정말 악몽 같았어. 어떻게 내 핸드폰 번호를 알아냈는지는 모르겠지만, 계속 나한테 전화해서 경찰에 신고하거나 내가 본 걸 다른 사람한테 말하면 나뿐만 아니라 제이까지 죽이겠다고 했어. 너무 무서웠어. 내 정보를 전부 알고 있었던 거잖아!"

"나 때문이야." 내가 실토한다. "내가 너랑 제이 얘기를 코리한테 다 했어."

그로운

갭이 한숨을 쉰다. "그래, 그런 것 같았어. 그 사람들, 먼저 제이한테 연락한 다음에 우리 아빠한테 전화했어."

"어떡해! 그래서?"

"그 사람들이 내가 아직 제이랑 사귀면서 헤어진 척 거짓말하고 있다고 아빠한테 고자질했어. 아빠는 회까닥 돌아서 날 파크우드고등학교에서 자퇴시켰고. 대학생하고 붙어먹는 계집애가 되라고 그 돈을 들여서 학교에 보낸 게 아니라더라."

갭의 두 눈에 눈물이 차오른다. 갭이 머리에 쓴 후드로 눈물을 닦는다.

"갭, 정말 미안해."

갭이 손사래를 친다. "괜찮아. 어쨌거나 난 잠자코 있었어. 그 개자식들이 내 삶을 더 말아먹길 바라지 않았으니까. 핸드폰 번호를 바꾸고 입 다물고 있겠다고 약속했어. 그러다 네 뉴스를 본 거야. 그 여자가 널 공격했다는 걸…… 전부 내 잘못 같았어. 내가 오디션에 참가하라고 널 설득하지 않았더라면…… 넌 그 괴물을 만나지도 않았을 텐데."

"너 때문 아니야. 네 잘못 하나도 없어."

갭이 심호흡한다. "그래도…… 네가 혼자라고 생각하게 내버려둘 순 없었어."

"고마워."

갭이 고개를 끄덕이는데 머릿속에 퍼뜩 질문 하나가 떠오른다.

"그런데 내가 여기 있을 줄 어떻게 알았어?"

"공개서한! 그 단체에 연락해서 전부 다 말했어. 그쪽에서 네가 올 수도 있다고 해서 건물 밖에 숨어서 너한테 따라붙은 사람은 없는지 확인했지."

"따라붙어?"

"그 사람들은 자기가 죄를 지었다는 걸 알아, 챈트. 그렇지 않다면 내 입을 막으려고 이만큼 애쓰지 않았을 거야."

가브리엘라는 며칠간 잠들지 못한 것 같다. 어쩌면 몇 달일지도. 갭이 갑자기 웃음을 터뜨린다. "제이가 그러는데 네가 제이 일하는 곳에 찾아왔었다며."

"응, 연기 정말 잘하더라." 내가 피식 웃는다.

"그냥 날 보호하려고 그랬던 거야. 그 사람, 날 사랑해서 하는 짓이 얼마나 바보 같은지 몰라."

희미한 질투심이 배 속을 찌른다. "나도 그럴 수 있었다면 얼마나……."

"그런 말 하지 마. 그 사람은 그럴 가치가 없었어. 우릴 갈라놓으려 했잖아! '브라이트 아이즈' 어쩌구 하는 헛소리를 하면서……."

내가 눈을 껌뻑인다. "방금 뭐라고 그랬어?"

갭이 고개를 갸우뚱한다. "뭐라고?"

안개가 걷힌 듯 순식간에 머릿속이 선명해진다. 몸을 차 문에 바싹 갖다 붙인다.

"넌 진짜가 아냐."

"뭐라고?"

"어떡하지." 내가 중얼거린다. "어떡하지!"

차 문을 벌컥 열고 휘청이며 뛰쳐나간다.

"챈트! 어디 가는 거야?"

생각들이 반시계 방향으로 빙빙 돈다.

갭은 진짜가 아니다. 갭이란 사람은 없다. 다 내 상상이다. 지금 난 할머니처럼 정신줄을 놓고 있는 거다. 왜 지금이야? 도대체 왜?

갭이 내 후드를 움켜쥐고 뒤로 홱 잡아당긴다.

"나 건드리지 마." 몸을 흔들어 빼내며 소리친다. "나한테서 떨어져!"

"뭐야? 너 도대체 왜 이래?"

갭이 내 옷소매를 붙잡은 채 눈으로 거리를 살핀다. "어디가게? 다시 차로 들어가! 누가 보면 어쩌려고 그래?"

편한 옷차림인데도 갭은 아름답다. 어째서인지 내 정신이 나와 정반대의 인물을 만들어냈다. 내게 없을까 봐 두려웠던 모든 것을 모아서.

나는 울면서 갭을 떠민다. "넌 진짜가 아냐!"

"무슨 소리 하는 거야? 당연히 진짜지!"

"코리가 날 브라이트 아이즈라고 불렀던 걸 아는 사람은 아무도 없어. 아무한테도 말한 적 없다고! 너한테도."

갭이 이마를 찡그리며 어리둥절해하더니 실소를 내뱉고 내 팔을 비틀어 꼬집는다.

"아야." 내가 비명을 지른다. "왜 이래?"

"이건 진짜 맞아?"

꼬집힌 곳이 얼얼하다. 다른 인물을 상상하는 사람은 그 인물을 느낄 수도 있나?

갭이 내 침묵을 지켜보며 눈알을 굴린다. "오 마이 갓! 진심이야? 코리는 자기랑 만나는 모든 여자를 브라이트 아이즈라고 불렀어. 캔디 기사에 그렇게 쓰여 있었잖아. 너 안 읽었어?"

도망가려고 무릎을 휙 꺾는 순간 무대 위에서 날 죽이려 했던 여자가 생각난다. 그 가발, 그 여자가 날 브라이트 아이즈라고 불렀던 것…… 그 여자도 우리 중 한 명, 또 다른 소녀였다.

빌어먹을, 우리 사이에 진짜였던 게 하나라도 있었나?

갭이 고개를 절레절레 젓는다. "너 무슨 생각을 한 거야?"

"경찰들이 나한테 그랬어…… 그 사람들 말이……."

"그래서 그 말을 믿었고?"

내 양쪽 어깨가 축 처진다. 갭이 진짜라면…… 그건 지금까지 벌어진 모든 일이 진짜였다는 뜻이다. 코리는 내 가족과 친구에게서 나를 빼앗고, 내 자유를 빼앗고, 내 심장을 빼앗고, 내 노래를 빼앗았다! 몸속에 뜨거운 분노가 끓어오른다.

"난 코리를 죽이지 않았어." 내가 힘주어 말한다. "넌 내 말 믿지?"

"당연하지!"

"좋아. 나한테 생각이 하나 있어. 하지만 그러려면 네 도움이 필요해. 네 자동차하고."

갭이 씨익 웃는다. "죽는 것만 아니면 뭐든 할게."

86

단체 채팅

[윌앤드윌로우 채팅방(존스 자매는 없음)]

아이샤   다들 공개서한 봤어? 피해자들이 서명한 거.

숀   그러니까 피해자가 인챈티드 한 명이 아니었어? 다른 사람들이 더 있었어.

아이샤   인챈티드한테 연락받은 사람 있어?

말리카   아니.

숀   나도 연락 못 받았어.

아이샤   인챈티드 부모님이 놀라서 정신을 못 차리고 계셔. 인챈티드가 도망칠 줄은 몰랐어.

숀   난 잘 모르겠어. 만약에 도망친 게 아니라면? 코리의 충성 팬들이 있잖아. 그 사람들한테 납치됐을지도 몰라.

아이샤   정말 끔찍하다.

숀   나도 그렇게 생각해.

말리카   난 안 그래. 인챈티드는 코리 필즈를 죽였어. 우리 윌앤드윌로우 지부에 살인자가 있는 거야! 다들 우리를 알게 될 거라고.

그로운

숀	이건 우리나 네 문제가 아냐. 코리가 건드린 게 너였다면 너도 그 사람을 죽였을걸. 안 그래?
아이샤	공개서한을 실제로 읽긴 한 거야? 우리가 인챈티드를 도와야 해.
숀	어떻게?
아이샤	다른 지부하고 힘을 합칠 수 있을지 몰라. 수소문하는 거야. 그 사람한테 쓰레기 짓을 하는 패턴이 있었다는 걸 입증하는 거지.
숀	전에 애틀랜타 지부 소속인 여자애를 만난 적 있는데, 코리가 자기 고등학교 주변을 돌아다니면서 여자애들을 고르곤 한댔어.
말리카	뭐라고? 그런데 왜 아무 말도 안 했어?
숀	나도 몰라. 그땐 안 중요해 보였다고!
아이샤	헐! 샬럿 지부에 있는 여자애도 나한테 똑같은 말을 했었어. 걔가 인챈티드한테 접근하려고 말을 지어내고 있다고 생각했는데.
말리카	그러니까 그 사람이 고등학교에 얼쩡거렸다고? 정말…… 추잡하네.
아이샤	다른 사람한테 말해야 해!
숀	지금 우리 아빠한테 말할게.
아이샤	당장 인챈티드를 찾아야 해! 인챈티드는 우리 가족이야!
숀	맞아!

아이샤	셰이한테 전화할게! 우리가 자초지종을 설명하면 다른 지부들도 나서서 인챈티드를 찾아줄지 몰라.
말리카	기분이 너무 엿 같아.
숀	네 잘못 아냐. 우리도 다 그런 생각 했었어!
크레이턴	요!
숀	왜 이제야 나타나?
크레이턴	사람들이 인챈티드 미쳤다고 했던 거 다 알지?
아이샤	응.
크레이턴	내가 인챈티드 친구를 찾은 것 같아.
말리카	무슨 소리야?
크레이턴	그 친구…… 가브리엘라인가 뭔가 하는 애. 내가 찾은 것 같아!
아이샤	어디서?
크레이턴	화이트플레인스 갤러리아 쇼핑몰에서. 그런데 이름이 가브리엘라가 아니야.

87

물고기 내장 손질법

건물 밖에는 꽃과 곰 인형, 포스터, 촛불이 산처럼 쌓여 건물 입구부터 다음 모퉁이까지 한 블록 전체를 뒤덮었다. 경찰의 바리케이드가 문을 에워싸고 있다. 누군가가 설치해놓은 블루투스 스피커에서 코리의 음악이 끊임없이 흘러나온다. 충성 팬 몇 명이 아직도 그렁그렁한 눈으로 야외에서 텐트를 치고 있다.

나는 길 건너의 짙은 그늘 속에서 경찰 세 명이 고요한 거리를 순찰하는 모습을 지켜본다. 유리문 너머에 있는 안내 데스크에 경비원 두 명이 검은색과 금색이 섞인 제복을 입고 앉아 있다. 둘 다 내가 아는 사람이다.

저들도 나를 알아볼지 궁금하다.

한 블록 아래에서 차 한 대가 모퉁이를 쌩 돌며 방향을 튼다. 바퀴에서 끼익 소리가 난 뒤 자동차가 바리케이드처럼 쌓인 각종 물건에 정면으로 충돌하고, 곰 인형들이 쿠션 역할을 해준다.

팬들이 자리에서 벌떡 일어나 뭐라 소리친다. 경찰관들이 달려온다.

갭이 창문을 내리고 양팔을 마구 흔든다.

"여기요! 제발 도와주세요."

경비원 중 한 명이 건물 밖으로 나와 문을 붙잡고 거리를 내다보고, 다른 한 명이 어딘가로 전화를 건다.

바로 그때 내가 전속력으로 길을 건너 울타리를 뛰어넘은 다음, 경비원의 벨트에 달린 카드키를 낚아채고 미끄러지듯 옆을 지나친다.

"이봐! 거기! 멈춰!"

안내 데스크에 앉아 있던 경비원이 당황해서 허둥지둥 자리에서 일어나지만 이미 내가 쏜살같이 앞을 지나간 후다.

"여기요! 여기예요!" 건물 바깥의 경비원이 고함을 지르며 경찰들을 부른다.

나는 복도를 내달리며 맨 처음 보이는 엘리베이터를 지나친다. 2번 경비원이 나를 뒤쫓고 있다.

"거기 서!"

무전기가 지직거리며 소리를 낸다. "전 부대원…… 건물 안에 용의자가 있다!"

대리석 타일에 발이 미끄러져서 바닥에 무릎을 찧는다. 불시에 고통이 밀려온다. 카드키를 찍고 수영장으로 들어간다.

"이봐! 거기!" 2번 경비원이 소리친다. 경비원이 바싹 따라붙은 것이 느껴진다. 다리를 절뚝이느라 달리는 속도가 느려

졌다.

몸을 홱 수그린 다음 춤을 추듯 재빨리 오른쪽으로 움직였다가 왼쪽으로 몸을 튼다.

"으아아악!" 경비원이 수영장 안으로 떨어진다.

다리를 절며 옆에 있는 문으로 나가서 후문 근처에 있는 엘리베이터로 향한다. 수영 수업 때 코리가 나를 데리고 탔던 엘리베이터다.

카드키를 찍는다. 12층에 있는 스튜디오로 올라간다.

엘리베이터 문이 열리자마자 펜트하우스로 이어지는 문을 향해 뒤쪽 복도를 달음질친다.

문이 잠겨 있다.

"이런 망할." 프런트로 달려가 힐끗 엘리베이터 위의 숫자를 본다. 엘리베이터는 아직 로비에 있다. 하지만 몇 초 뒤에는 이곳으로 올라오기 시작할 것이다.

2층.

책상 서랍이 열 개가 넘는다. 분명 여기 어딘가에 열쇠가 있을 것이다. 나는 미친 사람처럼 서랍을 뒤진다.

4층.

무릎이 욱신거린다. 아직도 열쇠를 못 찾았다. 문을 따기라도 해야 한다는 절박함에 가위를 움켜쥔다.

5층.

피처럼 새빨간 숫자 5를 보자 심장이 멎는 듯하다. 캄캄한 스튜디오 안으로 뛰어든다. 우리의 추억이 악취를 풍기는 장소다. 서랍이 더 있다. 안에 든 건 종이뿐이다.

6층.

"제발, 제발." 낑낑대며 악보 무더기를 헤집는다. 서랍들을 전부 끄집어내서 바닥에 내동댕이친다.

8층.

마지막 서랍의 밑바닥에 회색 전자키가 처박혀 있다.

10층.

전자키를 찍는다.

펜트하우스로 뛰어 들어가 그동안 참았던 숨을 내쉬는데, 앞문에서 열쇠가 짤랑거리는 소리가 난다. 다시 지직거리는 무전기 소리.

"젠장……." 가쁜 숨을 들이쉬며 접근 금지 테이프를 자르고 경찰이 남긴 표시를 뛰어넘는다……. 멀리사는 그때 그대로 바닥에 놓여 있다.

앞문이 벌컥 열린다.

"꼼짝 마!"

"여자한테 칼이 있다!"

가위를 가슴 앞에 꼭 붙든 채 침실로 들어가서 등 뒤로 문을 쾅 닫는다. 목이 타들어가고 폐가 불타는 것 같다.

"전 부대원, 용의자가 방 안에서 문을 걸어 잠갔다!"

방에서 퀴퀴한 냄새가 난다. 피가 연분홍색으로 벽에 말라붙었다.

침대 옆의 가장 큰 웅덩이에 비트 주스가 한가득 쏟아져 있다.

문 두드리는 소리. 사람들 목소리.

플라운더는 서랍 위에 있다. 코리가 올려놓은 바로 그곳에, 변함없이 평화롭게.

플라운더를 뒤집어 가위로 아랫배를 찌른다. 그런데 이미 구멍 하나가 나 있다. 전에는 있는 줄 몰랐던 구멍이다.

플라운더의 내장을 한 움큼 움켜쥐는 바로 그 순간, 문이 활짝 열린다.

"엎드려! 당장 바닥에 엎드려!"

"무기 버려!"

폭신한 플라운더의 내장 안에…… 카메라가 있다.

88

기록을 위해 본인 이름을 말해주십시오

[녹취록 – 6월 10일]

가브리엘라   아직도 가면 안 돼요?

플레처 형사   잠시만요. 왜 학교에 그쪽을 기억하는 사람이 아무도 없죠?

가브리엘라   전 모르죠. 걔네한테 물어보세요.

플레처   그리고 이름에 무슨 사연이 있다고 했죠?

가브리엘라   나 참, 알았어요. 제 진짜 이름은 올리비아 가브리엘라 가르시아-힐이에요. 그동안 내내 개비 가르시아라고 불렸고요. 그런데 파크우드고등학교에 입학할 때 아빠가 백인들이 다니는 학교에서는 예쁜 백인 이름을 쓰라고 했어요. 그래서 다들 절 올리비아 힐로 불렀어요…… 챈티 빼고는요.

플레처   그런데 인챈티드한테 아무 말도 안 했어요? 두 사람은 가장 친한 친구인 줄 알았는데요?

가브리엘라   모르겠어요. 아마…… 부끄러웠던 것 같아요. 내 옆에 거의 있지도 않은 아빠 말에 넘어가서 내가 아닌 다른 사람으로 사는 게요. 인챈티드는 재능이 어마어마하게 뛰어난 데다 멋진 가족이 있고, 자기 자신으로 사는 걸 두려워하지 않으니까요.

플레처 왜 이제야 나선 겁니까?

가브리엘라 다른 여자들처럼 나도 무서웠어요. 말한다고 해서 바로 믿어주는 것도 아니니까요. 우리가 '저기요, 저 강간당했어요'라고 말하면 경찰들은 '진짜입니까?'라고 하잖아요. 피해자한테 안정감을 주는 참 좋은 방법이죠, 경찰관 선생님.

플레처 강간 신고를 한 게 아니잖습니까.

가브리엘라 제가 지난번에 확인했을 땐 미성년인 여자애를 꾀어내는 게 불법이던데요.

플레처 제 말은…… 그런 뜻이 아닙니다.

가브리엘라 정말 놀라워요. 여자가 처음으로 뭔가를 말했을 때 그 말을 믿는 게 아니라 그 여자가 미쳤다고 생각한다는 게요. 인챈티드가 뭐, 한 열여섯 번째 피해자인가요? 당신들한테 진실을 전하는 데 여자 열여섯 명이 필요했어요. 게다가 인챈티드는 당신네 멍청이들이 틀렸다는 걸 입증하느라 자기 인생을 걸어야 했다고요.

플레처 인챈티드는 폭력을 신고할 기회가 수차례 있었습니다. 학대당하는 환경에서 걸어 나올 수 있었다고요. 우리를 찾아올 수도 있었어요.

가브리엘라　좋아요. 만약 그게 저였다면요? 제가 여기 와서, 올리비아 힐이라고 소개하고 코리를 신고했다면요? 내 이름을 듣고, 내 하얀색 피부를 보고, 내가 라틴계인 줄은 꿈에도 몰랐겠죠. 그리고 코리는 몇 시간도 안 지나서 유치장에 갇혔을 거예요. 하지만 인챈티드 같은 흑인 소녀는, 인챈티드한테는 가능성이 없었어요. 이제야 알겠네요. 지금 난 내 백인 이름을 이용해서 당신들이 전부 개자식이라고 말하고 있는 거예요.

플레처　　　이건 인종에 관한 문제가 아니에요. 중요한 건 진실입니다!

가브리엘라　진실이요? 하! 흑인 여자가 한 말을 그대로 믿는 대신 그 말이 틀렸음을 증명하느라 별짓을 다 하는 게 정말 웃기던데. 인챈티드는 그런 취급을 받아선 안 됐어요. 당신 때문에 인챈티드가 자기 정신을 의심했다고요. 당신 때문에 인챈티드의 가족과 친구들이 인챈티드의 정신상태를 의심했어요. 헛짓거리로 사람 세뇌한 당신도 코리만큼 죄질이 나빠요.

플레처　　　무슨 말씀을 하시든 간에, 인챈티드가 쇼케이스 무대 위에서 코리를 본 건 설명이 안 됩니다.

89

공주는 자기 삶을 스스로 구해야 한다

플라운더는 75분 길이의 영상을 녹화해두었다. 침대 방향으로 놓여 있어서 코리가 내 얼굴을 가격한 뒤, 리치가 스튜디오에서 펜트하우스 문을 열고 들어오는 장면이 선명하게 기록되었다…… 제시카가 준 전자키를 이용해서 말이다. 카메라는 리치가 코리의 가슴에 칼을 꽂는 순간 배터리가 죽었다.

리치는 체포되었다. 35세인 제시카도 체포되었다.

언론의 비난과 나를 향한 코리의 집착이 점점 심해지자 그동안 멸시받던 제시카는, 자신을 스타로 만들어주겠다는 약속을 어긴 남자를 죽이고 그 죄를 자기 자리를 차지한 여자애에게 씌울 완벽한 기회를 발견했다. 그렇게 하면 리치의 다큐멘터리도 분명 대성공을 거둘 것이었다. 두 사람은 할리우드 힐스에서 코리가 남긴 유산을 관리하며 영원히 행복하게 살 계획을 세웠다. 그러나 경찰에 붙잡히자 제시카는 혹등고래처럼 울부짖었다.

사랑은 복잡한 것이다.

월앤드윌로우는 전국에서 코리 필즈와 사귀었다고 주장

하는 수많은 여성의 이름과 사연을 수집했다. 이들의 흑인 부모가 대부분 부유하고 연줄이 풍부했기 때문에 점점 커지는 사건에 불을 지피는 계기가 되었다.

코리 필즈가 아내와 함께 살던 집에서 그의 디지털 메모리 카드가 담긴 상자가 발견되었다. 메모리카드는 수십 개에 달했다. 그는 자기 커리어 내내 여자 수십 명을 녹화했다.

앞으로 나선 여성들에 비하면 턱없이 모자란 숫자였다.

90

진실

지금은 여름이지만, 나는 꼭 봄 같다.

다시 생기를 되찾고 꽃을 피우며 자라나는 식물 같다. 향긋한 꽃과 신선한 흙, 새로운 시작의 향기가, 시원한 레몬 아이스크림, 엄마 아빠의 맹렬한 사랑과 뒤섞인다.

점점 더 많은 여성이 모습을 드러내고 있다. KA는 모든 플랫폼에서 코리 필즈의 음악을 금지하고자 노력 중이다. 라디오 방송국들은 코리의 음악을 거부하고 나섰고, 소셜미디어에서 이에 관한 토론이 계속 진행 중이다. 적어도 나는 그렇다고 들었다.

풀리 씨는 내가 음반사와 맺은 계약을 취소하느라 격렬히 싸울 필요가 없었다. 음반사는 조용히 나를 놔주며 그 밖의 다른 애로 사항에 대한 보상으로 두둑한 금액의 돈을 보냈다. 덕분에 셰이는 계속 학교와 윌앤드윌로우 모임에 다니고 있다. 나는 다시 돌아가지 않을 것이다. 내 모든 시간을 음악에 쏟을 계획이다. 나는 자유롭고, 충만하고, 온전하므로.

"삑! 또 한 명의 여성이 등장했습니다." 가브리엘라가 자기 핸드폰을 들여다보며 말한다. "이번 주에만 두 명째네."

쪼꼬미들이 우리 집 앞마당에서 노는 동안 가브리엘라와 나는 현관 앞에서 함께 채소 요리를 먹고 있다. 앞으로 몇 주간 가브리엘라를 만나지 못할 것이다. 이번 여름은 파록어웨이에서 할머니와 함께 보낼 예정이다. 루이가 가을에 내 EP를 발매하기 전에 내 목소리를 찾고, 원래 내가 속한 바다로 되돌아가기 위해서다.

"좋네. 조만간 누가 또 나타나서 그 짜증 나는 영상에 나온 사람이 나라는 생각을 다들 안 하게 될지도 몰라."

갭이 자기 핸드폰을 내려놓는다. "야."

"왜?"

갭이 나를 날카롭게 노려본다. "왜 아직도 거짓말해? 그게 너라는 거 너도 알잖아."

우리는 잠시 서로를 빤히 쳐다본다. 갭은 대담하고, 나는…… 단호하다. 내가 그 기억을 줄곧 부정하면 그건 사실이 아니게 될 것이기 때문이다.

할머니한테는 이 방법이 먹혔다.

"그거 나 아냐." 내가 태연하게 말하고 내 컵 속에 든 비트 주스를 바라본다. 그때의 피가 기억난다…….

코리의 비명에 정신이 들었던 것이 기억난다…… 어떤 남자가 내 머리 옆을 뛰어가면서 무거운 발소리가 들렸다.

바닥에서 위를 올려다봤던 것이 기억난다. 방은 흐릿했고,

혀에 아직 보라색 음료의 맛이 남아 있었다…… 온 데에 피를 흘리고 침대 위에 쓰러진 코리가 보였다.

그가 팔을 뻗어 우리 사이에 놓인 칼을 붙잡으려던 것이 기억난다.

내 기억을 물들인 공포가 나를 휩쓸고 지나간 것이 기억난다……. 그가 저 칼을 집으면 나를 죽이리란 것을 알았다.

떨리는 다리로 자리에서 일어나, 칼을 붙잡고, 그의 가슴에 칼을 찔러 넣었던 것이 기억난다.

비트 주스 범벅인 채로 바닥에 쓰러져, 그를 만난 이후 처음으로 이제 정말 안전하다고 느꼈던 것이 기억난다. 그리고 세상이 깜깜해지며 의식을 잃었다…….

"챈티, 나 좀 봐!" 데스티니가 재주를 넘으며 기억 속에서 나를 끄집어낸다.

"잘하네." 나는 응원하며 비트 주스를 한 모금 마신다.

생각보다 맛이 괜찮다.

제 첫 남자친구는 스물한 살이었고, 그때 저는 열다섯 살이었습니다. 이것이 지금껏 제가 가진 가장 큰 비밀이었습니다. 어른스럽고 아름다운 사람으로 대우받는 것은 활력을 주는 신나는 경험이었습니다. 10대 소녀가 상대에게 원하는 것은 오직 그뿐입니다. 하지만 결국 전 비밀스러운 만남과 거짓말이 옳지 않다는 것을 알게 되었습니다. 그렇지만 열다섯 살이었던 제가 상대보다 먼저 그런 결론에 도달해서는 안 되었습니다. 제가 주로 백인뿐인 웨스트체스터의 고등학교에 다녔고 잭앤드질의 회원이긴 했지만, 이 사실은 분명히 하고 싶습니다. 이 책의 내용은 전적으로 허구입니다.

제 소설 《혐의Allegedly》나 《월요일은 오지 않아Monday's Not Coming》를 읽은 독자라면 제가 특정 사건에서 이 책의 영감을 얻었음을 이미 알고 계실 것입니다…… 하지만 이 책의 내용은 R. 켈리에 관한 것이 아니며 그의 혐의를 묘사한 것도 아닙니다.

이 책의 내용은 권력 남용에 관한 것입니다. 성인 남성이 저지른 행동은 용서하고 어린 소녀의 실수는 나무라는 특정 패턴에 관한 것입니다.

이 책의 내용은 조종당한 소녀들을 향한 노골적인 비판에 관한 것입니다. 죄를 저지른 장본인에게 책임을 묻는 일에 관한 것입니다. 피해자를 침묵시키고, 괴물의 탄생에 일조하고 그 괴물에게서 계속 이득을 보는 기업에 관한 것입니다.

이 책의 내용은 피해자들이 용기를 낸 순간에 그들을 보호하고 도와야 함에도 절대 그들의 말을 믿지 않는 사람들에 관한 것입니다. 세상으로부터 스스로를 보호하려 애쓰는 소녀들에 관한 것이며, 누구에게나…… 양 부모가 다 있는 가정 출신의 소녀들에게도 비슷한 상황이 발생할 가능성에 관한 것입니다.

이 책의 내용은 R. 켈리에 관한 것이 아니라, 옳고 그름의 차이를 아는 어른들에 관한 것입니다. 여러분이 이 문제에 어떤 입장을 취하든 간에…… 그 일이 옳지 않다는 걸 '그'가 더 잘 알았을 테니까요.

가브리엘라처럼 상호 존중과 선의로 가득하며 사랑 넘치는 연인 관계를 맺을 수도 있습니다. 하지만 인챈티드처럼 이용당하고 위협받고 성적인 관계를 강요받는 상황에 처했다고 느낀다면, 또는 그저 느낌이 꺼림칙하다면, 지금 당장 도움을 구하세요. 부모님이나 친구 부모님, 신뢰할 수 있는 선생님이나 친척에게 말하세요.

티파니 D. 잭슨은 2017년에 청소년 소설 《혐의》로 데뷔했으며, 《그로운》은 《월요일은 오지 않아》와 《라임을 들려줘 Let Me Hear a Rhyme》에 이은 그의 네 번째 소설이다. 이 소설들의 공통점은 이야기의 중심에 흑인 소녀가 있다는 것이다. 한 인터뷰에서 잭슨은 이 소설의 제목인 'Grown'에 대해 설명하며 2017년에 발표된 조지타운대학의 연구 결과를 인용한다. 이 연구에 따르면, 일반 성인은 흑인 소녀를 덜 순수하고 더 조숙한 존재로 바라봄으로써 이들에게서 어린 시절과 천진난만함을 박탈한다. 《그로운》은 흑인 소녀들이 겪는 어려움을 생생하게 그려내는 가운데 인챈티드가 백인 중심 고등학교를 다니면서 받는 미묘한 차별, 넉넉지 않은 가족의 첫째 딸로서 부유한 흑인 아이들과 어울릴 때 느끼는 이질감, 그루밍 성폭력의 가해자인 코리가 흑인이므로 흑인을 보호하려면 코리를 비난해서는 안 된다는(그럼으로써 다시 흑인인 여성 피해자를 지워버리는) 여론 등을 통해 인종과 성별, 나이, 사회적 지위, 재산 같은 여러 차별 요인이 복잡하게 교차하는 현실을 드러낸다.

이 소설의 또 다른 중심 주제는 그루밍 성범죄다. 그루밍 성범죄란 가해자가 피해자와 친밀한 관계를 맺고 신뢰를 얻은 뒤 가하는 성폭력으로, 피해자가 미성년자인 경우가 많다. 가해자가 피해자를 길들이고 가스라이팅을 일삼아 피해자의 정신상태를 지배하기에 겉으로는 피해자가 폭력적 관계에 동의한 것처럼 보인다는 점이 문제다. 바로 이 사실 때문에 (다른 성폭력 사건도 마찬가지이긴 하지만) 피해자가 제대로 처신하지 않았다는 비난이 쏟아진다.

사람들이 피해자의 행실을 탓하는 이유 중에는 본인과 피해자 사이에 명확한 선을 긋고 싶은 욕망이 있다. 피해자에게 폭력의 원인이 있으면 그 원인을 피함으로써 피해자가 되지 않을 수 있기 때문이다("그 여자 몸 봤어? 꽉 끼는 드레스 입고 걸어 다녔잖아"). 그러나 《그로운》은 '피해자'인 인챈티드의 다층적인 모습을 보여준다. 인챈티드는 실력 있는 가수이자 수영선수이고, 맏언니로서 책임감 있게 네 동생을 돌보며, 흑인이라는 이유로 억측의 대상이 되지 않기 위해 학교에서 모범적으로 생활한다. 자신을 추행하려는 동급 남학생에게 거절 의사를 명확히 표명하고, 애니메이션 〈포카혼타스〉는 "실제 역사를 식민주의적 관점에서" 그렸기에 동생들에게 보여주지 않으며, 《트와일라잇》의 주인공 벨라가 "엄청 나이 많은 소름 끼치는 뱀파이어가 자기 삶을 스토킹하게 놔두"면서

"스스로 위험에 빠지는" 인물이라고 생각한다. 이처럼 인챈티드는 보통 사람들이 떠올리는 피해자 이미지에 부합하지 않지만, 강렬하고 속도감 있는 이야기를 따라가다 보면 인챈티드는 어느새 '피해자'가 되어 있고, 독자는 누구나 그 자리에 놓일 수 있다는 사실을 인정하지 않을 수 없다.

피해자의 행실을 탓하고 어린 소녀들에게 제대로 처신하라고 당부하는 것만으로는 이러한 폭력을 예방할 수 없다. 가장 좋은 예방법은 피해자들이 앞으로 나서서 목소리를 낼 수 있도록 응원하고 가해자를 제대로 처벌하는 것이다. 피해자가 수치심에 휩싸여 침묵하지 않으려면 편견이 아닌 주위의 따뜻한 시선이 필요하다. 인챈티드가 용기를 내서 자기 목소리를 되찾을 수 있었던 것은 가족과 가브리엘라, 윌앤드윌로우 공동체, 코리 어나니머스의 도움 덕분이었다. (니콜이라는 이름의 승무원이 코리가 아닌 인챈티드 본인에게 도움이 필요하냐고 끈질기게 묻는 장면도 무척 인상적이다.)

인챈티드는 자신이 "빨리 성장하고, 그를 열렬히 사랑하고, 전 세계를 돌아다니며 노래할 수 있기만을 바랐"으나 "어른들의 세상이 나를 널빤지 아래로 떠밀어 악어들의 먹잇감으로 만들었다"라고 말한다. 이 문장을 읽으며 나의 취약했던 시기가 떠올랐다. 무한한 가능성으로 가슴이 떨리면서도 현실적 한계를 느끼고 좌절하던, 이제는 다 큰 것 같은데 많은 것이 혼란스러워 갈팡질팡하던, 내 눈에는 한없이 어른으로만 보이던 이들의 관심과 애정이 고맙던 때. 취약한 것은 잘못이 아니며, 취약한 사람도 강인할 수 있고, 어린 소녀들이 이 시기를 안전하게 건너갈 수 있도록 보호하는 것은 어른의 책임이다.《그로운》은 이야기가 가진 힘을 통해 이 사실을 마음 깊이 받아들이게 한다.

흑인 소녀들의 매혹적이고 강렬한 사랑 이야기이자, 이들이 천진함을 빈번히 강탈당하는 방식을 통렬하게 보여준다.
_앤지 토머스, 〈뉴욕 타임스〉 베스트셀러 《콘크리트 장미Concrete Rose》의 저자

《그로운》은 대화하기 어려운 민감한 지점을 드러내며 흑인 여성 혐오와 강간 문화, 어린 흑인 소녀들의 취약함을 날카롭게 살핀다. _도니엘 클레이턴, 〈뉴욕 타임스〉 베스트셀러 《미녀들 The Belles》의 저자

아메리칸드림을 좇는 흑인 소녀들의 삶 면면을 이토록 완벽하게 그려낸 이야기는 지금껏 읽은 적이 없다.”_닉 스톤, 〈뉴욕 타임스〉 베스트셀러 《디어 마틴》과 《잭팟Jackpot》의 저자

포식자의 거미줄에 걸린 어린 소녀를 다룬 가슴 뛰고 강렬한 이 이야기는, 피해자를 전혀 돌보려 하지 않는 우리 사회

를 비추는 충격적인 거울이다. _로리 할스 앤더슨, 〈뉴욕 타임스〉 베스트셀러 《샤우트Shout》의 저자

《그로운》은 권력과 천진함에 관해, 그리고 한 사회로서 우리가 누구를 구할 가치가 있다고 여기는지에 관해 어려운 질문을 던진다. 매력적이고 교훈적이며 흥미진진한 책. _애슐리 우드퍽, 《네가 전부였던 시절When You Were Everything》의 저자

잭슨의 글은 요즘 10대들을 위한 최고의 스릴러다. _미국도서관협회 북리스트

잭슨은 이야기를 서서히 고통스럽게 쌓아나가며 충격적이고 오싹한 절정에 다다른다. _퍼블리셔스 위클리

실제 사건에서 영감을 받은 또 한 권의 책에서, 잭슨은 신체적·성적·감정적 학대를 들여다보는 심장 뛰는 스릴러로 독자들을 안내한다. _혼 북

옮긴이 김하현

출판사에서 편집자로 일한 뒤 현재 전문 번역가로 활동하고 있다. 옮긴 책으로 《밀회》《한낮의 어둠》《디컨슈머》《한 번 더 피아노 앞으로》《지구를 구할 여자들》《아무것도 하지 않는 법》《소크라테스 익스프레스》《미루기의 천재들》《분노와 애정》《결혼 시장》 등이 있다.

그로운

초판 1쇄 인쇄 2023년 3월 15일
초판 1쇄 발행 2023년 3월 25일

지은이 티파니 D. 잭슨
옮긴이 김하현
펴낸이 이상훈
편집인 김수영
본부장 정진항
문학팀 하상민 최혜경 김다인
마케팅 김한성 조재성 박신영 김효진 김애린 오민정
사업지원 정혜진 엄세영

펴낸곳 ㈜한겨레엔 www.hanibook.co.kr
등록 2006년 1월 4일 제313-2006-00003호
주소 서울시 마포구 창전로 70 (신수동) 화수목빌딩 5층
전화 02-6383-1602~3 **팩스** 02-6383-1610
대표메일 munhak@hanien.co.kr

ISBN 979-11-6040-951-2 03840

• 값은 뒤표지에 있습니다.
• 파본은 구입하신 서점에서 바꾸어 드립니다.
• 이 책의 일부 또는 전부를 재사용하려면 반드시 저작권자와 ㈜한겨레엔 양측의 동의를 얻어야 합니다.